수의사님
왜 그러세요?

수의사님 왜그러세요?

사람과 동물을 사랑한
어느 수의사의 좌충우돌 이야기

제프 웰스 지음 고영아 옮김

신인문사

수의사님
왜그러세요?

한국어 출판권 ⓒ 신인문사, 2014

2014년 12월 8일 1쇄 펴냄 • 2018년 12월 21일 2쇄 펴냄 • 지은이 제프 웰스 • 옮긴이 고영아 • 펴낸이 김성배
편집 책임 홍석봉 • 디자인 송성용 • 제작 김문갑 • 펴낸곳 신인문사
출판등록 제301-2009-125호(2009년 6월 25일) • 주소 서울시 중구 필동로8길 43 • 전화 02-2275-8603
팩스 02-2265-9394 • 홈페이지 www.circom.co.kr • ISBN 978-89-94070-14-8 03840 • 값 14,000원

감사의 말

메리 앤 미어, 레베카 핑클, 제니 한시, 제니 램지, 마이크 대니얼스, 그리고 이 책이 나올 수 있도록 도와 준 모든 이들에게 깊은 고마움을 전한다.

이 책을 옮기며

이 책은 한 수의사가 동물은 물론 인간과 나누었던 교감과 소통에 관한 생생한 이야기다. 어려서부터 가졌던 수의사의 꿈이 드디어 실현되는 순간, 그는 꿈을 이루었다는 기쁨에 젖기보다 진료 과정에서 있었던 많은 에피소드들을 통해 삶과 일에 대한 새로운 성찰을 하게 된다.

미국의 작은 시골 마을에서 자연과 함께 자란 저자 제프 웰스는 그 누가 묻지 않았어도 자신의 꿈은 당연히 수의사라고 생각하며 성장했다. 그리고 공부에 별 흥미가 없었지만 꿈을 위해서 어렵게 대학에서 수의학과 과정을 마친다. 대학을 졸업하고 견습 수의사 과정을 거쳐 정식으로 수의사가 된 뒤에는 '수의사로서 산다는 것'이 어떤 의미인지 새롭게 깨닫는다.

'수의사님 왜 그러세요?원제 〈All my patients have tales〉'에는 저자가 수의사로서의 자격을 얻는 과정과 첫 진료를 하던 순간의 설렘과 두려움, 그리고 무엇보다도 수의사 생활을 하면서 진료했던 동물들과 그 주인들에 대한 애정이 고스란히 담겨 있다. 한여름에 마당을 뛰어다니는 메뚜기를 호기심에 못 이겨 닥치는 대로 배를 채우다 탈이 난 강아지,

이웃집 정원을 마구 뒤집고 다녀 사람들의 눈총과 원망을 받으면서도 집에서는 귀족 대접을 받는 미니 돼지, 자기와 같은 당뇨병을 앓다가 합병증까지 생긴 고양이를 결국 안락사를 시키고 빈 케이지를 들고 나서는 눈물범벅이 된 늙은 남자의 뒷모습 등, 책을 읽다 보면 자신도 모르게 웃다가 울게 하는 이야기들을 발견할 수 있다.

아마도 동물 가족을 키우는 사람이라면 그 가족이 먼저 세상을 떠날 때의 슬픔을 누구나 공감할 것이다. 덩치는 작으면서도 집에서 대접받고 자란 동물 가족들의 뻔뻔스러울 만치의 허풍 잡기, 새끼일 때 성별 구분이 잘못되어 프레드라는 남자 이름으로 산 암컷 고양이, 고양이라면 절대 겪지 않을 호저의 가시 세례를 연거푸 당하는 강아지 삼총사 이야기 등은 동물과 인간이 느끼는 감정과 사고의 깊이가 과연 차이가 있을까 하는 의문마저 들게 한다. 그들을 미물이라 일컬으며 사람보다 못한 존재라고 치부하기보다는 동물이나 자연과 함께 공존하며 교감할 때 얼마나 다채롭고 따뜻한 세계가 펼쳐지는지 이 책을 통해 느낄 수 있을 것이다.

이 책을 번역하면서 순간순간 컴퓨터 화면과 자판만 골똘히 바라보는 엄마를 잘 받아 준 아이들을 비롯한 가족들, 나에게 세상을 보

는 또 하나의 눈을 선사해 준 우리 집 막내 도치와 그의 짝이었던 꿍이, 그리고 어린 시절 골목길을 함께 산책하며 달음박질하다가 지금은 하늘나라에 있을 강아지 메리에게 고마움을 전하고 싶다.

고영아

2014년 10월

차 례

병원을 점령한 고양이

퍼킨스 부인은 새로 산 고양이 헨리의 증상을 꼼꼼히 설명하고 있었다. 비록 헨리를 안 지 오래되지는 않았지만 뭔가 컨디션이 좋지 않은 것이 분명하다는 것이었다. 퍼킨스 부인은 30대 초반의 반짝이는 금발 머리를 가진 여성으로, 전형적인 노르웨이식 다코타^{미국 중부} 억양을 구사하였다. 부인의 남편은 직업 때문에 출장을 많이 다녔고, 따라서 이 곱슬곱슬한 털을 가진 친구가 새로 생긴 사실에 무척이나 들떠 있었다.

설명을 끝낸 후에 부인은 나를 위아래로 거만하게 훑어보았다. 분명 이 신출내기 수의사가 진료는 제대로 할 수 있을지 가늠해 보는 중이었을 것이다. 당시 나는 수의사 과정을 끝낸 지 겨우 몇 달밖에 되지 않을 때였다. 병원 문을 열고 들어오는 환자들이 있을 때마다 나는 긴장하면서 문제를 제대로 처리하지 못하거나 이 사랑스런 친구들의 질병을 잘못 진단하지 않을까 하는 두려움이 많았다.

"이틀 전에 동물 보호 센터에서 애를 데리고 왔는데 그때는 건강했어요, 제가 보기에는요." 퍼킨스 부인이 말했다. "그런데 어젯밤에 헨리가 애완동물용 변기를 쓰려고 할 때부터 갑자기 울부짖기 시작했어요. 고양이 소리 중에 그렇게 무서운 소리는 처음 들었어요. 제발 헨리 좀 도와주세요."

나는 비록 신출내기였지만 새로 입양한 고양이가 겪기 쉬운 질병이 무엇인지는 잘 알고 있었다. "혹시 이 고양이가 어떻게 해서 동물 보호 센터에 오게 되었는지 아시나요?" 부인은 대답하기 전에 잠시 뭔가를 생각했다. "음, 이전 주인들의 카펫에 몇 주 동안 계속 오줌을 쌌다고 하는 얘기는 들었어요."

이것은 비뇨기에 염증이 생겼을 때의 전형적인 증세들로, 무섭게 그르렁대는 소리는 결석이 헨리의 요도^{오줌길}를 막아 오줌보를 거의 비우지 못하고 있다는 것을 뜻했다. 나는 오줌이 어느 정도 차 있는지 알기 위해 촉진을 해 볼 필요가 있었고, 막힌 곳의 위치를 정확히 알기 위해서는 엑스레이를 찍어야 했다. 헨리는 여전히 퍼킨스 부인이 들고 왔던 파란색 플라스틱 케이지 안에 있었다. 부인은 검사대 위에 케이지를 올려놓았다.

나는 쇠창살 문을 열고 환자 쪽으로 손을 조심스레 옮겼다. 그런데 내 손이 고양이의 머리에 거의 닿을 때쯤에야 녀석의 새 주인은 중요한 정보 하나를 기억해 냈다. "오, 선생님. 제가 잊을 뻔했는데 헨리는 사실 도둑고양이였대요. 선생님이 만지거나 들어 올릴 수는 없을 거예요. 저는 먹이로 케이지까지 유인해서 얼른 문을 닫았거든요."

이건 내가 좀 더 일찍 듣고 대비했어야 할 결정적인 정보였다. 나는 그 순간 이 야생 고양이 우리 속에 팔꿈치까지 깊숙이 넣은 채 얼어붙었다. 본능적으로 손을 뒤로 빼려고 하였지만 이미 늦어 버렸다. 날카로운 고통이 내 팔에 엄습하더니 따뜻한 피가 익숙한 느낌으로 내 손을 적셨다. 헨리의 이빨이 나의 집게손가락을 깊이 문 것이다.

케이지의 문을 박차고 나온 흰빛의 털은 다시 내 팔뚝을 물고는 도망을 갔다. 바닥에 떨어진 헨리는 죽을힘을 다해 달리다가 미끄러지면서 모퉁이를 돈 다음에 진료실 문 너머로 사라졌다. 나는 충격에서 미처 깨어나지 못한 채 넘어지면서 부딪힌 복부의 갈비뼈 부근을 감싸 안으며, 이 시골의 남부 다코타인이 결코 받아들이지 않을 말들을 참느라 애써야 했다. 퍼킨스 부인은 울기 시작하였다. "오, 헨리! 제발 헨리를 다치지 않게, 문 밖으로 도망가지 않게 해 주세요." 그녀는 애원하다시피 말했다. "그 아이는 너무 연약하답니다."

이 말에 나는 정신이 번쩍 들었다. 헨리가 밖으로 나가거나 자해를 하기라도 한다면 퍼킨스 부인이 얼마나 고통스러워 할지 상상이 되기 시작하였다. 나는 미친 듯 날뛰는 고양이의 뒤를 쫓느라 내 손이 찢어진 건 잠시 잊을 정도였다.

휴게실 쪽으로 간 헨리는 커튼을 타고 오르기 시작하였다. 도망치기로 결심한 양 극심한 흥분 상태를 보이더니, 이번에는 휘장 이쪽저쪽을 옮겨 다니며 배설물까지 뿌려 대기 시작하였다. 그 순간 내 머릿속은 오로지 어떻게 하면 저 녀석을 더 이상 흥분시키거나 갈비뼈 하나라도 다치게 하지 않고 사로잡을 수 있을까 하는 생각뿐이었다. 대학 때 수업에서는 왜 이런 상황에 대해서는 한마디도 가르쳐 주지 않았을까 하는 생각을 하며 방 한가운데에 서 있는 동안, 헨리는 커튼 봉을 이용하여 크게 원을 그리더니 다음 방으로 사라지고 말았다.

퍼킨스 부인은, 헨리가 그녀 옆을 지나 홀에서 실험실 쪽으로 사라지자 비명을 질러 댔다. 실험실은 녀석에게 위험한 기구들로 가득했다. 냄새나는 배설물을 따라 실험실 쪽으로 고양이를 쫓아가면서, 5킬로그램도 안 되는 고양이 몸에서 어떻게 이토록 많은 배설물이 나올 수 있는지 궁금증이 일었다. 내가 실험실에 들어선 순간, 헨리는 이제껏 알려지지 않았던 생물의 신비, 즉 배설물의 양은 무한히 많아질 수 있다는 것을 여실히 보여 주고 있었다. 왜냐하면 방 안에 있는 완전히 새것인 검사대와 살균 소독한 기구들이 온통 똥으로 뒤덮여 있었던 것이다. 그나마 다행인 것은 녀석이 증기 멸균기 뒤에서 잠시 행동을 정지한 채 나를 똑바로 보고 있다는 점이었다. 헨리의 동공은 두려움으로 커다랗게 열려 있었고, 눈 뒤쪽에서는 연초록이 뒤섞인 노란색 불꽃이 뿜어 나왔다. 마치 깊은 숲 속에서 인간과 마주친 어린 사슴이나 토끼가 자신이 움직이지 않으면 사람도 자신을 보지 못할 거라고 믿고 있듯이 헨리는 동상이 되어 가만히 앉아 있었다.

이제 더 이상 문제를 일으키지 않고 헨리를 사로잡을 방법을 결정해야만 했다. 그러나 별다른 뾰족한 방법이 없던 나는 기본에 충실하기로 하였다. "키티, 키티, 키티." 그 상황에서 할 수 있는 한 사랑스러운 목소리로 녀석을 부르려고 애썼다. 그러나 잘 되지 않았다. 오히려 이 말은, 내가 자기를 보고 있다는 사실을 이 얼어붙은 동물에게 일깨워 준 셈이 되었다. 녀석이 검사대를 가로질러 새로운 행동을 하게 만든 것이다.

"오, 안 돼, 그것만은!" 소리를 질렀지만 이미 물은 엎질러졌다. 헨리의 작은 움직임에 30여 개가 넘는 혈액 튜브가 바닥으로 나뒹굴었다. 그 혈액들은 바이러스 검사를 위해 전날 오후에 90킬로그램이 넘는 돼지들로부터 어렵게 채취한 것들이었다. 피를 뽑느라 몇 시간이 걸렸던 일이었다. 나의 이 이야기는 농장주와 그의 이웃들에게 최소한 1년치의 웃음거리가 될 것이다. 이제 나는 그에게 전화를 걸어 다시 피를 뽑게 된 상황을 설명하고, 이 소문을 듣게 된 이웃 농장의 조롱까지 견뎌야 할 판이었다. 이미 그 광경이 그림으로 그려졌다. 아마 다른 주민들도 초대될 것이다. 의자가 놓일지도, 티켓이 예매될 수도 있다. 그러나 지금은 무엇보다 이 고양이를 잡아야 했다.

이제 나는 할 만큼 했다는 생각이 들었다. 헨리는 실험실 문 쪽으로 몸을 옮기려 했지만 나는 가만히 있었다. 이번에는 그가 나를 보며 잠시 주춤했는데, 그 순간이 결정적인 기회를 제공했다. 나는 몸을 날려 고양이를 덮쳤고, 궁지에 몰린 녀석은 하얀 이를 드러냈다. 몸을 뒤틀며 나를 깨물더니 내 어깨 쪽으로 몸을 날렸다. 그러고는 갑자기 움직임을 멈추며 잠시 쉬는가 싶더니 녀석은 나의 귓불에 한 발을 대롱대롱 매달았다. 날카로운 발톱은 내 귀의 살점에 구멍을 뚫고 녀석의 무게를 지탱하기에 충분했다. 나는 헨리가 마침내 기진맥진해 도주를 포기한 것인지, 아니면 그 정도로 승리했다고 주장하고 싶었던 것인지 알 수 없다. 그런데 그 순간 누군가가 불을 켰다.

퍼킨스 부인이 우리를 발견하고 보인 반응은 내가 예상한 것이 전혀 아니었다. "죄송해요. 괜찮으세요, 선생님?"이라는 말 대신에 "세상에! 우리 헨리 다친 것 아니겠죠?"라는 말이 들려 왔다.

내 귀에 고양이가 매달린 채 목까지 피가 흐르는 상황에서 퍼킨스 부인이 자기 고양이를 걱정해 날 힐난하는 것을 들으니, 내가 왜 이 지경까지 이르게 되었는가 하는 생각이 들었다. 8년 동안의 고된 대학 과정, 국가고시, 그리고 비싼 학자금 대출 등은 내가 평생 갈망해 왔던 수의사라는 영광스런 이름에 따라붙은 것들이었다. 대학 때의 내 친구들이 지금 무엇을 하고 있을지 궁금해졌다. 아마도 화려한 사무실에서 적어도 자기를 깨물지는 않는 고객을 대하며 큰돈을 벌고 있을 것이다. 그러나 나는 나의 바보 같은 선택에 대해 진정으로 만족한다. 비록 환자나 그의 주인에게 항상 고맙다는 인사를 받는 것은 아니지만 수의사 말고 다른 직업을 선택한 나를 상상할 수는 없었다.

헨리를 내 귀에서 떼어 내고 난리법석이 시작된 진료실로 다시 데려왔다. 일단 테이블 위에 올려놓자 녀석이 안정을 찾고 평상의 상태로 돌아간 것으로 보였다. 내가 헨리의 뒷다리에 진정제를 투여하는 동안 퍼킨스 부인은 녀석을 잡고 있었다. 기분이 좋아진 것인지 싸울 마음이 없어진 것인지 알 수 없지만 어쨌든 이제는 나를 받아들이고 있었다. 진정제 효과는 몇 분이나 지속되었고, 그동안 요도관을 막고 있던 것을 제거할 수 있었다. 퍼킨스 부인은 헨리를 위한 항생제와 재발 방지를 위한 식이요법 처방전을 가지고 돌아갔다.

자, 나는 왜 수의사가 되기로 결정했을까? 분명 그것은 쉬운 길은 아니었다. 수의사 과정을 마치고 학위를 따서 벽에 걸어 놓기까지 힘들고 고된 수년의 시간을 보내야 했고, 그 학위증을 걸어놓을 사무실을 얻는 데 필요한 적절한 보상을 받기까지 또 긴 시간이 지나야 했다. 나 자신을 설명하자면 처음부터 시작하는 것이 좋을 것 같다.

어떻게 이 길을 가게 되었을까

일주일에 최소한 한 번쯤은 수의사가 꿈이라는 어린 소년이나 소녀들을 만나게 된다. 그들 뒤에선 부모들이 대개 자부심에 차서 환한 얼굴을 하고 있다. 이들 미래의 수의사들은 동물에 대한 지극한 애정과 깊은 희생정신을 가지고 있기 마련이다. 나는 그들이 동물을 치료할 수 있는 수의사가 되기 전에 겪어야 할 길고도 고된 훈련과 밤샘 작업들에 대해 일깨워 주고 싶은 마음이 굴뚝같지만 억누르는 경우가 많다. 대개는 그저 행운을 빌어 주며 웃거나 머리를 쓰다듬어 줄 뿐이다. 이 열정에 찬 얼굴들을 보며 가끔 내 과거를 상상해 보는데, 이들의 얼굴은 내가 왜 그토록 수의사가 되고 싶어 했으며, 무엇이 8년 동안의 대학 과정을 견디게 했는가를 한 번 더 생각하게 한다. 이 험한 길로 나를 이끈 것을 이야기하기 위해서는 어린 시절로 돌아가야 한다.

나는 남서부 아이오와 주의 작은 농촌 마을에서 자랐다. 바이블 벨트^{기독교가 모든 일상에 깊이 스며들어 있는 미국 남동부} 지역의 먼 변방이었던 그곳은 관광객들이 즐겨 찾는 곳은 아니었지만 어린이들에게는 무척이나 멋진 마을이었다. 그곳에 사는 대부분의 사람들은 서로 잘 알고 지내며, 잘 보살펴 주었다. 작은 상점들이 둘러싸고 있는 그림처럼 예쁜 네모난 마을 가운데에는 공연을 할 수 있는 무대가 있었다. 무더운 여름 저녁이면 매주 악기들이 내는 아름다운 소리가 들려왔고, 마을 사람들은 솜씨 좋게 배치한 야외 접이식 의자에 편안하게 앉아서 음악을 감상하였다. 노먼 록웰^{20세기 미국의 유명한 화가이자 일러스트레이터}에도 영향을 주었을 것 같은 작은 이 마을은 최근 40여 년 동안에도 달라진 것이 별로 없다.

나는 취미로 운영하는 마을 바깥의 작은 농장에서 살았다. 그 농장에서는 온갖 종류의 애완동물들을 키우고 있었다. 고양이, 강아지, 말, 소, 양, 심지어 돼지까지 작은 농장을 누비고 다녔다. 지역 청소년 단체에서 활동하던 나와 여동생은 어느 해 여름에 주와 군에서 개최한 가축 박람회에 우리가 키우던 가축들을 출품해 뽐내기도 하였다. 당시 농장주들에게는 가축이 중요한 생계수단이었지만 아버지는 고등학교에서 농업을 가르치셨기 때문에 우리 가족은 진짜 농부들처럼 가축들이 벌어들이는 수입에 의존할 필요는 없었다.

집에서 키우던 동물들 중에서 내가 가장 좋아했던 가축은 하이디라고 불리는 세인트버나드^{스위스 원산의 몸집이 큰 개}와 미즈라고 하는 흰색의 웰시포니^{웨일스 원산의 작은 말}였다. 하이디와 나는 종종 지칠 때까지 몇 시간씩이나 난리를 피우며 놀았는데, 대개는 하이디가 앞발로 내 어깨를 눌러서 풀밭에 쓰러뜨리고는 꼼짝 못하게 한 뒤 엄청나게 큰 혀로 내 몸을 핥으며 침 범벅으로 만드는 것으로 끝나곤 했다. 이는 개의 구강 위생 관념이 널리 대중화되기 이전의 일로, 놀이가 끝난 뒤에 내가 저녁 식사를 하러 식탁에 앉으려 하면 부모님들이 나를 샤워실로 먼저 쫓아 보내곤 하였다.

　미즈는 대부분의 시간을 목초지에서 한가하게 풀을 뜯으며 보냈는데, 행여 돌발 사태가 일어나더라도 자신의 임무대로 잘 대처하였다. 미즈는 안장이나 굴레와 같은 장비 없이도 탈 수 있는 몸집이 작은 말이었다. 말을 타기 위해 필요한 마구가 없어도 뛰어서 올라탈 수 있었고, 말 등에서 땅으로 점프를 할 수도 있었다. 미즈는 초등학생 체험 활동 중에서도 가장 인기를 끌었다. 동생과 내게는 집이었던 폐팅 동물원_{어린이들이 직접 만지고 먹이를 줄 수 있는 동물원}을 찾아오는 스쿨버스에는 같

은 반 아이들이 가득 타고 있었다. 모두가 미즈를 타고 싶어 했고, 이러한 자신의 역할에 그 암컷 말은 무척 행복해했다. 미즈는 등에 타고 있던 아이들이 떨어지면 가만히 멈춘 채 아이들이 다시 올라탈 때까지 기다렸다. 물론 요즘은 보험회사에서 이런 활동을 초등학생들에게 절대 허락하지 않겠지만 말이다.

이런 동물들과 함께 성장하던 내가 어른들로부터 "넌 다음에 커서 무엇을 하고 싶니?"라는 질문을 받으면 "수의사요"라고 대답하는 것이 너무나 당연하고 자연스러웠다. 게다가 마침 동네 동물 병원이 우리 집에서 500미터도 안 되는 거리에 있었다. 나는 수업이 끝나면 병원 진료실에서 개집을 청소해 주는 일을 하였고, 주말에 별일이 없으면 사육사의 호출에 자전거를 타고 달려갔다. 나는 벌써 이 직업에 빠져들고 있었다. 이것 말고는 다른 유망하고 멋진 직업이 있을 것 같지 않았다.

선생님들은 분명 내가 수의과 대학을 갈 만한 성적이 아니라고 생각하셨을 것이다. 그러나 때로는 너는 절대 할 수 없을 거라는 말이 오히려 그것을 성취하도록 만드는 결정적인 힘이 되기도 한다. 고등학교를 졸업하고 대학에 진학하면서 나는 기대에 부풀어 있었다. 약간의 어려움 끝에 내가 목표로 했던 아이오와 주립대학교에 가게 되었을 때, 그러나 나는 너무 놀라고 말았다. 학교에 도착하여 대학 전화번호부를 열어 보자마자 내 눈을 의심해야 했다.

세상에, 전화번호부에 있는 신입생들 거의 모두가 수의사 지망생들이었다. 분명 거기에는 4천 명쯤의 이름이 있었지만 수의과에서는 매년 80명의 학생밖에 받지 않았다. 나는 페이지를 한 장 한 장 넘길 때마다 가슴이 두근거렸고, 수의사 대신에 다른 직업으로 뭘 선택할 것인지를 고민하기 시작하였다. 실의에 빠져 텔레비전 앞에서 몇 시간을 멍하니 있었다. 그러다가 기운을 내서 침대 위로 기어 올라갔다. 이불을 얼굴까지 뒤집어쓰고 있는데, 내가 이미 이번 학기 교재를 모두 구입했다는 사실, 그리고 수년 동안 주위 모든 사람들에게 나는 수의사가 될 거라고 말해 왔다는 것이 떠올랐다. 그러자 최소한 도전은 한번 해 보자는 생각이 들었다.

첫 2년 동안은 화학, 물리학, 그리고 많은 학생들을 '걸러 내는' 것이 목적인 다른 여러 수업들에 파묻혀 지냈다. 내가 보기에 대부분의 나의 동료 학생들은 자신이 원하는 대로 이루어 내는 참으로 놀라운 능력을 가지고 있는 듯했다. 이것은 그들이 겉치레로 그런 척하는 것이었지만 당시 나는 1분이라도 아껴 가며 발버둥을 쳐서 공부하는 사람은 나 하나라고 생각하고 있었다.

한번은 2학년 때 몹시 어려운 물리학 시험을 치르고 난 뒤의 일이다. 한 여학생이 게시판에 붙은 시험 점수를 골똘히 바라보며 서 있었는데 다름 아닌 내가 1년이 넘도록 말을 걸 기회만 엿보고 있던 여학생이었다. 기다리던 기회가 온 것이다. 그녀는 매우 매력적이었고, 도저히 말을 붙이기 힘들 만큼 늘 자신감이 넘치는 여학생이었다. "어려운 시험이었지. 넌 어땠니?" 나는 벽에 붙어 있는 성적표를 바라보며 최대한 부드러운 목소리를 내려고 애쓰며 말을 걸었다.

불편한 침묵이 흘렀다. 잠시 후 나는 그녀가 나와의 이야기에 전혀 관심이 없다는 것을 알아차렸다. 그녀는 깊은 한숨과 함께 내게로 몸을 돌렸다. 그녀의 눈은 물기로 젖어 있었고, 얼굴 위로는 막 눈물이 흐르고 있었다. 그 여학생은 극히 사무적인 목소리로 말했다. "글쎄, 난 이제 끝났어. 이번 학기 전 시험에서 D를 맞았거든. 내 평균 점수로는 틀렸어. 날 위한 수의과는 없어." 나는 무척 놀랐다. 그녀는 항상 자신감에 차 보였는데, 눈에 보이는 것이 진실은 아니었던 것이다. 결론을 말하면 그 순간은 그녀에게 말을 걸기에 좋은 때는 아니었다. 나는 돌아서 나왔고, 다시는 그녀를 볼 수 없었다.

3학년 말이 되면서 마침내 수의과 대학에 응시 원서를 보낼 때가 왔다. 이것은 의과 대학을 지망하는 모든 학생들이 보는 MCAT^{의대 입학} _{자격 고사로 일종의 의대 입학시험}에 응시해야 한다는 의미였다. 이는 사람의 수명을 단축할 수도 있는 시험 중의 하나였다. 최소한 내게는 그러했고, 이틀 동안의 시험 기간은 내 생애에서 가장 긴 날들이었다. 만약 당신이 극도로 긴장한 200여 명의 예비 전문의들이 한꺼번에 시험을 치르는 그 강의실에 있었다면 그날의 분위기를 생생하게 느낄 수 있었을 것이다. 나는 48시간의 대부분을 계속 메스꺼움을 느끼며 보냈고, 특히 시험지가 내가 전혀 모르는 문제들로만 가득하다는 것을 알았을 때는 더욱 심해졌다. 결국 내 답안지는 정답과는 전혀 관계없는 기하학적 무늬의 점들로 채워졌다.

몇 달 뒤에 아이오와 주립대의 수의과 대학에서 보낸 편지가 내 우편함에 꽂혀 있었다. 그것을 뚫어지게 보던 나는 차라리 모르는 것이 알고서 실망하는 것보다 낫지 않을까 하는 마음에 잠시 망설여야 했다. 하지만 언젠가는 열어 볼 편지라는 생각에 봉투를 뜯었다. "이 편지는 당신의 다음 신학기 입학이 허용되지 …… 않았음을 알리는 바입니다."

그럴 수만 있다면 그걸 우편함에 도로 넣어 방금 알게 된 사실을 잊어버리고 싶었다. 하지만 이미 늦었다. 지니병이나 램프 속에 산다는 아랍 신화의 요정는 병에서 나온 뒤였고, 내게는 부모님과 친구들에게 이 사실을 알려야 할 끔찍한 임무가 주어졌을 뿐이다. 그러나 정작 사람들의 반응은 다른 어떤 일보다 이것이 낫다는 것이었다. 결국 나는 다시 도전해 보기로 하였다.

학사 학위도 없이 단 한 번에 그 시험에 붙기란 누구에게나 거의 불가능하다는 것을 이후에야 알게 되었다. 사실 몇몇 응시자 중에는 석사 학위 소지자들도 있었다. 1년 후에 축산학 학위를 따고 나자 우편함에는 이전보다 훨씬 좋은 소식이 도착해 있었다. 환희의 날들이었다. 나는 앞으로 어떤 추락이 기다리고 있을지 전혀 모른 채 그저 기쁨에 들떠 있었다.

좋은 성적을 유지해서 수의과 대학에 입학해야 한다는 중압감에 끊임없이 시달리며 보냈던 학부 4년을 뒤로하고 마침내 나는 꿈에도 그리던 수의과 대학에서의 첫날을 맞게 되었다. 첫 시간에 내가 앉은 자리는 아무런 장식이 없는 썰렁한 신입생 강의실의 제일 꼭대기 뒷줄이었다. 의자는 초기 근대풍의 플라스틱이었고, 거기엔 나무 모조품 느낌을 주는 커다란 책상이 달려 있었다. 책상은 공책 등을 얹어놓기에 충분할 크기였다. 학과장은 학교생활 규칙이나 교칙 등을 설명하고 있었는데 앞줄에 앉아 있는 무리들은 그걸 열심히 받아 적고 있었다. 그들은 이미 예전 학부 시절부터 알고 있던 학생들이었다. 학과장의 그런 말들까지 꼭 받아 적어야 하는 것인지 의아한 생각이 들었다. 앞줄의 그 학생들은 처음부터 '좋은 학생'이란 인상을 주기 위해 애쓰고 있었던 것이다. 나중에 드러난 사실이지만 그러한 수업 태도나 좌석 위치는 이후 4년 동안 이어졌다.

수의과 대학은 대학교 중심에서 1.6킬로미터 남짓 떨어져 있었다. 각 건물들은 크고 따로 떨어져 있어 1학년들은 대부분의 시간을 캠퍼스에서 보냈다. 콘크리트 벽돌로 지은 건물에는, 햇빛이 어떤 것인지를 확실하게 일깨워 줄 만큼 큰 창문들이 있었다. 썰렁한 흰색 벽 사이로는 주황색을 띤 금속 출입구와 촌스러운 1970년대 그림이 있었다. 학교는 모든 것이 한 지붕 아래에서 이루어지고, 필요한 것이 모두 완비된 자족적인 공동체였다.

우리는 대부분의 시간을 세상으로부터 완전히 격리된 채 살았던 것 같다. 어떤 면에서는 고등학교와 무척 흡사하였다. 학교에는 사물함이 갖춰져 있었고, 우리만의 운동 팀도 있었다. 이런 분위기에서 약 120여 명의 사람들이 5년 가까이 함께 지내는 동안 몇몇은 평생의 친구가 되기도 하였다. 같은 건물에서 모든 전공 수업을 들었고, 거기서 공부했고, 때로는 잠도 잤다. 지금 생각하면 가끔은 집에 가도 된다는 사실을 잊고 지냈던 게 아닌가 싶다.

해부실에서의 첫 수업은, 우리들 중 과연 누가 동물 사체 앞에서 어떤 반응을 보일까 하는 것이 관심거리였다. 다행히 나는 내 작은 동물 농장에서 크고 작은 삶과 죽음을 대하며 자랐지만 내 동료 중 몇 사람은 그런 혜택을 전혀 받지 못했다. 충격을 받은 몇몇은 화장실로 들어가 문을 잠갔고, 나머지는 동료들 앞에서 태연한 척하려고 애쓰며 구역질을 견디고 있었다. 그러나 몇 주가 지나면서 해부 역시 일상적인 것이 되었다. 우리는 새로운 모험에 점차 익숙해지고 있었다.

신입생 때는 지극히 헌신적인 몇몇 교수들의 열띤 웅변을 듣고 있어야 했다. 그들은 자신의 전공 분야가 실제 수의사들의 세계에서는 얼마나 쓸데없는 것인지에 대해선 조금도 생각하지 않았다. 마치 그것 없이는 우리가 살아갈 수도 없을 거라고 생각하는 듯했다. 나는 지금도 먼 아프리카 변방 지역에서나 볼 수 있는 이국적인 질병들의 이름을 아주 많이 기억하고 있다.

수의과 대학에서의 나의 첫 해는 기말 시험 소동으로 끝났다. 기말 시험은 우리를 정신과 육체의 한계까지 몰고 갔다. 나는 첫날 치르는 시험에 집중하느라 마지막 날 시험인 조직학^{생물체의 여러 미세한 조직을 연구} 공부를 미루어 놓았다. 그러나 그건 불행히도 밤을 꼴딱 새워야 하는 일이었다.

장장 두 시간 동안 치르는 조직학 시험에서는 대부분의 시간을 현미경에 눈을 대고 집중해서 보고 있어야 했다. 그런데 학생들이 가장 나쁜 악몽으로 여기는 일이 내게 일어나고야 말았다. 시험을 보다가 잠에 곯아떨어지고 만 것이다. 두 눈을 현미경 렌즈에 기댄 채 말이다. 얼마나 잤는지 알 수 없지만 어쨌든 잠에서 깨어났을 때 나는 경악하며 거의 공황 상태에 빠졌다. 몸을 가누기 힘들 정도로 몽롱한 상태에서 시계를 찾는데, 내 동료들이 시험을 위해 특별히 준비해 둔 유리 슬라이드를 바쁘게 분석하고 있는 것이 눈에 들어왔다. 교수가 시간이 다 되었음을 알릴 때에야 지난 1년 동안 공부하며 준비했던 세포 분석을 허둥지둥하면서 가까스로 마칠 수 있었다. 잠깐 동안의 졸음으로 내가 원했던 점수를 받지는 못했지만 최소한 시험을 완전히 망친 것은 아니었다.

이 끔찍한 경험은 오래전의 일임에도 그 충격을 잊어버리지 않았다. 불과 두 해 전까지만 해도 시험을 놓치거나 아주 중요한 수업을 빼먹고 가지 않는 악몽을 꾸고는 한밤중에 차가운 땀에 흠뻑 젖은 채 깨어나곤 했다. 나의 심한 스트레스 후 외상이 아닐까 생각한다.

우리의 2학년은 학교생활 중 가장 힘든 시기였을 것이다. 그러나 지난 1년을 버틴 경험이 한결 쉽게 적응할 수 있도록 해 주었다. 또한 우리는, 누가 친구이고 누가 이기주의자인지 충분히 알게 되었다. 약리학, 미생물학, 그리고 바이러스학 등은 단연 우리를 힘들게 한 과목이었다. 시험 결과를 받아 보고 우는 일은 정기적인 행사가 되었다. 참으로 가혹한 일이었다. 그러나 3학년이 되면 우리가 직접 몸으로 부딪칠 수 있는 실험이 많을 것이라는 생각에 1년을 또 견뎌 냈다.

3학년이 되자 정말로 실험이 많았다. 복제실과 같은 몇몇 강의실에서는 직접 동물들을 상대로 실험하였다. 크고 작은 동물의 임신 여부를 진단하는 것은 거의 모든 수의사에게 매우 중요한 업무 중의 하나였다. 따라서 이 실습은 우리에게 중요한 첫 경험이기도 하였다. 우리는 오른쪽 가슴 부위에 수의사 표시가 수놓인 흰색의 긴 작업복을 걸쳤다. 그리고 큰 동물들의 임신 여부를 진단하기 위해서 꼭 필요한 긴 라텍스 장갑을 착용했다. 임신이 가능한 암소가 학생들 앞에 서 있고, 우리는 차례로 임신 여부를 진단해야 했다.

   그런데 내 옆에 있던 한 소녀는 특히 이 일에 긴장하고 있었다. 그 전에 소를 겪어 본 적이 별로 없는 여학생이었다. 그녀는 차례가 오자 내 귀에 대고 속삭였다. "나는 개와 고양이만 다루면 좋겠어. 정말이지, 이 일은 하고 싶지 않아." 그렇지만 결국 그녀의 차례가 왔고, 그녀는 도전해 보기로 하였다. 엄청나게 큰 홀스타인 암소 앞에서, 그녀는 긴 라텍스 장갑을 끼고 팔에 윤활유를 발랐다. 그리고 가능한 한 깊숙이 팔을 넣었다. 진단을 받는 이 암소 환자는 최근 2주를 아이오와의 싱싱한 목초지에서 보낸 덕에 다행히 변비가 없었다. 이번에는 내 동료 학생이 그 여학생의 어깨를 암소의 안쪽으로 조금 더 밀어 넣었다. 그런데 이 행동이 바로 짐승을 동요하게 만들었다. 결국 큰 암소는 등을 활처럼 구부리더니 복부의 온 힘을 모아 그 여학생의 팔을 빼내려고 바동거렸다. 하지만 그 여학생은 보기보다 단호하게 행동하기로 작심한 듯이 젖소의 소망을 쉽게 들어주지 않았다. 마침내 그녀의 팔이 정확히 어느 지점에 도달했던 것 같다. 왜냐하면 갑자기 톡 쏘는 듯한 냄새와 함께 초록빛 배설물이 분출되더니 내 동료 여학생의 얼굴을 정확히 조준했던 것이다. 그녀는 잠시 '블랙 라군[일본의 애니메이션]'에 나오는 여주인공으로 변신했고, 우리는 그런 그녀를 보며 뭐라 말할 수 없이 난감해하였다. 몹시 창피를 당했던 이 사건을 그녀가 웃어넘길 수 있게 된 것은 2주가 지나서였다.

　4학년은 학교에서의 실험과 수의학 현장에서의 실습으로 이루어졌다. '실제 세계'로 왔다가 다시 학교로 돌아가는 일이 반복되었다. 학교에서 하는 일은 교수님보다 먼저 동물 환자를 보며 정확한 진단을 내려 보는 것이었다.

　교정에는 바람이 불며 낙엽이 뒹굴고 있었다. 이제 안전한 상아탑의 세계를 벗어나 바깥세상 어디로 떠날 것인가를 생각해야 되는 때가 온 것이다. 이날을 위해 8년이라는 혹독한 수련 기간을 거쳤지만 막상 그날이 오자 우리들 대부분은 몹시 두려움을 느꼈다. 우리는 과연 성공적으로 해낼 수 있을까, 아니면 비참한 패배자가 될 것인가? 수년 동안 배우고 익힌 정보들을 그때그때 기억해 낼 수 있을까? 친구들은 하나씩 하나씩 전국 곳곳으로 일터를 알아보기 시작하였다. 우리들 대부분은 서로의 인생길에서 다시는 쉽게 만나지 못할 것이라는 것을 알기에 더욱 더 슬픈 작별을 나누어야 했다.

　이 시기는 내게도 무척 힘들었고, 늘 신경이 곤두선 채로 보내야 했다. 미국 남서쪽의 캘리포니아 주에서 북동쪽 끝의 메인 주에 이르기까지 일을 찾아보았지만 적당한 자리를 찾을 수 없었다. 그러다가 결국 중서부를 떠날 생각을 하게 되었는데, 그것은 사우스다코타 주의 동부 지역에서 아주 흥미로운 제의가 들어왔기 때문이다. 지역은 별로 맘에 들지 않았지만 최고 수준의 시설과 연구실을 가진 수의사가 될 수 있다는 점이 좋았다. 결국 나는 거절하지 못했고, 1973년에 짐을 꾸렸다. 앞으로 내가 어떤 일을 겪게 될지는 그때로서는 전혀 알 수 없었다.

자꾸만 뒤통수를 치는 현실

다코타에 도착한 바로 다음 날 아침에 나는 병원으로 일찍 출근하였다. 새 직장에서 첫날을 시작하고, 직원들도 만나 분위기를 익히기 위해서였다. 좋은 인상을 주려고 애쓰며 7시 45분쯤 병원 진입로에 들어서자 아래층은 사무실로, 높은 층은 주거지로 쓰는, 서로 다른 높이의 층으로 이루어진 본관 건물이 보였다. 건물 서쪽으로 10미터쯤 떨어진 곳에는 1층짜리 창고가 있었는데, 병든 말을 돌보는 장비와 큰 동물을 위한 수술대가 있는 곳이었다. 시설들은 꽤 깨끗하였다.

마침 중서부의 훈훈한 미풍이 살랑대는 아침이었다. 처음 보는 직원이 지나가면서 대충 인사를 하더니 엉거주춤하게 서 있는 나를 내버려 두고는 연신 울어 대는 호출 소리를 들으며 어디론가 사라졌다. 나는 본관 안으로 들어가 한 바퀴 대강 둘러보았다. 대기실과 응접실이 현관 바로 앞쪽에 쭉 있었고, 오른쪽에는 실험실이 있었다. 작은 동물들 수술실, 진료실, 그리고 의사들 사무실은 왼쪽에 있었다. 건물의 모든 방에는 노란색 리놀륨이 깔려 있었고, 무거운 장화를 질질 끌고 다니는 소리가 건물에 가득했다. 또 익숙한 비타민 B 냄새가 그곳을 가득 채우고 있었는데, 내가 가 본 수의과 병원은 다 그러했다. 나는 사무실에 들어가 내 책상으로 짐작되는 곳에 가서 앉았다. 최근 깨끗하게 치운 것이 틀림없었다. 다소 황량해 보이는 분위기였다.

내가 물려받은 자리에서 시작하게 될 일이 무엇일까를 생각하고 있는데 바깥문이 벌컥 열렸다. 그 문을 통해 성큼성큼 걸어 들어온 사람은 25세쯤 되어 보이는 젊은 여성이었다. 아담한 체구로, 무성하고 진한 머리카락을 어깨까지 늘어뜨리고 있었다. 회색 작업복 위에 옅은 푸른색 실험실 가운을 걸치고 튼튼해 보이는 작업용 갈색 가죽 부츠를 신고 있었다. 유행과는 전혀 상관이 없지만 수의사로서는 매우 실용적인 옷차림이었다. 나를 소개하자 그녀의 시선이 나를 훑어보았다. 그녀의 눈은 작고, 코에는 주름이 있었다. 나를 평가하듯 바라보는 시선의 의미가 무엇인지 무척 궁금하였다.

"반갑습니다. 제프라고 해요." 나는 인사를 하며 손을 내밀었다. 그녀는 권위를 내세우기라도 하려는 듯 내 손을 꽉 쥐었다. "당신은 아마도 신참인 것 같네요." 그녀의 목소리에는 실망감이 잔뜩 묻어 있었다. "난 제니라고 하고, 앞으로 당신과 함께 일할 보조사입니다. 아마도 우린 많은 시간을 같이할 거예요." 그녀는 진실로, '어이, 신출내기! 내가 앞으로 널 가르쳐야 한단 말이야'라고 생각하는 것이 분명했다. 내 손을 놓더니 그녀는 다음과 같이 말했다. "당신은 처음 한 달

동안은 진료를 맡을 수 없어요. 그동안에는 당신에게 자리를 물려줄 사람 옆에서 일을 배우는 게 좋을 거예요."

이런 우라질! 거시기를 한 대 크게 얻어맞고, 위장과 폐에 커다란 구멍이 뻥 뚫린 듯했다. 젊은 수의사에게 제자리를 척척 찾아 주다니, 그녀는 훌륭했다! 그러나 이날을 위해 내가 그동안 준비하며 쏟아부은 시간들을 그녀가 알기나 할까? 내가 희생해야 했던 것들을? 토하고 있는 강아지의 정맥에 수액을 주입하고, 교수들이 침대에서 편히 자는 동안 카페인을 속에 들이부으며 꼬박 밤새워 공부해야 했던 학창 시절을? 그러나 내가 이 시간을 위해 치러야 했던 수백 번의 시험과 길고 긴 준비 과정들에 대해 그녀는 전혀 의미를 부여하는 것 같지 않았다.

지금 돌이켜보면 직장에서 실습 기간이 있었다는 것이 참 좋았다는 생각을 한다. 진료에서 필요한 나만의 방식을 터득하고 고객을 대하는 노하우도 알게 되었기 때문이다. 그렇지만 당시 나는 겉으로만 그녀에게 알았다는 듯 고개를 끄덕였고, 곧 그녀는 자신의 일상 업무를 시작하기 위해 자리를 떴다. 오늘은 실제로 진료를 시작한 날은 아니었지만 그날은 곧 올 것이다.

정식 수의사로서의 첫날은 이처럼 약간의 기대와 큰 두려움으로 시작되었다. 8년이라는 준비 과정을 거쳤지만 그건 정말 지나간 시간일 뿐이었다. 내가 자리를 이어받게 될 전임자인 닥터 앤과 함께 손님을 만나거나 그녀에게서 최대한 많은 것을 배우려고 노력하면서 첫 한 달은 금방 지나가 버렸다. 그녀가 매우 존경받는 수의사로서 많은 환자들을 돌보았다는 것은 내게 극히 행운이었다. 닥터 앤은 남부 다코타에서 성장하여 지역 주민들을 어떻게 대해야 하는지를 잘 알고 있었다. 그녀는 150센티미터를 간신히 넘는 키였지만 몸이 튼튼해서 고된 업무라 할지라도 결코 지치지 않았다. 웨이브가 있는 검은 머리를 짧게 깎은 닥터 앤은 항상 편한 옷차림을 하였는데 힘든 직업을 가진 여성에게 딱 어울리는 복장이었다. 장신구는 자칫 강아지 털이나 쇠꼬리에 걸릴 수 있기 때문에 그녀는 장신구를 착용하지 않았다. 닥터 앤은 매우 인격적이고, 정직하며, 훌륭한 수의사였다. 많은 고객들이 그녀를 좋아했고, 나 또한 그러했다.

그렇지만 닥터 앤은 두 시간 남짓 떨어진 곳에 있는 그녀의 새로운 가족들과 좀 더 가까이 지내기 위해 이 일을 고만두려고 하는 중이었다. 그녀는 최근에 결혼하면서 10대인 두 딸들의 엄마가 되었다. 분명 그녀는 자기 일에 탁월한 능력을 지니고 있었다. 그녀가 무척 그리울 것이며, 복도를 울리던 그녀의 신발 소리 또한 다시는 듣기 어려울 것이다.

나는 한 달 동안 그녀로부터 무척 많은 것을 배웠다. 그리고 별로 힘들지 않게 그녀의 제자로서의 역할을 수행할 수 있었다. 처음에는 나 역시 학교를 졸업할 무렵의 다른 학생들처럼 많은 질병으로부터 세상을 구제할 지식이 있다고 생각하였다. 짐작하겠지만 이런 생각은 순식간에 깨지고 말았다. 그럼에도 불구하고 닥터 앤과의 한 달 동안의 실습이 끝날 즈음에는 여기에서 벗어나 뭔가 내 식대로 하고 싶어 죽을 지경이었다. 내가 어려운 상황을 만나더라도 나를 고용한 닥터 데이브가 있기 때문에 가이드 역할을 해 줄 수 있을 것이라고 생각하였다. 닥터 앤과의 마지막 날, 그녀는 나와 악수를 나눈 뒤에 알 듯 말 듯한 미소를 지으며 행운을 빌어 주었다. 그녀는 내가 겪게 될 시련들을 너무도 잘 알고 있었을 것이다. 바로 다음 날 아침부터 난 온전히 혼자서 일을 처리해야 했다.

그날 밤, 나는 앞으로 일어날 많은 상황과 그것에 대처하는 내 모습을 상상하느라 밤새 잠을 이룰 수 없었다. 잠을 청하기 위해 숫자를 세어 보려고도 했지만 역시 치료 방법을 찾지 못해 끙끙대는 상상으로 끝나곤 했다. 그러다가 마침내 아침이 왔다. 나는 첫 업무가 궁금해서 일찌감치 병원으로 향했다. 그렇게 일찍 나온 것은 그날이 처음이자 마지막일 것이다. 최대한 담담하게 보이려고 발걸음을 크게 옮기면서 응접실 쪽에 걸린 나의 업무 스케줄을 보았다. 오전에는 개와 말의 임신 여부를 진단하는 일 등이 있었고, 오후에는 혹시 일어날 수도 있는 응급 상황에 대비하느라 일이 비어 있었다. 좋은 편이었다. 신참인 내게 진료를 원하는 손님은 아직 없기 때문이었다. 남부 다코타의 동부 지역 사람들은 변화를 쉽게 받아들이지 않는다. 한동안 나는 이 지역 사람들의 주요 관찰 대상일 것이다.

나는 앤으로부터 넘겨받은 진료용 트럭으로 향했다. 무릎이 들어가지 않아서 좌석을 뒤로 세게 젖히고 운전석에 올랐다. 제니도 좀 느린 동작으로 내 옆에 와 앉았다. 드디어 내가 그토록 오랫동안 기다려 왔던 날이 시작되었다. 남부 다코타의 바람과 너무 많은 자갈길에 두들겨 맞았을 자동차 앞 유리를, 마치 만화경이라도 보는 양 쳐다보았다. 운전대 주위에는 오래된 영수증, 주사기 케이스, 그리고 간간히 먹고 남은 듯한 사탕 봉지들로 가득했다. 좌석은 휘고 낡아서 올이 다 풀려 있고, 살균 비누와 비타민 냄새 등이 배어 있었다.

웨버 씨 농장 문을 열고 들어설 때 나는 다소 흥분하고 긴장해 있었다. 그가 자신의 말이 임신했는지를 알고 싶어 나를 불렀기 때문이다. 폐차 직전의 트럭, 가시철망 뭉치들, 기울어 있는 가축우리들을 지나 집 안으로 들어갔다. 농작물을 기를 경우에는 진입로 주변의 1.5미터 가량을 깨끗하게 풀을 깎아 놓는 것이 의무라서 주변 환경이 잘 다듬어져 있었다. 또 축사에서 일어날 수 있는 가축들의 난장판으로부터 주거지 역시 잘 보호되고 있었다.

웨버 씨 부부는 가난한 농촌 사람들이었다. 그들은 30여 마리의 말, 그보다 좀 더 많은 젖소와 돼지를 기르며 생계를 꾸리느라 매우 열심히 일하는 사람들이었다. 웨버 부인은 젖소들을 데려와 우유를 짜고, 장비를 깨끗하게 관리하는 등 남편만큼이나 많은 일을 하는 것 같았다. 그녀의 몸에는 조금의 지방도 없었는데, 아마도 하루 종일 남편과 동물들을 따라 농장을 수 킬로미터씩 돌아다녔기 때문일 것이다. 이 집의 아들들은 보다 수입이 나은 일자리를 찾아서 농장을 떠났고, 그들은 어쩔 수 없이 일용직 일꾼들을 구해 농사를 짓고 있었다.

이 지역의 대부분의 농부들처럼 경제적으로 궁핍한 웨버 씨 부부에게 암말의 임신 여부는 매우 중요한 문제였다. 암말이 새끼를 낳으면 목초지를 더 늘

릴 수 있겠지만 그렇지 않으면 종마와 함께 더 많은 시간을 투자해야 하는 것이다. 때때로 자궁 문이 열려 있거나 새끼가 들어서지 않을 때는 임신을 할 수 있도록 의학적 조치를 취해야 하는 경우도 있었다. 다음 봄에 새끼를 낳지 않는 암말이란 웨버 씨네 경제 형편에 별 도움이 되지 않는다. 정확한 진단을 내려야 한다는 부담감 때문에 나는 스트레스를 받고 있었다. 더구나 나의 선임자를 무척 신뢰했던 웨버 씨 부부에게 이번 일은 나에 대한 테스트이기도 했다.

먼저 긴 라텍스 촉진용 장갑을 착용했는데, 이 장갑 없이는 손톱을 깨끗한 상태로 유지할 수 없다. 제니가 옆에서 용기를 들고 서 있다가 끈적끈적한 윤활유를 내 손에 들이부었다. 첫 번째 암말이 담담한 표정으로 내 앞에 왔다. 손을 부드럽게 집어넣어 직장을 만져 보았는데, 그 밑에 자궁이 있기 때문이었다. 이런 촉진은 학교에서, 때로는 경험 많은 수의사의 지도를 받으며 많이 해 본 일이었다. 그런데 이번은 확실히 달랐다. 이전과 달리 자궁을 찾을 수 없을뿐더러 새끼의 딱딱한 머리 부분도 만질 수 없었다. 짐승의 몸속이 마치 정체를 전혀 알 수 없는 반죽 덩어리 같았다.

시간이 지체되면서 옆에 있던 웨버 씨 부부도 초조해하기 시작했다. 나의 지저분한 모습이 말의 눈을 통해 보였다. 트럭으로 달려가 차를 몰고 도망가고 싶다는 욕구를 억누르고 있는데, 이번에는 위장이 토할 것처럼 뒤틀리기 시작하였다. 결국 나는 자궁을 찾지 못했는데 그런데도 내 스스로가 놀랄 만큼 큰소리로 말이 임신했다고 소리치고 말았다. 그러고는 다음 암말을 진료할 준비를 했다. 실망스럽게도 다음 암말도 마찬가지였다. 임신 여부를 확인하는 일이 더 힘들게 느껴지더니 이제는 말을 보기만 해도 신경이 곤두섰다. 최상의 진단을 하기 위해, 그날 내가 진료하기로 했던 10여 마리의 말을 내 방식으로 다루는 수밖에 없었다. 내 손이 마지막 말의 몸에 들어갈 무렵에는 나의 무능함에 구역질을 느낄 지경이었다. 마침내 손바닥에 익숙한 느낌의 태아의 두개골이 만져졌다. 마지막 암말을 보며 "임신했어요"라고 거의 외치다시피 말하면서 기분이 조금 나아지는 순간에 그러나 나는 반격을 당해야 했다. 암말이 왼쪽 뒷다리로 전광석화처럼 발길질을 하면서 말발굽이 내 정강이를 세게 쳤는데, 그 소리가 마치 총소리 같았다. 땅에 쓰러진 나는 계속 정강이를 어루만져야 했다. 다행히 뼈는 튀어나오지 않았고, 트럭은 겨우 탈 수 있을 것 같았다.

웨버 부인의 얼굴에 처음으로 웃음이 번졌다. 웃는 표정이 그녀의 지친 얼굴 때문에 오히려 낯설게 보일 지경이었다. 기분이 좋아진 부인은 표정을 숨기려 들지 않았다. 부인에게는, 내가 늙은 암말의 임신을 알아낸 것이 비로소 일 좀 하였다고 처음으로 인정하는 계기가 되었을 것이다. 나는 인사를 나누고 절뚝거리며 트럭이 있는 곳으로 돌아왔는데, 다른 장소로 떠나는 것이 이토록 기뻤던 적은 내 인생에 처음인 것 같았다.

차가 그 농장에서 멀어지자 제니는 더는 참을 수 없다는 듯 히죽히죽 웃으며 나를 돌아보았다. "방금, 저기서 당신은 무얼 하는지도 몰랐던 것 아니에요?"라고 제니가 말했을 때 나는 "다 보였다는 거죠?"

라고 맥 빠진 눈빛으로 그녀를 바라보며 말했다. 그녀는 한참 눈동자를 굴리더니 고개를 끄덕였다. 그것으로 대답은 충분했다. 멋진 시작이라고는 할 수 없었다.

다음 일은 개의 중성화 수술이었다. 이것은 또 얼마나 힘들까? 그러나 대학에서 이를 몇 번 실습한 적은 있었다. 그래서 나는 차를 몰아 병원으로 가면서 다시 몸을 곧추세우고, 스스로에게 자신감을 불어넣었다. 병원에 도착하여 내가 환자를 살피는 동안 제니는 진료실을 수술실로 바꾸어 놓았다. 환자는 한 살짜리 도베르만핀셔^{주로 군견이나} _{경찰견으로 기르는 짧은 검은색 털의 덩치가 큰 품종}인 엘리였는데, 건강 상태는 매우 양호해 보였다. 우리는 엘리를 테이블로 들어 올렸고, 내가 매끈한 앞다리의 정맥에 마취제를 놓는 동안 제니는 엘리를 붙잡고 있었다. 대부분의 도베르만이 그렇듯이 엘리 역시 태연하게 앉아 있었는데, 바늘이 피부를 뚫고 들어가도 조금도 동요하지 않았다. 마침내 엘리가 잠이 들자 기관지에 튜브를 삽입한 뒤 튜브를 통해 마취 가스를 들여보냈다. 이어서 제니는 엘리의 몸 중심선을 따라 살이 드러나도록 털을 민 다음에 그 부위를 베타딘 비누로 소독하였다.

나는 장갑을 끼고 수술용 마스크를 하였다. 그리고 소독한 외과용 팩을 열어 예리한 새 날을 부착한 메스를 들었다. 그리고 잠이 든 엘리 옆에 서서, 피부와 근육을 최대한 부드럽게 절개한 뒤에 작은 난소를 찾았다. 난소를 찾으니까 수술의 1단계가 끝났다는 생각에 약간의 안도감마저 들었다. 다음에는 난소, 그리고 자궁경관 바로 앞의 자궁으로 가는 혈관을 가늘고 푸른 봉합실로 묶었다. 이제 드디어 이번 수술에서 가장 중요한 일이 남아 있었다. 바로 난소와 자궁을 몸에서 잘라 내서 제거하는 일이었다. 나는 난소와 자궁으로 가는 혈관이 잘 봉합되었기를 빌며 천천히 강아지의 번식 기관을 제거하였다. 그리고 급히 복부에서 피가 고여 있을 곳을 찾았다. 어떤 복부 절제 수술에서도 있을 법한 극히 적은 양의 출혈만 있었기에 수술은 잘 끝난 것처럼 보였다.

그런데 절개된 부분을 덮기 시작했을 때 갑자기 소량의 붉고 선명한 피가 나타났다. 봉합을 멈추고 바라보니, 수술 부위가 청결할 수 있도록 깔아 놓은 초록 종이가 피로 젖기 시작했다. 피는 더 빠르게 번졌고, 수술 부위를 조금 누르자 피가 수술대로 쏟아져 나오더니 내 신발까지 적셔 버렸다. 분명했다. 뭔가 잘못되었다! 피가 강아지의 몸에서 빠져나가는 만큼 마지막으로 내게 남아 있던 한 조각의 자신감도 빠져나가고 있었다.

잠시 동안 난 얼어붙은 듯 서 있었다. 나의 위장이 뒤틀리면서 자칫 제니에게 토할 뻔했다. 조언을 구할 교수나 의지할 수 있는 경험 많은 실습 조교가 옆에 없다는 사실이 그토록 외로울 수 없었다. 고독감만이 차가운 손처럼 나를 감싸 쥐었다.

마침내 나는 깨달았다. 이 작은 동물의 생명을 구하기 위해 나는 무언가를, 그것도 지금 당장 해야 한다는 것을! 떨리는 손으로 이미 처치한 봉합선을 풀고 출혈의 진원지를 찾기 위해 뱃속을 뒤졌다. 선홍색 피는 도처를 적시고 있었고 제니는 4·4 사이즈의 거즈 스펀지로 선혈을 닦느라 정신이 없었다. 공황 상태에 빠지는 마음을 몇 번이나 추스르던 나는 마침내 두 난소의 잘리고 남은 부분에서 피가 새어 나오는 것을 찾아냈다. 둘 다 이중으로 봉합되어 있었고, 봉합선도 여물게 시술했으나 절단된 정맥에서는 피가 계속 흘러나오고 있었다. 더 많은 봉합사로 단단하게 묶으면서 제니와 나는 숨까지 죽여야만 했다. 더 이상 피가 보이지 않자 제니의 눈에서 안도의 빛이 보였다. 이제야 비로소 피를 흘리지 않는 복부를 볼 수 있게 된 것이다.

나는 근육이며 피부를 꼼꼼히 꿰맸다. 학교에서 배운 대로 수술을 끝냈지만 강아지의 몸속이 걱정되는 것은 어쩔 수 없었다. 봉합이 잘 되었을까, 아니면 다시 출혈이 시작된 것은 아닐까? 이러한 근심은 초보 수의사들의 잠을 빼앗곤 한다.

내가 마무리를 하는 동안 제니는 기관지에 삽입했던 도관을 떼어냈다. 환자는 마지막 봉합이 이루어지자 재빨리 의식을 차렸다. 조금 둔하고 창백해 보였기 때문에 우리는 적은 양이라도 수혈을 해 주기로 했다. 그럴 수만 있다면 나는 내 피라도 주고 싶은 심정이었지만 물론 그건 불가능한 일이었다. 우리는 실제로 도움을 줄 수 있는 기증자를 찾아야만 했다. 곧 진료실 너머의 실험실에 있는 버드라는 개를 찾았다. 그는 내 발밑에 앉아 꼬리를 흔들며 나를 향해 웃고 있었다. 마치 헌혈에 기꺼이 응하겠다는 듯한 표정이었다.

수혈 받는 개가 이전에 한 번도 수혈을 받은 적이 없다면 다행히 혈액형은 별 문제가 되지 않는다. 하지만 엘리에게 주사하기 전에 버드로부터 뽑은 피를 항응고제와 섞어 피가 응고되는 것을 막았다. 그러고는 제니가 미리 준비한 도관^{몸속으로 삽입하여 약 등을 투여하거나 소변을 뽑아내는 관}을 통해 방금 수술을 끝낸 창백한 도베르만에게 버드의 피를 마치 생명수라도 되는 것처럼 조심스럽게 주사하였다. 다 놓자마자 엘리는 기운을 차리는 듯했고, 쿵쾅거리던 내 심장도 조용해지기 시작했다. 제니, 버드 그리고 나는 이후 몇 시간 동안 엘리에게서 눈을 떼지 못했다. 그녀의 껌은 아직 입도 대지 않은 채였고, 오후 네 시쯤 되어서야 그녀는 먹을 것에 관심을 갖기 시작했다.

이 에피소드를 지금에라도 말할 수 있다는 것이 그나마 난 행운이라고 생각한다. 하지만 여전히 엘리가 왜 그렇게 많은 피를 흘렸는지 확실한 판단이 서지 않는다. 가끔 도베르만 품종은 인간의 혈우병과 비슷하게 출혈성 질환을 갖는 경우가 있는데 그렇다고 주인들이 이러한 경우를 대비해 따로 검사를 하는 건 아니다. 이 정신없었던 소동이 출혈성 질환 때문이었는지 단지 젊은 수의사의 경험 부족 때문이었는지 나는 지금도 모르겠다.

나의 첫날은 상상했던 것보다 훨씬 최악이었고, 그러한 하루가 이제 겨우 끝났다고 생각하고 있는데, 그 순간 벨이 또 울렸다. 마을 북쪽의 한 농가에서 암소가 유산을 하였는데 태반이 완전히 나오지 않는다는 것이었다. 이건 비교적 손쉬운 일이었다. 암소의 태반을 꺼내는 것은 간단한 일로 많은 시간을 필요로 하는 일이 아니었다. 원장은 아직 말들에게 백신 주사를 놓는 중이고, 내가 이 일을 맡는 것이 그를 기쁘게 해 주리란 것을 알고 있었다. 하루 종일 나와 함께 너무 힘든 하루를 보낸 제니에게는 괜찮다며 집에 먼저 들어가라고 하였다.

내가 토머스 농장에 도착했을 때 소는 이미 넘어져 있었고, 몇몇 사람들이 피를 흘리는 암소 옆으로 모여들고 있었다. 그 지역의 고기 도축 공장에서 일을 하고 있는 토머스 씨는 부업으로 몇 마리의 소를 키우고 있었다. 그는 호리호리한 큰 키에 조금 어두운 낯빛을 한 중년의 남자였다. 그의 이웃들도 대부분 비슷한 생활을 하는 것 같았는데, 나는 곧 이들이 오늘 저녁에 그저 객쩍은 소리나 하려고 모인 게 아니라 이 마을의 신참 수의사를 구경하러 왔다는 것을 알았다.

트럭에서 긴 라텍스 장갑을 꺼내어 암소에게 다가갔다. 그러고는 태반을 빼내기 편하도록 꼬리를 옮겨 놓았다. 순간 가슴이 철렁 내려앉았다. 짐작하고 있던 태반 조직 말고도 생명이 없는 작은 발이 암소 몸 바깥으로 나와 있었기 때문이다. 더 끔찍한 것은 이미 발 전체가 구더기로 덮여 있다는 것이었다! 난 토할 것 같았지만 꾹 눌러 참아야만 했다. 그러한 모습은 나약함의 표시이고, 신참 수의사가 절대 보여 주어서는 안 되는 것이었다.

이 상황은 전혀 다른 처치를 요구했다. 토머스 씨는 송아지가 아직 어미 배 밖으로 나오지 않은 것을 몰랐다면서 오물을 발로 차며 아래를 내려다보고 있었다. 그러고는 긴 숨을 내뱉으며 강한 다코타 억양으로 "미안하게 됐구려. 당신도 알다시피 난 송아지가 바깥으로 다 나온 줄 알았소"라고 말하더니 신발을 닦으러 안으로 들어가 버렸다.

나는 더 크고 많은 장비를 챙기러 트럭으로 갔다. 트럭 안을 샅샅이

뒤진 끝에 송아지를 끌어당길 체인 한 쌍과 병든 어미의 품에서 송아지를 꺼낸 뒤 남은 것들을 꺼내는 데 도움이 될 '송아지 잭'이라고 하는 도구를 찾아냈다. 이 장비는 보통 긴 막대기 모양인데, 한쪽 끝에는 납작한 빗장이 달려 있다. 막대기에는 도르래 하나와 줄 하나가 달린 지렛대가 있다. 송아지 다리에 작은 체인을 걸어 어미 소로부터 떼어 낼 때 사용하는 도구이다. 나는 누구의 도움도 없이 허허벌판에서 장비를 설치해야 했다.

일단 체인이 걸리고 케이블도 장착되자, 나는 지렛대를 세게 감았다. 그런데 케이블을 감을 수 있을 만큼 단단하게 감았으나 송아지는 전혀 움직이지 않았다. 쉽게 미끄러져 나올 수 있도록 송아지와 어미의 질 사이에 윤활유를 2리터 가까이 들이붓기까지 하였으나 모두 허사였다. 죽은 송아지는 지난 이틀 동안 잔뜩 부풀어 오른 채 코르크처럼 딱딱해져 있었다. 서서 구경하는 주위의 배심원들 중에는 도와줄 만한 지원자가 없었다. 그들의 대화 소리는 점점 커져 갔고, 구경하는 사람들의 대다수가 날 무시하는 듯 보였다. 그들은 다만 자기들의 소매에 구더기가 기어오를까 봐 무서워하고 있을 뿐이라고 스스로를 위안해 보았지만 그들은 콜로세움 관람석의 로마인들이고, 난 검투사 처지이지 않았을까 싶다.

내가 도착하고도 한 시간 가까이 지났다. 난 그 어느 때보다도 이 싸움에서 이기고 싶었다. 다시 트럭으로 돌아가 태반을 자르는 데 쓰는 몇 가지 철사를 가지고 왔는데 이것은 화살촉 같은 미늘로 덮여 있어 암소로부터 죽은 송아지를 더 쉽게 잘라 낼 수 있었다. 이 방법이 좀 잔인하게 보일 수 있겠지만 죽은 송아지를 끄집어내지 않는다면 어미 소마저 죽을 수밖에 없는 상황이었다. 이번에는 송아지를 꺼낼 수 있으리라는 확신을 가지고 새로운 목표를 향해 온 힘을 기울였다. 그러나 시간은 자꾸 지나가고, 송아지 어느 부위도 떨어져 나오지 않자 나의 열정도 사라지기 시작했다.

그러는 동안에 구경꾼들은 고군분투하는 내게 다시 관심을 갖기 시작했다. 가끔씩 들려오는, 의사 선생이 온 뒤로 시간이 얼마나 지났다는 식의 은근히 헐뜯는 말들을 빼고는 그들의 떠드는 소리도 줄어들었다. 대신 머리를 설레설레 흔들거나 넌더리가 난다는 표정의 얼굴들이 늘어 갔다. 다시 또 한 시간가량이 지나자 나는 이 방법으로도 송아지를 끄집어낼 수 없다는 사실을 깨달아야 했다. 실패했다는 생각에 머리를 늘어뜨린 나는 토머스 씨에게 풀 죽은 목소리로 말했다. "이런 식으로는 안 되겠어요. 제왕절개 수술을 해야 할 것 같습니다."

바로 그때, 사람들 사이에서 작은 술렁거림이 일더니 맨 앞줄에 있던 키가 작은 사람이 몸을 꿈틀거렸다. 주름진 얼굴의 그 작은 사람이 내게로 다가왔다. 85세쯤 되었을까, 존디어 모자를 눈 아래까지 당겨서 쓰고 있는 노인이었다. 몸을 지탱하기 위해 그는 지팡이를 짚고 있었는데, 오랫동안의 힘든 농사일로 허리가 심하게 구부러져 있었다. 나를 물끄러미 바라보던 그가 지팡이를 들어 내 가슴을 바짝 겨누었다. 곧 모자 아래에서 낮고 거친 목소리가 들려왔다. "당신은 오자마자 그렇게 했어야 했어!" 그러고는 지팡이로 땅을 세게 치더니 그 심판자는 몸을 홱 돌려 사람들 사이로 사라졌다.

내가 이곳에 와서 한 일은 이틀 전에 했어야 되는 일이었다. 그런데 그 일을 지금 두 시간째 하고 있었고, 어떻게 해야 할지를 이제야 비로소 누군가에서 들은 것이다. 나는 동의의 뜻으로 고개를 끄덕거리며 일하던 자리로 돌아갔다. 한 시간가량 지나자 어미 소는 송아지로부터 벗어날 수 있었고, 나는 절개된 부분을 봉합했다. 이제 구경꾼들은 사라졌다. 토머스 씨만이 남아서 나의 수고에 감사하면서도 시간이 정말 많이 걸렸다고 중얼거리듯 말하며 집으로 돌아갔다.

나는 집에 도착하자마자 첫날 이곳에서 구입한 위아래가 붙은 작업복을 바로 쓰레기통에 던져 버렸다. 그동안 얌전한 학생의 손이었던 내 손의 모든 근육은 손목부터 손톱에 이르기까지 견디기 힘들 정도로 안 아픈 곳이 없었다. 나는 소파에 기대기 무섭게 잠이 들었다. 그리고 같은 날이 다시는 없을 것 같은 하루가 비로소 끝이 났다. 난 결국 세상을 구제하지 못했다. 그저 작은 짐승 한 마리를 구했을 뿐.

대체 무얼 먹었니?

강아지는 품종이나 색깔, 크기에 상관없이 대개는 귀엽고 사랑스럽기 마련이다. 강아지를 좋아하는 천성을 지니고 태어난 탓인지 어떤 사람들은 강아지만 보면 무조건 집에 데려가 키우려 하기도 한다. 그것이 또한 강아지의 생존 전략이기도 하다. 그러나 이렇게 사랑스러운 강아지의 모습 뒤에는 가끔씩 큰 골칫거리를 만들기도 하는 작은 괴물의 습성이 숨어 있다. 강아지들은 주로 신발이나 양말을 물어뜯기를 좋아하는데 가끔은 장난치고는 조금 심한 경우가 있다. 이들은 돌, 나무 심지어 위생 냅킨조차도 사료로 착각하는 것 같다. 이러한 습성은 특히 흰색의 카펫이 깔린 집에서는 최악의 경우에 구토나 설사 등을 일으키는 주요 원인이 되기도 한다. 8월 말, 습기 찬 다코타의 아침에 전화가 온 것도 바로 이와 같은 증상 때문이었다.

환자를 접수하는 담당자가 전한 램지의 메시지는, 자신의 애견인

보더콜리종흔히 양치기에 사용하는 개 품종의 강아지 샘이 이상하다며 가능한 빨리 병원으로 데려오고 싶다는 것이었다. 나는 그 어린 강아지에게 일주일 전에 첫 백신을 놔 주었는데, 아마도 램지는 일련의 이상 증세가 그 백신 때문이라고 믿고 있는 듯했다. 주인들이 자신의 애완동물에게 보이는 이상 징후가 최근에 맞은 백신 주사 때문이라고 생각하는 것은 그리 드문 일이 아니다. 수의사라면 고객으로부터, "당신이 2년 전에 우리 강아지를 진료했잖아요. 그런데 지금 많이 아프다고요" 하면서, 당신이 한 짓 때문에 우리 강아지가 괜히 병에 걸리게 되었다는 투의 전화를 보통 한 번 이상은 받는다. 나는 램지에게 샘을 데려오면 우리가 할 수 있는 모든 처치를 할 것이라고 말했다.

조금 과장하면 전화기를 내려놓기가 무섭게 15킬로미터 이상 떨어진 곳에 사는 램지가 문을 박차고 들어왔다. 그는 자신의 건장한 팔에 조금 기진맥진한 표정의 샘을 안고 있었다. 그는 74살이었지만 그의 체구는 나이를 잊게 했다. 그리 크지 않은 키에 굵은 손목과 커다란 손을 지닌 이 사나이는 북쪽 평야 지대에서 반세기 가까운 세월 동안 자신의 삶을 개척해 왔다. 최근에 농장에서 은퇴하였지만 여전히 그는 그의 트레이드마크인 작업복 차림을 하고 있었다. 허리 단추가 풀린 푸른색 데님두꺼운 무명실로 짠 옷감 작업복 아래로는 흰색 티셔츠를 입고, 가슴에는 중서부의 큰 곡물이 무성하게 자라고 있었다. 평생 가축을 돌보며 살아온 대부분의 농부들처럼 램지 역시 새끼 강아지 한 마리는 자신에게 별로 중요하지 않다는 듯이 행동했다. "내가 이 강아지 때문에 그렇게 걱정하진 않아요. 그저 쪼그만 강아지에 불과한 녀석이니까요. 하지만 ……, 여편네가 데려가 보라고 해서 왔지요."

그러나 이런 마초적인 어투는 자존심 때문에 괜히 그런 척하는 것에 불과하다. 검사대 위에 수척한 강아지를 살며시 올려놓자 그의 극도로 지친 얼굴에 드리운 근심이 본모습을 드러냈다. 샘이 어제 한밤중에 두세 차례 구토를 했는데, 자기가 알기로는 강아지가 이상한 것을 먹은 것 같지는 않다고 했다.

검사를 해 보았지만 배 뒤쪽에 있는 다소 딱딱한 변밖에 발견할 수없었다. 다른 모든 것은 정상이었다. 결국 나는 이 작은 친구의 문제가 단지 변비에 불과하다는 결론을 내렸다. 하지만 나는 그 결론이썩 만족스럽지 않았다. 일단 수분을 보충해 주려고 몇 가지 전해질을샘에게 주사하고, 변비를 치료할 설사약 몇 알과 함께 집으로 돌려보냈다. 램지는 이러한 처방에 만족하는 것처럼 보였다. 그는 큰 팔에샘을 푹 싸안고 진심으로 내게 고마워하며 집으로 돌아갔다. 그러나불행히도 난 램지처럼 안도감을 느낄 수 없었다. 왠지 일이 아직 끝나지 않은 것 같다는 예감이 들었기 때문이다.

나는 그날 오후를 한 떼의 어린 말들에게 예방 접종을 놓는 것으로 다보냈다. 아직 길들여지지 않은 이 망아지들은 나의 온 신경을 빼앗았고,날이 저물 무렵에야 나는 램지로부

터 아무런 연락이 없다는 것을 깨달았다. 트럭으로 이동하던 나는 병원 문을 닫기 전에 램지로부터의 연락이 있었는지를 묻는 전화를 했다. 그리고 4시 59분에는 황급히 병원 문을 열고 들어가 막 나가려는 접수 담당자를 붙잡고는 다시 한 번 더 램지로부터의 연락이 있었는지를 물었다. 그는 오후에 램지에게서 어떤 연락도 없었다며, 내가 마치 자신의 행복한 저녁을 망치기라도 한 것처럼 말을 잘랐다. 나는 그가 5시 1분에 쿵 하며 문을 세게 닫고 나가는 걸 보며 안도의 미소를 지었다.

저녁 내내 나는 그 작은 강아지를 생각하며 샘이 더 이상 나빠지지 않기를 바랐다. 심지어 잠자리에서는 화가 머리끝까지 난 램지가 한밤중에 전화를 해서, 샘은 죽었고 이제 나를 의료 과실 치사로 고소하겠다며 소리를 지르는 악몽을 꾸기까지 했다. 이런 악몽 중의 악몽을 꾸면 나는 벌떡 일어난 채 한동안 방 한가운데 앉아 주변을 두리번거린 뒤에야 꿈이라는 것을 깨닫고 뒤늦게 안도하곤 했다. 그 때문에 나는 자동 응답기라도 확인을 해야만 저녁에 마음이 편할 수 있었다.

밤잠까지 설친 다음 날 아침, 난 더 이상 기다릴 수 없었다. 정확히 8시가 되자 샘의 상태를 묻는 전화를 걸었다. 그런데 램지 부인으로부터 들려온 말은 샘의 상황이 전혀 나아진 게 없다는 것이었다. 나는 부인에게 몇 가지 테스트를 위해 샘을 데리고 병원에 와 달라면서, 오늘이라도 병원을 들를 수 있으면 좋겠다고 말했다. 그러나 부인은 나의 제안을 거절하였다. 나는 그렇게 하지 않으면 정확한 검사가 어렵다는 말로 부인을 설득해서 겨우 승낙을 얻어 냈다. 나중에 램지가 한 말에 따르면, 부인은 최근 텔레비전을 통해 어느 화장품 회사에서 연구 실험용으로 동물을 사용하는 것을 보았다고 한다.

그날 우리는 샘의 소화 경로를 알아보기 위해 바륨 조사를 시작했다. 이 검사는 먼저 약간의 진정제를 투여한 뒤 동물의 입을 통해 위장까지 튜브를 삽입하고는 튜브에 액체 상태의 바륨을 주입하여 엑스레이 필름에서 하얀색으로 보이도록 하는 것이다. 제니와 나는 시간을 정해 놓고 장의 경로를 따라 움직이는 바륨을 방사선으로 찍었다. 바륨은 대장을 따라 내려가다가 어떤 장애물 때문에 멈춰서 움직이지 않고 있었고, 엑스레이는 이러한 장 폐색의 전형적인 모습을 잘 보여 주고 있었다.

드디어 큰 덩어리가 강아지의 등 반쪽을 차지하고 있는 것이 보였다. 방사선 검사를 끝마친 뒤 장이 막힌 장소가 먼저 진단한 복부가 아니라서 기뻤지만 그것은 잠시였다. 그 덩어리의 정체를 알 수 없어 당황스러웠기 때문이다. 대부분의 경우에는 엑스레이만으로도 덩어리의 정체가 밝혀진다. 돌멩이, 양말, 어린이 장난감 등 강아지들의 장에서 흔히 발견되는 찌꺼기들은 엑스레이 필름으로 그 정체가 밝혀지면 웃음이 나오게 한다. 그러나 지금의 이 괴물 덩어리는 낯설기만 했다. 조언을 구하기 위해 원장에서 보여 주자 그는 얼굴을 잔뜩 찡그리며 들여다보고는 고개를 설레설레 흔들며 자기 환자에게 가 버렸다.

이제 나는 내 식대로 처치를 해야 했다. 다음으로 무슨 조치를 취해야 할지는 알았지만 그것을 하고 싶지는 않았다. 그때 제니가 말했다. 관장제를 쓰자는 것이었다. 그녀가 방금 말한 것이 바로 내가 해야 될 치료였다. 샘의 그 부위를 통해 몸속으로 들어간 플라스틱 튜브가 연결되어 있는 비눗물 용기를 들고 서 있던 나는 대학에서 8년 동안 '관장의 박사'로 보낸 시간들을 생각하며 뿌듯함을 느꼈다. 제니는 웃음 같기도 하고 헛구역질 같기도 한 것을 참으며 강아지의 작은 머리를 잡고 있었다. 강아지의 계속되는 방해로 몇 번이나 중지해야 했지만 마침내 비눗물을 투여하는 것에 성공했고, 나는 그 비눗물이 밤사이에 마법 같은 효과를 거둘 것이라고 말했다. 곧 제니는 램지에게 전화를 걸어 강아지를 데려가라고 했다. 쇠약한 강아지에게 수술은 큰 모험일 수 있기 때문에 우리는 완하제^{변비를 치료하는 설사약}와 관장제를 한 번 더 주기로 결정했다.

다음 날 아침, 나는 램지로부터 전화가 오기를 기다렸다. 그들의 거실 바닥에 콘크리트 같은 덩어리가 나왔다고 하는 전화를 기다렸던 것이다. 그러나 전화는 없었다. 마침 그날 아침에 배탈이 난 말을 보러 가야 했던 농장 근처에 램지가 살고 있었기 때문에 잠깐 들러서 샘의 상태를 확인하기로 했다. 환자의 집을 예고도 없이 갑자기 방문하는 것은 조금 위험한 일이다. 이미 다른 수의사에게 환자 동물을 보였을 수 있고, 더 나쁜 경우는 이미 그 동물이 죽었을 수도 있기 때문이다. 그러나 나는 램지의 집으로 차의 방향을 바꾸기 전에는 이런 문제들을 다 잊고 있었다. 사람 키를 넘는 옥수수들로 가득 찬 들판에서는 도로변을 따라 으리으리한 초록색 장벽이 이어지고 있었다. 수많은 옥수수들의 줄기 맨 위에 있는 수꽃에서 만들어진 꽃가루들이 차창을 덮으면서 세상은 온통 노란색 옅은 안개가 낀 듯했다. 램지는 더 이상 이 들판에서 농사를 짓지는 않는다. 그는 집 주변의 땅만 남기고 자기 농장을 모두 팔았던 것이다. 그렇게 그와 그의 아내는 은퇴를 준비하고 있었다.

드디어 한쪽에 커다란 채소 정원이 있고, 다른 쪽으로는 침대보와 작업복 등의 큰 빨래가 걸려 있는 흰색의 아담한 농가에 도착했다. 빨리 뛰어들어 가고 싶은 마음을 애써 참으면서 현관 쪽으로 천천히 걸음을 옮겼다. 강아지가 문 쪽에서 힘차게 짖는 소리나 현관을 앞발로 긁어 대는 소리라도 들을 수 있기를 기대했지만 들려오는 소리라고는 현관 옆에 걸린 그네가 흔들리면서 나는 소리뿐이었다.

마침내 무거운 단화의 저벅거리는 소리가 문 쪽으로 다가왔다. 잠시 후, 램지가 문 앞에서 고개를 좌우로 흔들며 팔로 들어오라는 동작을 취했다. 이미 그의 얼굴 표정이 상황을 말해 주고 있었다. 나는 샘이 죽었다고 생각했다. 우리는 어두운 거실로 들어갔는데, 거기에는 울음으로 얼굴이 새빨개진 램지 부인이 무릎을 꿇은 채 작은 강아지 침대 옆에 앉아 있었다. 부인은 슬픔에 흠뻑 빠져 있던 자신의 모습이 쑥스러운 듯 내가 들어오는 것을 보자 얼른 앞치마로 눈물을 닦았다. 나 역시 그들의 상실감에 공감이 갔다. 그런데 잠시 후에 샘이 아직 살아 있다는 것을 알았다. 그러나 상태가 더욱 악화된 것은 분명했다. 램지 부인이 입을 열었다. "당신이 최선을 다했다는 것을 저희도 알아요. 하지만 우리가 더 이상 해 볼 수 있는 것이 정말 없을까요?"

나는 막힌 것이 아직도 내려가지 않았다는 것을 도저히 믿을 수 없었다. 그래서 당장 샘을 데리고 병원으로 되돌아왔다. 부부의 어린 친구의 목숨을 구할 방법이 하나 더 있긴 했다. 트럭 옆자리에 어린 샘을 앉히고 속도를 올리는데, 운전석 앞쪽의 유리에는 메뚜기 떼가 달려들고 있었다. 지금은 중서부의 연중 메뚜기 개체 수가 최고조에 달한 때인데 내가 차의 속력을 올리자 미처 차를 피하지 못한 메뚜기들이 운전석 유리에 부딪치고 있었던 것이다. 병원으로 돌아오면서 어린 강아지인 샘의 지칠 줄 모르는 호기심이 생각났고, 그제야 나는 상황을 대충 짐작할 수 있었다.

치료실로 돌아오자마자 제니와 나는 새로운 희망으로 의료용 관장기를 작동했다. 일단 튜브를 샘의 몸속으로 삽입했다. 완화제가 어느 정도 효과를 발휘한다는 것은 분명했다. 덩어리가 아주 조금 뒤로 물러났다. 우리는 계속해서 액체를 들이부었고, 결국 덩어리 몇 조각이 부서져 나왔다. 그것은 샘과 함께 병원으로 돌아오면서 내가 예상했던, 바로 메뚜기의 다리들이었다. 샘은 폴짝폴짝 뛰어다니는 밝은 색깔의 곤충들에 대한 호기심을 도저히 참지 못하고, 그것들을 이 세상에서 모두 제거하는 것이 자기의 임무라고 느낀 듯했다. 관장제로 몸속의 덩어리들을 계속 부수자 메뚜기의 몸뚱이 파편들이 마구 나오기 시작했다. 곤충이 썩으면서 내는 악취가 방안을 가득 메우자 나와 제니는 금방이라도 토할 것 같았다.

한 시간 정도 작업을 계속한 끝에 마침내 마지막 메뚜기 사체까지 제거했다. 그리고 그로부터 한 시간 정도가 더 지나자 샘은 조금씩 기운을 차리기 시작했다. 제니가 소형견이 먹기 좋은 사료를 주었고,

샘은 그것을 게걸스레 먹어 치웠다. 나는 들뜬 목소리로 램지에게 전화했다. 이제 그들 부부의 친구를 데려가도 좋다는 전화였다. 하지만 메뚜기 떼가 지나기 전까지는 그를 실내에 두는 것이 좋을 것이라는 말도 덧붙여 주었다.

샘을 데리러 달려온 램지는, 고통으로부터 벗어난 샘의 얼굴을 보고는 마음 깊이 고마워했다. 변비에서 벗어나는 것은 누구에게나 행복한 일이다. 램지는 기꺼이 비용을 지불하며 메뚜기 값이 이렇게 비싼 줄 몰랐다는 농담을 하면서 병원 문을 나섰다. 몇 주 뒤에 나는 또 다른 환자를 보기 위해 램지 농장 근처를 차를 몰고 지나게 되었다. 저 멀리서 옥수수들 사이로 이전보다 더 자란 샘이 잘 정돈된 마당에서 밝은 오렌지색 나비를 쫓아다니는 것이 보였다. 자동적으로 또 다른 최악의 시나리오가 머릿속에서 그려졌다. 그러나 이번에는 제발 샘이 나비로 인해 병원을 다시 찾는 일이 없기를 바랐다.

휴일 임금

대부분의 젊은 수의사들은 응급 전화를 받고 나가서 일해야 하는 시간이 어마어마하다는 사실에 큰 좌절감을 느끼곤 한다. 응급실이 있는 꽤 큰 도시 주변에 있는 수의사라면 모를까 그렇지 않은 수의사들은 작은 동물들에게 일이라도 생기면 일과 후에도 응급 전화를 받아야 하기 때문에 늘 무선호출기를 가지고 다니는 것이 보통이다. 그래서 근무 없이 보내는 주말이나 휴일은 아주 소중한 시간이 된다.

다음으로 놀라는 것은 고객들이 무엇을 응급 상황으로 생각하느냐 하는 것이다. 흔히 수의사들은, 고객들이 병들거나 부상을 당한 동물들을 며칠씩 지켜보다가 일요일 오후만 되면 응급 상황이라 생각하여 전화를 한다는 농담을 자주 하곤 한다. 하지만 일단 주인이 응급 상황이라고 생각하여 호출하면 수의사는 즉시 그걸 처리해야만 한다.

이와 비슷한 상황이 나의 수의사 시절 초창기의 어느 한가한 노동절에도 있었다. 호출기가 울렸을 때 나는 햇살 좋은 조용한 다코타 뒷길에서 조깅을 즐기고 있었다. 호출기 소리에 조깅을 멈춘 나는 주유소 옆 공중전화에서 전화를 했다. 마을로부터 서쪽으로 한 시간쯤 떨어진 존 에릭슨의 농장에서 짐수레를 끄는 종마 한 마리가 다리를 절고 있다는 것이었다. 나는 그에게 다음 날인 화요일 아침 첫 번째로 진료를 예약하시면 좋겠다고 말했다. 그러자 그는 "아, 수의사님. 나는 당신이 오늘 봐 주시면 좋겠소. 벌써 일주일째 아파하고 있단 말이요. 알겠소?"라고 재빨리 응수했다. "오늘 진료는 내일 보는 것보다 비용이 비쌉니다"라고 맞받아쳤지만 이 또한 별 효과가 없었다.

마지못해 집으로 돌아온 나는 트럭에 장비가 모두 있는지를 확인하고 길을 나섰다. 농장으로 가는 길에 양 끝이 휜 현관, 그리고 완벽하게 손질되어 빨간색과 흰색과 푸른색 꽃이 수놓고 있는 정원을 가진 크고 낡은 흰색의 농가들 앞으로 10여 명씩 피크닉을 나온 가족들이 보였다. 그처럼 가족이 함께하는 피크닉은 오늘날의 놀이동산이나 대형 마트에 밀려 사라지고 있는 미국 가정의 여가 모습이자, 내가 지금껏 그리워하는 시골 생활의 풍경이기도 하다.

한 시간쯤 지나 전화로 들었던 진입로를 발견하고 차를 멈췄다. 다른 농장들과 마찬가지로 주변이 잘 손질되어 있었고 깃발이 하나 펄럭이고 있었다. 마구간이나 집은 다른 곳들보다 훌륭해 보였지만 이 집의 마당 주변에는 피크닉 온 사람들이 없었다. 붉은 칠을 한 큰 마구간 옆에 서 있던 에릭슨 씨가 내게 트럭을 몰고 들어오라는 손짓을 했다. 그는 키가 크고, 호감이 가는 인물로 줄이 있는 전형적인 작업복 차림을 하고 있었다. 큰 웃음으로 나를 맞이하더니 몇 분 동안이나 악수를 풀지 않았다. 그는 대부분의 사람들이 이미 은퇴했을 나이임에도 불구하고 그의 손은 고된 육체노동에 단련되어 있었다. "오늘 이렇게 와 줘서 정말 감사합니다." 에릭슨 씨는 중얼거리듯 말하더니 뭐라고 말하기 어려울 정도로 내 등을 세게 두드렸다.

나는 에릭슨 씨와 함께 그가 걱정하고 있는 빅맥을 보러 갔다. 그 말은 오른쪽 뒷발에 통증이 있었는데, 1톤에 가까운 몸무게는 내가 녀석의 발을 잡고 아픈 부위를 살피기에는 다소 무거웠다. 그리고 상처를 치료하는 동안 빅맥이 나를 마구간의 벽 쪽으로 걷어차 버리는 것은 쉬운 일이었다. 결국 진정제의 도움을 얻기로 했다. 굵기가 꼭 정원용 호스만한 거대한 녀석의 경정맥^{목을 지나는 정맥}에 진정제를 주사하자 녀석은 큰 머리를 바닥에 떨어뜨리기 시작하더니 말발굽의 고통을 잠시 잊었다. 진정제의 도움으로 다행히도 녀석은 덩치만 큰 순한 거인이 되어 검사를 하는 동안에도 별다른 저항을 하지 않았다.

내가 말발굽 통증의 원인을 찾기 위해 재빨리 검사를 하는 동안 에릭슨 씨 역시 참을성 있게 어깨너머로 지켜보고 있었다. 진정제는 고작 20여 분 정도만 효과가 있기 때문에 시간이 중요했다. 마침내 순한 거인의 발을 아프게 하는 원인을 찾아냈다. 내가 발굽용 칼로 부드럽게 그곳을 절개하자 곧 흰색 고름이 낡은 마루 판자 위로 흘러나오기 시작했다. 곧이어 톡 쏘는 듯한 썩은 냄새가 뒤를 이었다. 일단 종기의 압박이 덜해지자 통증이 어느 정도 완화된 것 같았고, 빅맥은 훨씬 나아 보였다. 거즈와 동물들의 상처 치료에도 유용한 강력 접착테이프로 발을 감싸고는 진정제 효과가 사라지기 전에 오랫동안 효과가 있을 항생제를 얼른 주사해 주었다.

에릭슨 씨는 자신의 짐수레 말의 상태가 호전되자 말이 많아졌다. 우리는 빅맥의 정신이 완전히 돌아올 때까지 기다리며 대화를 조금 나누었다. 그는 아내가 암을 앓다가 몇 년 전에 죽은 이야기, 그리고 자녀들이 더 좋은 조건의 직업을 찾아 떠난 이야기 등을 하기 시작했다. 그의 딸은 시카고에서 가족들과 함께 살고 있고, 아들은 노스캐롤라이나 주에서 컴퓨터 관련 일을 한다고 했다. 자녀 중 아무도 자신의 농장을 이어받아 고향에서 살지 않는 것에 대한 그의 실망감도 아울러 짐작할 수 있었다. 그러나 에릭슨 씨 역시 오늘날과 같은 세상에서 이곳 생활이 그리 녹록한 일만은 아니라는 것을 충분히 이해하고 있었다.

그의 부모는 스웨덴에서 온 이민자들로, 농장 근처 스웨덴인 정착지에서 살았다고 했다. 에릭슨 씨 역시 한 학급만 있는 학교를 다녔고, 거기서 스웨덴어와 영어를 함께 배웠다. 우리는 빅맥이 깨어날 때까지 이러저러한 잡담을 하며 시간을 보냈다. 그는 제2차 세계대전 때 잠시 유럽에서 보낸 시간을 제외하고는 평생을 농장에서 보낸 자신의 삶에 대해 이야기했다. 어느새 해가 기울고, 정신을 차린 빅 맥은 자신의 암말에게 가려고 히힝 울기 시작했다.

에릭슨 씨가 마침내, "자, 이제 가셔야겠지요?"라고 말했다. 내가 그러는 것이 좋겠다고 하자 그는 약간은 실망스런 표정으로 고개를 끄덕였다. 인사를 하고 집으로 오는데 옥수수밭 뒤로 해가 넘어가는 것이 보였다. 농장들의 마당도 어두워지고, 사람들은 모두 집 안으로 들어갔다. 텔레비전만이 다채로운 색깔의 빛을 창 너머로 내보내고 있었다.

이후 다시는 에릭슨 씨를 보지 못했지만 나는 그에 대해 자주 생각 하곤 했다. 그는 자녀들이 태어나면 자연스레 부모로부터 농장을 돌 보고 관리하는 기술을 배우고 그 농장을 이어받던 농경시대에 태어 났다. 그러나 그러한 농장은 수백만 평의 땅을 단지 몇 사람이 관리 하는 오늘날의 기계화된 대규모 농장과는 너무도 대조적인 것이다. 에릭슨 씨와 가족형 농장의 시대가 기우는 해의 처지와 비슷한 것 같 아 마음이 슬펐다. 휴일 오후를 빼앗긴 것에 대한 불만은 한 농부와 그의 말과 함께 보낸 시간이 한낮의 선물이었음을 깨달으면서 사라 졌다.

팔자에 없는 카우보이가 되다

돌아보면 내가 다른 동물들보다 특별히 소를 더 많이 치료했던 것 같지는 않다. 그렇지만 소들과의 몇몇 경험은 내 생애에서 가장 유쾌한 기억들 중의 하나로 남아 있다. 그 일들 중의 하나가 1월의 어느 날에 걸려 온 전화로부터 시작되었다. 남부 다코타 지역의 1월 중순은 특히 큰 동물을 다루는 수의사에게 그다지 좋은 계절은 아니다. 말할 필요도 없이 일단은 너무 춥다. 추워도 너무 추워서 나무와 덤불은 차가운 공기 속에 얼어붙은 채 하얀 서리로 뒤덮인다. 온통 예쁜 수정으로 변한 듯한 매혹적인 숲 속에서 차를 몰고 달릴 때는 기분이 좋긴 하지만 어찌나 추운지 코로 그 공기를 한 번만 들이마시더라도 머리가 얼어붙을 지경이다.

나는 포드 트럭을 몰고 병원 진입로에 들어서면서 오늘도 편안한 아침이 되었으면, 그리고 난방이 잘되는 수술실에서 작은 애완동물들 수술이나 하면서 하루를 보낼 수 있었으면 하고 바랐다. 그런데 이런! 내가 들어서자마자 환자 접수를 받던 직원이 얼마나 반가워하는지, 슈미트 씨네 암소가 분만 중인데 난산이라고 했다. 가슴이 철렁했다. 다행히 기사인 제니가 뒤이어 도착했고, 우리는 필요한 장비를 준비해 트럭으로 향했다. 제니는 트럭이 덥혀져 있다고 무척 좋아하더니 얼른 올라탔다. 히터에서 나오는 바람이 처음에는 차갑더니 얼마 지나지 않아 전날 우리가 무얼 밟고 다녔는지 냄새로도 알 만큼 발밑이 훈훈해졌다.

슈미트 씨네는 도시 변두리에 작은 농장을 가진 30대 부부였다. 그들은 심멘탈종^{스위스 원산의 황갈색 반점에 머리와 다리가 백색인 소 품종으로 젖소나 고기소, 일소로 쓰인다} 소 몇 마리를 키우고 있었는데, 주위 농부들은 그들을 부업으로 농사를 짓는 사람들로 여겼다. 시내에 직업을 가지고 있던 부부는 남는 시간에 농장을 돌보며 살고 있었던 것이다.

내가 트럭의 열기에 잠이 혼곤하게 들면서 자칫 길을 잃어버릴 뻔했다. 하지만 트럭 문을 열고 내리자 다코타의 매섭게 차가운 공기가 나를 잠에서 깨웠다. 제니와 나는 차가운 날씨를 대비해 작업복, 스타킹 캡^{겨울 스포츠용으로 쓰는 술이 달린 원뿔 모양의 털실 모자}, 그리고 방한 부츠 등 남부 다코타 특유의 옷차림을 준비해 왔다. 물론 그다지 멋있진 않지만 오늘 같은 날씨에는 딱 맞는 옷차림이었다.

슈미트 부인은 등에 아기를 업고, 한 손으로는 뜨거운 커피를 마시며 우리를 맞이해 주었다. "녀석들은 저기 밖에 있어요." 부인이 손끝으로 방향을 가리키더니 말을 이었다. "그런데 우리는 축사나 헤드게이트^{소 등의 목을 붙들어서 몸을 움직이지 못하게 하는 기구}가 없어요."

이건 썩 좋은 상황은 아니다. 나는 사람들이 가축을 소유할 권리를 최대한 존중하지만 가축을 잘 보살필 적절한 수단을 갖지 않고 동물을 함부로 다루는 것보다 실망스러운 일은 없다고 생각한다. 영하의 날씨 속에서 반쯤 태어난 송아지와 함께 흥분한 소를 쫓아다니는 것은 오늘 내가 바라는 일이 아니었다.

우리는 목초지 끝에서 소의 옆구리 사이로 나온 두 개의 앞발을 보았다. "암소를 밧줄로 잡을 수 있겠어요?"라고 슈미트 부인이 물었다. 오, 부인은 어찌하려고 일을 이렇게 벌여 놓았을까? 올가미 밧줄을 사용한다는 것은 끔찍했지만 나는 일단 시도해 보아야 했다. 트럭에서 밧줄을 가져오면서, 나는 부인에게 밧줄로 소를 잡을 기술은 나한테 없다고 말했다. 하지만 이 또한 그녀 앞에서 일단 증명해 보일 수밖에 없었다.

그러는 동안에 제니는 들판을 가로질러 움직이면서 암소를 우리가 있는 쪽으로 몰고 있었다. 나는 소가 뛰어오자 그 방향으로 큰 기대를 안 하고 밧줄을 가볍게 휙 던졌다. 그런데 놀랍게도 돌진해 오던 암소의 머리가 올가미 고리에 단번에 걸렸다. 그러나 나의 환호는 잠시였다. 나는 곧 내가 700킬로그램에 가까운 동물이 끄는 밧줄에 매달려 있음을 깨달았다. 암소 역시 그것을 깨닫고 미친 듯이 날뛰더니 필사적으로 나를 당기기 시작했다. 그 암소 덕분에 나는 실제로 공중을 2미터쯤 날았다. 그 장면은 꼭 미국 만화 영화에나 나올 법한 그림이었다. 그러나 송아지를 살리기 위해서는 그 줄을 놓을 수 없었다. 이 불쌍한 암소를 또다시 포획하기란 거의 불가능하다는 생각이 들

었기 때문이다. 나는 거의 10여 분을 줄에 달린 봉제 인형처럼 매달려 있어야 했다.

그러는 사이에 나는 제니에게 소리를 질러 바깥 철책의 큰 모서리 중의 한 곳으로 암소를 몰아 달라고 했다. 그러나 보통 때는 뛰다시피 걷던 그녀가 무슨 일인지 목초지 한가운데에 서서 전혀 움직이질 않았다. 그녀는 도움을 요청하는 나의 계속된 외침에도 마치 석고상처럼 서 있기만 했다.

마침내 소의 움직임이 둔해졌고 나는 기둥 한쪽에 그 암소를 묶어놓을 수 있었다. 몇 분 동안 숨을 고르고 난 뒤 나는 윤활유가 잔뜩 묻은 송아지 체인을 걸어 힘껏 잡아당겼다. 놀랍게도 송아지는 아직 살아 있었다. 송아지의 머리와 혀는 조금 부풀어 올랐지만 녀석을 끄집어내자 다리가 움직이기 시작했다. 송아지가 살아 있을 것이라고는 기대하지 않았는데 작은 기적이 일어난 것이다. 5분도 안 되어 갓 태어난 송아지는 자신의 몸을 부르르 한 번 떨더니 엄마의 젖을 찾기 시작했다.

갓 태어난 인간 생명체는 스스로는 아무것도 하지 못하기 때문에 절대적으로 엄마에게 기댈 수밖에 없다. 그러나 다른 동물은 다르다. 갓 태어난 새끼라도 포식자가 어느 구석에 숨어 있을지 모르기 때문에 편히 쉴 수 있는 시간이 없다. 일단 고기나 우유로 배를 채워야 한다. 나는 새로운 생명의 탄생을 목격할 때마다 경이로움을 느낀다. 하나의 생명이 숨을 쉬고 생명을 완성하기까지 수개월 동안 많은 일들이 완벽하게 그리고 자연적으로 진행된다. 다윈의 이론이 이러한 완성을 어떻게 설명하는지 모르겠다.

매서운 추위 속에서 거의 동상이 걸릴 것 같은 손으로 장비를 챙겨 트럭으로 다시 가지고 오는 동안에도 제니는 날 전혀 도와주지 않았다. 그저 먼 곳을 보다가 트럭을 다시 볼 뿐이었다. 나는 차에 올라타 시동을 걸었다. 그때 제니는 뒷좌석의 문을 조용히 열었을 뿐 차에 오르지는 않았다. 그녀는 날 쳐다보지도 못하고 그저 땅만 바라볼 뿐이었다. 나는 더 이상 참을 수 없었다. "아까 거기서 무얼 하고 있었던 거예요? 나는 정말 당신의 도움이 필요했단 말입니다"라고 소리를 버럭 질렀다.

그녀에게서는 아무 대답이 없었다. 하지만 난 그때 아직 얼지 않은 눈물이 그녀의 뺨 위로 흘러내리는 것을 보았다. 마침내 그녀가 조용히 입을 열었다. "도와주지 못해서 정말 미안해요. 하지만 난 그때 당신이 소 뒤에 매달려 가는 장면이 너무 우스워, 웃다가 …… 바지에 오줌을 쌌단 말이에요." 그러고는 돌아서는데 그녀의 작업복이 젖어서 이미 얼기 시작하고 있었다. 그녀는 당황하여 기절하기 직전이었던 것이다. 그런 그녀에게 내가 어떻게 화를 낼 수 있단 말인가!

나는 뒷자리에서 낡은 수술용 타월을 꺼내 차에 그녀의 자리를 만들어 주었고, 그녀를 안심시키는 미소를 지어 보였다. 우리는 서리가 내린 다코타의 경치를 바라보며, 방금 있었던 기막히고 황당한 이야기를 나누고 소리 내어 웃으며 돌아왔다.

농장을 배회하는 무법자

내가 자랐던 아이오와 주의 시골에서는 농장과 농장 주민들을 보호하기 위해 키우는 동물을 늘 조심하고 경계해야 했다. 내가 다른 누군가의 농장을 방문할 때면 한두 종의 강아지들이 마당 여기저기에 있다가 달려드는 것은 흔한 일이었다. 녀석들은 내가 겁을 집어먹게 만들고는 대부분은 만족감을 느끼며 그들의 임무를 마쳤다는 듯이 꼬리를 흔들곤 했다. 물론 그중에서도 어떤 녀석들은 더 무섭게 짖는 경우도 있었다. 사나운 개들이라고 하지만 모양도, 크기도, 종도 다 다르다. 또 같은 개라고 해도 상황에 따라 달라질 수 있다. 어떤 개가 순하고 늙은 리트리버새 사냥 때 총에 맞은 새를 찾아오는 용도로 쓰던 큰 개처럼 생겼다고 해도 자신의 영역을 보호할 때가 되면 그런 법칙은 바뀔 수 있는 것이다.

개의 크기는 곧잘 사람들을 속인다. 나는 많은 집들을 방문하면서 현관에서부터 발목에 바짝 붙어 걸으려고 하는 요크셔테리어를 수없이 많이 보아 왔다. 내가 아는 상식으로는, 사나운 개를 만나면 허리에 손을 높이 올린 채 눈을 마주치지 않는 등 방어적인 기술을 펴야 한다. 공격적인 개와 눈을 마주한다는 것은 녀석들에게 전쟁 선포를 하는 것으로, 결국 대부분의 경우에는 트럭으로 꽁지 빠지도록 달아나게 된다.

사람들의 개에 대한 두려움은 스펙트럼의 이쪽 끝에서 저쪽 끝까지 넓게 펼쳐진다. 내 여동생은 짐승은 물론 개까지 모두 무서워한다. 어느 크리스마스 휴일에 동생과 나는 시내로 선물을 사러 나갔는데 옷 가게를 막 나서자 늙은 비글^{몸집이 작고 다리도 짧은 사냥개} 한 마리가 우리에게 다가왔다. 그 덩치 작은 개는 새끼를 낳은 지 얼마 안 되었는지 젖꼭지가 바닥에 거의 끌리다시피 했다. 비글은 원을 그리듯 한 바퀴 돌면서 간식거리를 찾고 있었는데 개의 주인은 길 한가운데에 서서 친구들과 온갖 세상 돌아가는 이야기를 나누는 중이었다. 그런데 내 여동생은 큰 갈색 눈과 살랑살랑 흔드는 꼬리를 보는 순간, 마치 악

마라도 본 것처럼 가게 안으로 뛰어 들어왔다. 우리가 같은 유전자에서 태어났다는 게 도저히 믿기지 않는 행동이었다.

보통 개란 동물은 사람이 무엇을 하려 하는지 분명히 알고 있을 때는 큰 문제를 일으키지 않는다. 그러나 새로운 고객의 집을 방문하여 트럭에서 내려 첫발을 들여놓는 그때는 바로 자칫 일이 잘못될 수도 있는 순간이다.

흐린 다코타의 어느 특별한 오후, 제니와 나는 짐과 샐리 킹이 소유한 작은 농장을 방문한 적이 있다. 그들이 그 농장을 소유한 지는 겨우 1년 남짓밖에 되지 않아 아직 모든 것이 깨끗하게 정리되어 있었는데, 예전 주인은 오랫동안 병을 앓다가 그 집에서 죽었다고 한다. 그들이 고양이 두 마리의 중성화 수술 때문에 병원을 방문한 적이 있었지만 오늘은 우리가 얼굴에 상처가 난 어린 망아지를 치료하러 농장을 방문하였다.

나는 트럭에서 내려 조심스럽게 걸음을 옮기면서 대부분의 농장에서처럼 나의 방문을 반길 동물들의 출현을 기다렸다. 하지만 이상하게도 아무런 반응이 없었다. 킹 씨 부부도 집에 없었다. 그제야 그들이 약속을 잡으면서 혹시 낮에 시내에 볼일이 있을 수 있다는 말을 했던 것이 기억났다. 제니와 나는 일단 마구간에 있을 망아지에게 가서 치료를 마친 뒤 현관문에 쪽지와 계산서를 남기기로 했다. 그런데 불행히도 킹 씨 부부는 마구간이 있는 뒷마당에 대한 매우 중요한 이야기를 깜박하고 우리에게 하지 않았다.

제니와 나는 마구간을 찾아 농장을 둘러보며 뒷마당으로 들어섰다. 헛간 두 개가 서로 맞붙어 있었는데 왼쪽 편의 창문이 반쯤 내려와 있었고, 그 헛간에 우리의 어린 환자와 어미 말이 있었다. 어미 말은 경계하는 눈빛으로 우리를 계속 지켜보고 있었다. 갈색의 작은 망아지는 오른쪽 눈 위에 작은 찢긴 상처가 있었는데 마구간에서 발버둥을 치다가 자신의 머리를 벽에 부딪친 것 같았다. 제니가 망아지의 꼬리와 목을 붙들자 나는 먼저 적은 양의 진정제를 놓았다. 1분쯤이 지나자 망아지는 진정되었고, 머리의 상처를 치료하기 위해 자세히 보려고 그 앞에 무릎을 꿇고 앉았다. 그리고 국소 마취제를 놓아 상처 부위의 감각을 없앤 다음에 네 바늘을 꿰맸다.

30여 분을 일에 열중하다 보니 바지 무릎 부분이 말의 오줌 등 온갖 배설물에 다 젖는 줄도 몰랐다. 이런 일이 반복되다 보니 내 바지는 온전한 것이 별로 없는데 아내는 지금도 바깥 모임에 내가 입고 나갈 그럴듯한 바지를 찾으려고 할 때마다 좌절감을 느낀다고 한다. 나의 바지야 어쨌든 치료는 잘 마무리되었다. 상처도 감쪽같이 봉합이 잘되었다. 다행히 얼굴의 상처는 혈관으로 영양 공급만 잘되면 치료가 쉽고 흉터도 매우 작아진다.

어린 소녀들은 자신의 말이 다쳤을 때 항상 두 가지 질문을 한다. 첫째는, "우리 말이 괜찮을까요?"이다. 그리고 이 말 뒤에는 "흉터가 남을까요?"라는 질문이 뒤따른다. 어린 말의 소유주들은 대부분 내가 해 주는 이 질문들에 대한 답변에 아주 만족해한다. 장래의 동물 쇼에서 작은 흠집 하나로 파란 리본을 달지 못할까 봐 걱정하는 것이다. 이 집 부부의 딸인 어린 사라 킹에 따르면 이 망아지는 동물 쇼에서 단연 챔피언 감이라고 했다.

뒷마무리를 하고 장비를 치우면서 낡은 마구간 한쪽의 판자들 사이로 무엇인가가 움직이고 있다는 느낌이 들었다. 이곳에 도착했을 때 우리를 맞이하는 개가 없었다는 것을 나는 기억해 냈다. 사실, 우리가 망아지를 치료하는 동안에도 왠지 여기에 우리만 있는 것 같지 않다는 생각이 들었었다. 트럭으로 가는데 뒷마당 건초 더미 뒤에서 또다시 무엇인가가 부스럭거렸다. 이번에는 제니도 보았는데 동작이 재빠른 것을 보아 새 종류일 것이라는 짐작이 들었다. 아무튼 메모를 남기러 다시 킹의 집 앞에 갈 일이 조금 걱정되었다. 제니는 천천히 트럭으로 가더니 문을 살며시 닫았다. 나는 입구로 다시 가서 비교적 상세한 메모를 남기고는 다음 일주일 동안 망아지가 먹어야 할 페니 실린을 놓아두었다.

몸을 돌려 트럭까지 가장 짧은 코스로 걸어가는 동안에 나는 무엇인가가 뒤를 따라온다는 걸 알아차렸다. 1.5미터쯤 떨어진 곳에서 나를 뚫어지게 바라보고 있는 것은 세 마리의 다 자란 수컷 칠면조들이었다. 가슴부터 머리까지는 쭉 펴고, 날카로운 부리는 헐렁한 붉은 피부로 뒤덮여 있었다. 보통 칠면조는 그리 경계해야 할 대상은 아니다. 그런데 이 큰 녀석들은 어떤 목표가 있어 보였고, 그 목표는 다름 아닌 바로 나였다. 그들은 돌아오는 추수감사절에 식탁에 오를 칠면조가 아니라 스티븐 스필버그의 영화에 나오는 선사시대의 무시무시한 육식조^{다른 동물을 잡아먹는 사나운 새} 같았다. 불안한 마음으로 내가 트럭을 향해 한 걸음 떼기 전까지 그들은 조각상처럼 가만히 서 있었다. 그러나 결국 그 한 걸음은 나를 공격해도 좋다는 초록색 신호 역할을 했고, 마치 내가 새 먹이라도 되는 양 녀석들은 나를 둘러싸기 위해 몰려들었다: 나는 달리기 시작했지만 곧 길이 막히고 말았다.

이들 세 마리는 마치 한 팀이라도 되는 것처럼 서로 공격 위치를 바꾸며 움직였다. 결국 날카로운 부리에 쪼여 내 팔에서는 피가 났다. 때때로 농부들은 개들로부터 양들을 보호하기 위해 칠면조를 키우기도 하는데, 이것은 매우 위험한 일일 수 있다. 그것은 자칫 혹독한 비용을 치르게 한다. 나는 땅에서 장대를 주워 녀석들의 못생긴 붉은 머리를 향해 휘두르며 겁을 주어 쫓아 버리려고 했다. 그러나 그들은 작정이라도 한 것처럼 나의 초라한 무기에 전혀 겁을 먹지 않았다. 그러는 동안 제니는 트럭 뒷좌석에 편안히 앉아 마당에서 일어나는 일을 재미있게 보고 있었다. 막대기를 칼처럼 휘두르며 트럭까지 왔을 때 제니가 재빨리 문을 열어 주어서 나는 얼른 올라탈 수 있었다. 나는 트럭 안에서도 계속 장대를 꽉 쥔 채 거친 숨을 몰아쉬었다. 제니는 트럭 뒤편의 진료 박스가 열려 있다는 걸 깨닫기 전까지 계속 웃음을 터뜨리고 있었다. 그러나 그것을 지적하는 나의 말에 그녀의 얼굴은 금방 어두워졌고, 곧이어 제니는 제발 자기더러 그걸 닫으라고는 하지 말아 달라고 부탁했다. 진료 박스가 열려 있으면 차가 달리는 도중에 약품이 도로변으로 쏟아져 나뒹굴 것은 불을 보듯 뻔한 일이었다. 결국 내가 양보할 수밖에 없었다.

그러나 문 밖에서 꽥꽥거리는 식인 조류들을 처리할 방법이 없었다. 그때 제니가 트럭 뒤의 유리창을 가리켰는데 거기에 작은 가로닫이창이 있었다. 고군분투 끝에 거길 통과하여 도구 상자를 따라 기어가 칠면조들이 밖으로 나온 먹이를 발견하고 마지막 공격을 감행하러 다시 오기 전에 열려진 진료 박스에 도착할 수 있었다. 나는 얼른 박스를 닫고 트럭 운전석으로 돌아와 앉았다. 그러고는 실망에 찬 칠면조들을 먼지 속에 버려둔 채 차의 가속페달을 힘차게 밟았다.

나는 이날 벌어진 사건에 대해 킹 씨 부부에게 이야기하지 않았다. 그 녀석들의 성질에 대해선 이미 잘 알고 있을 거라는 생각에서였다. 사실, 제니와 나는 너무나 당황해서 그날 누구에게 그 이야기를 할 정신이 없었다. 그러나 망아지의 상처를 꿰맨 봉합사를 제거하러 그곳에 한 번은 다시 가야 한다는 것을 우리는 알고 있었다. 몇 주 후에 그 농장으로부터 전화가 걸려 왔을 때는 마치 쥐라기 공원에 들어가야 하는 것처럼 두려움이 몰려오기까지 했다. 나는, 우리가 방문하는 날에 부부가 집에 있을 거라는 대답을 접수처로부터 듣고서야 기분이 나아졌다.

그 다음 주 오후에 그 농장을 다시 방문해 트럭에서 내리는데 킹 씨 부부가 마구간 앞에서 손을 흔들고 있었다. 안도의 한숨을 내쉰 우리는 인사를 나누고 망아지의 봉합사를 얼른 제거해 주었다. 짐은 만족스러운 듯 고개를 끄덕이며 나의 성형수술 솜씨를 보니 장래가 기대

된다는 등의 농담을 하였다.

　집 현관 쪽으로 걸어갈 때는 조금 긴장하였는데 짐이 전화로 수표를 끊기 위해 안으로 들어가 버릴 수도 있기 때문이었다. 내 머릿속에는 지난 방문 때의 일이 주마등처럼 스쳐 가고 있었고, 금방이라도 식인 칠면조가 튀어나올 것 같았다. 바로 그때 열린 현관문 앞에 어린 사라가 서 있는 것을 보았다. 자기의 망아지를 고쳐 준 것에 고마움을 표시하는 소녀의 얼굴과 팔은 붉은 상처들로 뒤덮여 있었다. 내가 물어보기도 전에 짐이 설명할 필요를 느낀 듯이 입을 열었다. "저 못된 칠면조들이 앞마당에서 애를 쓰러뜨렸다오. 마침 내가 있어서 다행이었지요." 그는 한숨을 쉬었다. 내가 몇 가지 더 묻기도 전에, 그는 지난 일요일 교회에서 있었던 마지막 저녁 회식에서 바로 그 칠면조들이 주 요리로 올라 왔음을 말해 주었다. 이 사실을 들으니 트럭으로 돌아오는 나의 발걸음이 훨씬 가벼워졌다. 그 뒤로 킹 씨네 목장을 다시 방문했을 때 마당에 새로운 래브라도산 강아지가 집 주위를 지키고 있는 것을 보고 마음이 한결 놓였다.

병원을 탈출한 빙고를 찾아서

모든 수의사들이 가장 피하고 싶은 악몽 중의 하나는 동물이 병원에서 탈출하는 것이다. 나 역시 치료를 하던 동물이 진료실 밖으로 달아나면 제발 병원의 문이나 창문이 모두 잘 닫혀 있기를 간절히 빌면서 혈압이 최고조에 달한다. 대부분의 병원이 이런 해프닝을 막기 위하여 여러 조치를 취하고 있지만 우리 마을처럼 규모가 작고, 여러 작은 동물들을 함께 진료하는 곳에서는 이 문제가 그렇게 큰 걱정거리는 아니었다. 적어도 이 녀석이 나타나 모든 것을 바꾸어 놓기 전까지는 말이다.

지역 은행 지점장이던 제임스 반 미터 씨는 빙고라고 하는 조금 사납고 작은 강아지를 키우고 있었다. 그는 빳빳하고 잘 손질된 가는 세로줄 무늬의 정장 차림에 단정한 머리를 하고, 악수를 힘차게 하는 전형적인 은행원의 풍모를 지닌 사람이었다. 그의 강아지는 보더 콜리흔히 양치기에 사용하는 개 품종와 독일산 셰퍼드 사이에서 태어난 잡종이었다. 빙고의 삶은 험난하게 시작되었는데, 어린 새끼였을 때 동물 보호소에 버려졌다. 개 주인이 두 순혈의 부모 사이에서 잡종이 태어나자 당황하여 슬프게도 빙고를 다른 새끼들과 함께 재빨리 동네에서 쫓아 버린 것이다. 그러나 빙고는 지금 제임스 씨네 가족의 자부심과 기쁨이 되었다. 관심과 사랑을 많이 받은 동물이 그렇듯이 녀석은 살이 찌고 대담하였다. 녀석의 회색 코트는 반짝반짝했고, 두꺼운 목에는 새로운 가죽 목걸이가 걸려 있었다.

빙고는 좀 늦긴 했지만 수술을 받아야 했다. 사람들 중에는 때때로 수컷 개들에게 중성화 수술을 하는 것을 미루는 경우가 있다. 내 생각이지만 그것은 마초이즘의 하나가 아닐까 생각한다. 물론 중성화 수술을 해 줘야 한다고 생각하는 사람들이 많긴 하지만 말이다.

제임스 씨는 안개 낀 11월의 어느 아침에 빙고를 데리고 왔고, 우리는 11시쯤 시술을 시작했다. 제니가 환자를 데리러 간 사이 나는 수술 장비와 항생제를 챙기고 있었다. 그런데 제니가 빙고가 있는 케이지의 문을 열면서 빙고에게 팔을 물리고 말았다. 강아지에 물린 순간, 제니는 무의식적으로 물린 팔을 다른 팔로 잡았다. 이것은 빙고가 바라던 기회를 제공한 셈이 되었다. 빙고는 자기가 원하던 바를 감행하고 실현한 것이 분명했다.

녀석이 달아난 방향은 마침 원장이 밖에서 막 들어오던 방향이었다. 원장이 문을 확 젖히며 들어오는 순간 강아지는 그 틈을 놓치지 않고 밖으로 쏜살같이 달아났다. 제니가 리놀륨 바닥에 넘어지지 않았더라면 혹시 잡을 수 있었을지도 모르겠다. 강아지는 원장 옆을 지나 족히 3킬로미터 이상은 떨어진 시내 쪽으로 내달렸다. 빙고는 마치 사냥이나 양치기 임무를 수행하고 있는 듯 보였다. 치타가 달릴 때처럼 등을 쫙 펴고, 발은 한 번 내딛을 때마다 최대한 멀리 뛰며, 몸은 땅에 더 가깝게 했다. 또 녀석의 귀는 바람의 저항을 최대한 적게 받도록 머리 쪽으로 납작 붙였고, 혀는 가로지르는 바람을 느끼려는 것처럼 밖으로 나와 팔랑거리고 있었다.

제니와 나는 놀라서 거의 공황 상태에 빠졌다. 우리는 처음에는 발로 쫓았는데 훨씬 앞서 달리는 빙고를 뒤쫓을 재간이 없었다. 없애기로 한 부분을 그대로 가진 채 빙고가 시내를 배회하는 것은 상상만 해도 당혹스러웠다. 설상가상으로 도로에서 차에 치일 수도 있었다.

일단 그를 사로잡을 만한 것이 있는지 주위를 둘러보았다. 그때 병원 창고의 벽에 걸려 있는 오래된 낚시 그물이 눈에 들어왔다. 바로 며칠 전에 고속도로에서 누군가가 떨어뜨리고 간 걸 주워 놓았던 것이다. 1미터가 넘는 손잡이가 있고, 그물의 크기도 빙고를 잡을 수 있을 만큼은 넉넉해 보였다. 그물 상태가 그렇게 좋지는 않아서 한쪽이 찢겨 있었다. 하지만 그 구멍으로 강아지가 빠져나가진 않을 것 같았다. 마침내 우리는 그걸 들고 트럭에 올라탔다. 추격이 시작된 것이다.

제니는 운전을 하고 나는 그물로 잡을 준비를 했다. 진입로를 빠져 나오자 제니는 모래바람과 먼지를 일으키며 시속 50킬로미터 가까이 속력을 올렸다. 저 멀리서 납작하게 엎드린 채 달리고 있는 빙고를 발견한 것은 60킬로미터 넘게 속력을 올렸을 때였다. 녀석은 도로 옆의 배수구를 따라 집으로 가는 최단 코스를 달리고 있었다. 시속 80

킬로미터까지 속력을 내고서야 녀석을 따라잡을 수 있었다.

제니가 빙고 옆으로 다가갔을 때에도 녀석은 계속 죽을힘을 다해 달리고 있었는데 마치 우리의 존재를 전혀 모르는 것 같았다. 빙고는 자신의 목표에만 집중하느라 우리를 보지 못하고 있었다. 제니는 강아지 앞에 차를 세우더니 브레이크를 걸었다. 나는 그물을 가지고 트럭에서 뛰어내렸다. 내가 자세를 잡았을 때 빙고는 키가 큰 건초들 사이에서 숨을 헐떡이고 있었다. 그물을 휘둘렀으나 너무 늦었다. 빙고는 불과 몇 초 사이에 풀밭으로 달아나더니 이미 저만치 달려가 버렸다.

다행히 제니는 나보다 생각이 빨랐다. 그녀는 우리의 목표물보다 한 블록쯤 더 가서 도로변에 차를 세웠다. 그리고는 트럭에서 뛰어내리는가 싶더니 눈 깜짝할 사이에 갈색 풀들 사이로 사라졌다. 나는 그 순간 그녀가 무엇을 하려는지 알아차렸고, 제니와 빙고가 간 방향으로 달리기 시작했다. 낡은 낚시 그물을 대단한 무기라도 된다는 듯이 들고 마사이족 전사처럼 뛰어가던 장면은 훗날 두고두고 커피숍에서 재미난 이야깃거리가 되었다. 그때 갑자기 제니가 빙고의 오른쪽에서 나타났다. 빙고는 그녀의 출현에 놀라 멈추더니 이번에는 내쪽으로 뛰어왔다. 그 녀석이 나를 봤을 때 얼굴에 실망스러운 표정이 떠오르는 것이 멀리서도 보였다. 빙고가 말을 할 수 있었다면 아마도 사람들에게 점잖은 표현은 하지 않았을 것이다. 녀석은 내 왼쪽으로 피하려고 시도했으나 이번에는 내가 단단히 벼르고 있었다. 빙고를 잡을 수 있는 마지막 기회였고, 절대로 녀석을 놓칠 수 없었다. 눈을 감고 제발 그 녀석이 잡히기를 바라면서 몸을 날렸다. 그때 머릿속에서는 내 몸과 팔다리가 마치 느린 비디오 화면처럼 움직였다. 내가 눈을 떴을 때는 강아지가 자유를 다시 얻기 위해 필사의 노력을 하며 낚시 그물을 물어뜯고 있었다.

빙고를 데리고 오면서 임무를 완성했다는 생각에 안도의 한숨이 나왔다. 녀석은 절대 행복한 표정은 아니었지만 그렇다고 우리의 포로를 그물에서 꺼내 주고 싶다는 생각은 조금도 들지 않았다. 내 무릎에 앉은 빙고는 나를 물려고 시도하며 가끔씩 으르렁대고 있었다.

병원으로 돌아오자 초조한 표정의 원장이 우리의 도착을 기다리고 있었다. 그의 구겨진 표정이 그물 안에 있는 빙고를 보고는 환한 웃음으로 바뀌었다. 그는 개를 잡는 전문 회사를 부를까 말까 고민하고 있었음이 틀림없다. 빙고가 집으로 돌아가기까지 병원은 거의 알카트라즈_{예전에 악명 높은 교도소가 있었던 샌프란시스코 연안의 작은 섬}로 바뀌었다. 제임스 씨는

자신의 애완견을 데리러 왔을 때 아무것도 눈치채지 못했다. 수술이
잘 끝나서 좋아 보인다는 말까지 하였다. 분명 아무도 이 우스꽝스런
소동을 보지 못한 것 같았기에 우리는 잠든 강아지를 그대로 두기로
했다. 물론 우리는 그 녀석이 왜 그렇게 잠에 푹 곯아떨어졌는지 알
고 있었다.

눈보라 치는 휴게소에 등장한 공포의 남자

수의사가 되어 처음으로 맞는 크리스마스를 며칠 앞둔 저녁이었다. 6시 30분쯤이었을까, 막 데이트를 나가려는데 무선호출기가 울렸다. 나로서는 오랜만에 하는 데이트였지만 결국은 나갈 수 없을 것 같은 불길한 예감이 들며 절로 끙 하는 신음 소리가 났다. 자동 응답기를 들어 보니 마을 북쪽에 사는 댄 마이어 씨의 전화였다. 그의 딸이 아끼는 말이 가시철사에 걸렸는데 피를 많이 흘리고 있다는 것이었다. 결국 나는 그날의 약속을 취소해야 했다.

댄은 나보다 몇 살 더 많은 젊은 가장으로 좋은 사람이었다. 그러나 그날 밤은 그리 좋은 타이밍이 아니었다. 정장 셔츠를 벗어 던지고 전화기를 잡은 채 오늘 약속을 불가피하게 취소할 수밖에 없음을 알렸을 때 그 젊은 여성은 모든 것을 이해하는 것처럼 말했지만 그녀는 사실 그렇게 동물을 사랑하는 사람은 아니었다. 나는 오늘이 우리가 이야기를 나누는 마지막 날이 될 것이라는 것을 알았다. 결국 나는 저녁 식사를 하며 영화를 보는 대신 남부 다코타의 눈보라 속으로 향하게 되었다.

트럭에 시동을 걸기 위해 열쇠를 돌리자 추위로 인해 엔진이 신음 소리를 내며 매우 천천히 움직였다. 페달을 바닥까지 세게 밟으며 한 번 더 시도한 끝에야 시동을 걸 수 있었다. 말이 피를 많이 흘리고 있다니 자동차 예열을 할 시간도 없었다. 주와 주를 잇는 도로로 들어섰을 때는 거센 바람이 트럭을 강타하면서 나는 운전대를 꽉 잡아야 했다. 바람이 어찌나 세차게 부는지 도로를 달리는 타이어가 다 휘청거릴 정도였다. 게다가 다른 차들도 없는 쓸쓸한 도로는 괴기한 분위기마저 자아내고 있었다. 오늘 밤, 내가 차와 함께 도로에서 날아가 버리면 아무도 찾지 못할 거라는 말이 절로 나왔다. 이런 날씨에는 밖으로 돌아다니기보다는 레스토랑이나 극장에 있거나 사랑하는 가족끼리 집에 있는 것이 현명한 일일 것이다.

마침내 큰길에서 나가는 길이 보였다. 좁고 자갈이 많은 길을 따라가 보니 드디어 마이어 씨 농장이 나타났다. 진입로에 차를 멈추고 헤드라이트를 비추자 낡은 농가 한 채가 보였다. 페인트칠이 심하게 벗겨졌지만 현관은 새것이었다. 그 옆에는 마구간이거나 이전에 마구간이었을 곳이 형태만 남은 채 서 있었다. 100년은 족히 되어 보이는 지붕은 한쪽이 무너져 내렸고, 그나마 아직 버티고 있는 다른 한쪽에서는 작은 불빛이 새 나오고 있었다. 내가 찾는 환자가 어디 있는지 알 것 같아 눈 속에 불을 비춰 가며 그쪽으로 갔다.

내가 가져온 장비들을 꺼내기 전에 먼저 상황을 봐야 했다. 먼지가 쌓인 마구간 안쪽에 작은 암말이 있었고, 피를 많이 흘린 오른쪽 앞다리는 낡은 헝겊이 둘둘 감겨 있었다. 말 옆에는 말의 어린 주인인 핼리가 서 있었다. 두 눈이 눈물로 젖은 채 나를 마치 저승사자라도 되는 것처럼 바라보았다. 이미 최악의 상황을 준비한 듯 보였다. 그녀의 아버지가 눈보라 속을 뚫고 나타나 내 뒤에 서더니 눈을 털었다. 그는 모자를 벗으며 낮은 소리로 물었다. "선생님, 어떻습니까? 살아날 수 있겠어요?" 이런 질문은 늘 나를 난처하게 만드는 질문 중의 하나다. 특히 그날 밤은 더욱 그러했다. 왜냐하면 꼬마 핼리도 나의 대답을 간절한 마음으로 기다릴 것이기 때문이었다. 나는 아직 자세히 보지 못했다고 말하면서 피에 젖은 붕대부터 풀어 보았다.

내가 천천히 붕대를 푸는 동안 핼리는 기대에 찬 눈빛으로 지켜보고 있었다. 이미 마르고 언 피는 헝겊을 딱딱하게 만들어 마치 깁스라도 한 것 같았다. 마침내 다리에서 헝겊을 풀자, 또다시 피가 막 나

오기 시작했다. 다리 중간이 동맥 부분과 함께 15센티미터쯤 잘려 나가긴 했지만 다른 힘줄이나 관절은 다치지 않았다. 핼리를 돌아보며 말이 괜찮을 거라는 눈짓을 하며 "암말은 예전처럼 좋아질 거란다"라는 말을 했다. "하지만 오늘 밤에 몇 바늘 꿰매고 다시 붕대를 감아야 해." 나의 말에 아빠와 딸은 동시에 활짝 웃으며 그 정도는 견딜 수 있다는 듯 고개를 끄덕였다.

물, 봉합 재료, 붕대 등 필요한 물품 몇 가지를 챙기러 두어 번 트럭을 왔다 갔다 하고 나서야 처치를 시작할 수 있었다. 피를 흘리고 있는 녀석에게 먼저 진정제를 투여하고 조심스럽게 찢어진 상처를 봉합하기 시작했다. 작은 상처라도 나중에는 큰 골칫거리가 될 수 있다. 그동안 핼리와 아빠는 지난여름에 있었던 카운티 대항전 마술^{馬術} 쇼에서 이 암말이 따낸 리본에 대해 함께 이야기했다. 마침내 다리에 붕대를 감는 일까지 마치자 그들은 트럭에 장비를 싣는 것을 도와주었다. 그러고서 핼리 아빠는 계산을 할 테니 안으로 들어가자면서 집 쪽으로 향했다.

현대적인 분위기가 나는 부엌의 식탁 위에서는 뜨거운 김이 나는 코코아차가 나를 기다리고 있었다. 계산서를 작성하며 차를 마시는데 가족들 모두가 나를 바라보았다. 뜨거운 코코아가 찬 몸속으로 들어가고, 따뜻한 공기가 나오는 통풍구 근처의 요람에서 핼리의 어린 여동생이 잠든 모습을 보니 오늘 데이트 약속을 취소하고 왔다는 생각과 그에 대한 아쉬움도 거의 사라져 갔다.

나는 풋풋한 이들 가족과 함께 앉아 계산서를 써 내려가며 몇 가지

항목을 뺐다. 실제 받아야 하는 것보다 조금 덜 적었는데, 그건 이 집이 그리 여유로워 보이지는 않았기 때문이다. 핼리의 엄마는 수표와 함께 내 손에 따뜻한 초콜릿 과자를 가득 넣은 봉지를 쥐어 주었다.

트럭을 출발시키면서 백미러를 보니 핼리가 불 켜진 현관 입구에서 손을 흔들고 있었다. 나는 방금 떠나온 농장에서의 일과 집에서 나를 기다리고 있을 따뜻한 침대와 텔레비전 등을 떠올리면서 무척 좋은 기분으로 운전하고 있는데 바로 그 순간에 예기치 않은 일이 일어났다. 무선호출기가 또 울린 것이다. 그 당시에는 휴대폰이 없었기 때문에 나는 다음 도로 출구에서 차를 멈추고 트럭 휴게소에 들렀다. 트럭 운전자들을 위한 공중전화 박스를 보니 사람이 없는 곳이 있었다. 전화번호를 누르자 한 고객이 고양이가 애완동물용 변기를 사용하지 않는다며 불평을 하고 있었다. 나는 그녀가 다음 날 아침까지 무엇을 해야 할지를 말해 주었다.

그런데 통화를 하는 동안 내 옆에서 전화를 하던 한 트럭 운전기사가 좀 이상한 행동을 한다는 생각이 들었다. 얼굴에 문신을 하고 덥수룩한 턱수염까지 있는 등 무척 험상궂게 생긴 기사였는데 몸무게가 거의 150킬로그램은 나갈 것 같았다. 그런데 나를 뚫어지게 쳐다보는 그의 검고 크게 열린 눈은 분노가 아니라 공포로 가득 차 있었다. 그는 천천히 전화기를 내려놓더니 마치 유령이라도 본 것처럼 뒷걸음쳤다. 그러더니 몸을 돌려 본격적으로 도망을 가기 시작했다. 나는 내 주변을 둘러보았으나 그가 무엇 때문에 그리 겁을 집어먹고 도망갔는지 알 수 없었다. 주변에는 아무도 없었다. 그러다가 내 손을 내려다보았다. 손톱 끝에서 팔꿈치까지 말의 피가 잔뜩 말라붙어 있었다. 핼리의 암말을 꿰매고 난 뒤에 손 씻는 것을 깜박한 것이다. 내가 방금 살인이라도 저질렀다고 생각했을 그 불쌍한 사람이 내가 전화로 과연 누구랑 무슨 이야기를 한다고 생각했을지 궁금해졌다.

서커스단에서 있었던 일

인생을 살다 보면 긴박했던 상황이 나중에는 우스꽝스러운 이야기로 바뀌는 경우를 자주 경험하게 된다. 어느 날 병원에서 한 통의 전화를 받았는데, 지난주에 우리 마을에서 공연을 했던 유랑 서커스단의 동물들이 캐나다로 가기 위해서 혈액 검사와 건강 검진 증명서를 필요로 한다는 것이었다. 통화가 끝나자 원장은 하루 종일 농장 순례를 해야 한다면서 내게 그 일을 부탁하고는 자기 트럭을 타고 나가 버렸다. 제니와 나는 혈액 튜브를 많이 싣고 서커스단이 머무르고 있는 장소로 향했다. 제니와 나는 왠지 이번 일이 재미있을 것 같아 함께 들떠 있었다. 그녀가 "늘 서커스단의 동물들을 가까이서 보는 것이 꿈이었어요"라고 말하는 동안 두 눈이 반짝거리고 있었다. 하지만 그녀가 정말 보고 싶은 것은 웃통을 벗고 쇠사슬을 몸에 감은 곡예사가 아닐까 하는 생각이 살짝 들었다.

서커스단의 큰 탑 뒤에 차를 세우자 앞으로 우리들이 겪을 일들이 조금씩 실감 나기 시작했다. 우리는 서커스단의 환영을 받을 거라고 생각했지만 마중 나온 사람은 아무도 없었다. 자존심이 좀 상했는데, 이제는 일을 도와주거나 적어도 검사해야 할 동물들이 있는 곳을 가르쳐 줄 만한 사람을 직접 찾아야 했다. 제니와 내가 처음 약속을 정한 한스라는 사람을 찾아다니는 동안 서커스단 사람들이 우리를 전혀 반기지 않는다는 것을 점차 알게 되었다. 한스라는 사람에 대해 물어보면 그들은 마치 뉴요커들이 지도 하나 들고 길을 물어보는 관광객을 대하듯이 투덜대며 대답했다. 그들은 분명 우리가 거기에 있는 걸 좋아하지 않았다. 그들은 자기들 동물이 강제로 검사를 받아야 한다는 사실에 자존심이 상하는 것 같았다. 그전에 수의사들이 동물들을 검진하며 문제를 발견해 서커스단이 다음 목적지로 이동하지 못했던 사정이 있었다는 것은 나중에야 알게 되었다.

결국 10여 명의 사람들에게 물어본 끝에 힘들게 한스를 찾았는데, 그는 네발 달린 동물과 두발 달린 동물 모두를 책임지고 있는 것 같았다. 그의 큰 키에 조각상처럼 잘 다듬어진 윤곽이 뚜렷한 얼굴은, 그곳에서 일하는 사람이 아닌 우리에게조차도 경외심을 갖게 했다. 그는 우리가 찾아가자 실망 어린 표정을 하며 아래위로 우리를 훑어봤다. 어색하게도 우릴 한참 주시하던 그가 마침내 입을 열었다. "시간이 다해서 나타나셨군. 꾸물대지 말고 해 주시오. 북쪽으로 이동할 수 있도록 가능한 빨리 서류도 완성하고!" 그는 우리가 검사해야 할 동물들의 위치를 가리키더니 자기는 더 중요한 일이 있다는 듯이 성큼성큼 가 버렸다.

잠시 후 내가 알게 된 사실이 하나 있었는데, 오늘 우리가 피를 뽑아야 하는 동물 중에는 다 자란 어른 코끼리가 있다는 것이었다. 수의과 대학에서 코끼리의 정맥을 찾는 법에 대해 배운 적은 없었지만 일단 고통을 최소화하는 것이 우선일 것 같았다. 조련사 중의 한 사람이 코끼리 뒷다리를 가리키며 이전의 수의사는 거기서 피를 뽑았다면서 내가 모르는 것에 어떤 힌트를 주었다는 사실에 매우 뿌듯해하는 것 같았다. 나는 일단 코끼리에게 성공적으로 다가선 다음에 무릎 깊이의 신선한 노란 짚 더미 속에 서 있는 거대한 괴물의 뒷다리에 주사기를 꽂았다. 이 가죽이 두꺼운 동물의 피로 마지막 주사기까지 채우고 나서야 안도의 한숨이 나왔고, 제니는 조심스럽게 혈액 튜브의 마개를 닫았다. 샘플 중에 하나라도 부서지면 우리는 다시 와야 할 것이고, 두 번째 채혈에서는 이 거대한 동물이 동요할 수도 있었기 때문이다.

다음으로 낙타의 결핵 검사를 하기 위해 자리를 이동했다. 네 마리 모두에게 검사 물질을 주사하고 얼굴 가득히 낙타의 침을 묻힌 뒤에야 자리를 뜰 수 있었다. 다음 순서는 말이었는데 우리에게 익숙한 동물을 보게 되자 비로소 마음이 놓였다. 전염성 질병의 징후가 있는지 검사했는데 아름다운 흰색 말은 아무런 이상 증세가 없었다. 그런데 이제는 마지막까지 검사를 미루었던 한 무리의 동물

들이 순서를 기다리고 있었다. 바로 덩치 큰 고양이들이었다! 5마리의 아프리카 사자들과 무려 21마리의 호랑이들이 건강 체크를 기다리고 있었다. 나는 청진기로 녀석들의 심장 소리를 듣거나 입속의 궤양을 검사하기 위해 잇몸을 들추고 싶지는 않았다. 나는 과연 인간을 잡아먹기도 하는 이 고양잇과 동물에게 가까이 다가가서 내 직업상의 업무를 수행할 수 있을까? 큰 고양이들은 세 줄로 맞춰 서 있는 우리 안에 각자 들어가 있었는데 한 녀석만 다른 녀석들로부터 조금 떨어져 있었다. 이들의 사육사는 60은 훨씬 넘어 보이는 사나운 인상의 여자였다. 그녀는 우리 맨 앞줄에서 의자에 다리를 꼰 채 앉아 있었다. 입에는 가는 갈색 시가가 물려 있었고, 담배 연기 사이로 인상을 찌푸리며 나를 바라보고 있었다. 사육사는 굵은 동부 억양으로 투덜대며 "너무 가까이 가지 말라니까. 애들을 흥분시켜요. 멀리서도 덮칠 수 있단 말이야" 하고 말했다. 그러더니 그녀는 영어가 아닌 말로 중얼거렸는데 분명 좋은 말은 아닌 것 같았다.

　원장이 왜 바쁘다며 얼른 병원에서 나가 버렸는지 이제야 알 것 같았다. 두려움으로 떠는 모습을 보이지 않으려 노력하는 한편 동물들을 눈으로 보지 않으려 애쓰면서 녀석들의 우리부터 살펴보았다. 제니는 야속하게도 뒤에서 "저는 서류 작성할게요"라고 속삭였다. 나는 '그래, 여차하면 최소한 119는

불러 주겠지' 하고 생각해야 했다.

대부분의 큰 고양이들은 우리에 얌전히 누워 있었는데, 몇 마리는 으르렁대기도 하고 뒤로 뒹굴기도 했다. 나는 서둘러 녀석들을 검사했는데 뒤에 한 줄만 남은 것을 보고는 거의 끝났구나 싶어 안심이 되었다.

사육사가 나를 보며 뭔가 알아듣지 못할 말을 우물거리더니 머리를 천천히 흔들었다. 나중에야 그녀가 나에게 무언가를 말하려 했다는 것을 알았다. 그놈에게 다가가지 말라는 말이었다. 큰 호랑이 한 마리가 나를 보더니 우리 문에 몸을 던지면서 자물쇠와 경첩이 있는 부분을 밀기 시작했다. 그리고 등골이 오싹할 포효를 한 다음에는 창살 사이로 나를 할퀴려 했다. 나는 뒤에 있던 우리로 튕기듯 물러섰고, 결국 나머지 호랑이들 사이에서도 난리가 났다.

정신을 수습하고 내 몸이 모두 정상임을 확인하였을 때 처음 이곳에 들어오면서 보았던 큰 탑이 마치 세렝게티탄자니아에 있는 초원 지대로 야생동물 보호구역이 있다에서 보낸 운수 나쁜 하루를 상징하는 듯 지켜보고 서 있었다. 나는 마지막으로 조금 남은 위엄이라도 갖추어 얼른 떠나려고 했는데 호랑이 사육사의 호탕한 웃음소리가 뒤를 따라왔다.

병원에서 그날 있었던 일에 대한 제니의 설명을 재미있게 듣던 원장은 최종 결과 통지서와 서류는 다음 날 자기가 가져다주겠노라고 했다. 오늘 이야기가 아무리 재미있었다고 한들 나를 거기에 다시 보낼 수는 없었을 것이다.

노련한 수의사와 **풋내기** 수의사

내가 처음 수의학에 관심을 가지게 되었을 때 어떤 나이 든 수의사가 했던 말을 기억한다. "수의사가 된 다는 것은 5퍼센트는 너의 전공을 살리는 일이지만 나머지 95퍼센트는 사람을 상대하는 일이지." 그러나 이는 과학적인 지식으로 무장하여 어떤 상황을 실제로 개선시키기를 희망하는 열정적인 수의학도로서는 수긍하기 어려운 말이었다. 나를 포함하여 대부분의 수의사들은 동물을 좋아해서 그와 관련된 일을 하고 싶다는 아주 소박한 이유로 이 분야에 발을 들여놓는다. 물론 이것은 무척 좋은 이유다. 하지만 우리가 어렸을 적에 동물이나 목장 소유주들과 함께 일하고 싶어 수의사가 되고 싶어 했다는 점을 생각한다면 나이 든 수의사의 말을 조금은 더 이해할 수 있을 것이다. 내가 아는, 대부분의 성공한 개업의들은 훌륭한 의학적, 외과적인 능력만 가진 것이 아니라 멋진 인간관계까지 맺고 있는 경우가 많았다.

나는 남부 다코타에서 일하던 신참 수의사 시절에 사람들과 함께 일하는 기술이 얼마나 중요하고 어려운 일인지를 깨달았다. 말을 기르는 한 고객이 오후 4시쯤 전화를 해서 자기가 지금 매우 곤란한 상황에 처했는데 도와줄 수 있는지를 물어 왔다. 자기 농장의 말 한 마리가 잘 일어서지를 못한다는 것이었다. 그런데 그 여성에게는 늘 진료를 부탁하곤 했던 수의사가 따로 있었다. 문제는 그 수의사가 네 시간 전에 오겠다는 전화를 했지만 아직도 오지 않는다는 것이었다. 내가 그 의사의 이름을 묻자 그녀는 조금 주저하더니 "닥터 밥이에요"라고 조심스럽게 말했다. 닥터 밥은 이 지역에서 거의 전설이었다. 그는 75살인데, 이 지역에서만 평생을 개업해 온 사람이었고, 지역 주민들 대부분이 그를 좋아했다. 다만 젊은 수의사들은 그렇게 따르지는 않았다. 그는 대학을 막 졸업한 신참 수의사에게는 매우 불친절했고, 이 지역 동물은 자기만이 치료할 수 있다고 생각하는 것 같았다.

전화를 걸어온 호이 부인은 닥터 밥이 도착하기 전에 말이 죽을까 봐 걱정하다가 내가 와서 한번 봐주기를 부탁한 것이었다. 나는 망설인 끝에 그 가여운 짐승을 보러 가기로 했다. 다만 닥터 밥과 마주치지 않기만을 속으로 빌었다. 제니에게는 병원에 그냥 있으라고 했는데 진료를 나가기에는 늦은 시각이었고, 또 그녀가 저녁에 일이 있다고 미리 말했기 때문이었다.

호이 부인의 마구간은 병원에서 15킬로미터 정도 떨어진 곳에 있었고, 나는 가능한 빨리 도착해서 늙은 수의사를 만나기 전에 얼른 돌아오려고 서둘렀다. 진입로에 들어서자 차를 세우고는 길 아래로 펼쳐진 넓은 목초지를 바라보았다. 들판 중간에 말이 한쪽으로 누워 있었고, 그 옆으로는 닥터 밥의 모습이 보였다. 호이 부인이 날 보더니 트럭으로 달려왔다. 그녀는 40대 중반의 키가 크고 매력적인 여성이었다. 친절한 웃음을 머금고 있었지만 입 언저리에서는 줄곧 담배를 떼지 못하고 있었다. "미안해요. 방금 밥 선생님이 도착하셨어요." 그녀는 성가시게 나를 오라고 해서 무척 미안한 듯이 조용히 말했다. 나는 오히려 내가 먼저 와서 진료를 시작하지 않아 다행으로 여겼다. 치료 중에 만났더라면 분명 우리의 존경받는 동료는 내 의견을 무시했을 테니 말이다.

나는 호이 부인에게 인사를 하고 그곳을 벗어나려고 했는데, 그때 들판 저 멀리서 나를 향해 흔들고 있는 닥터 밥의 짧은 팔이 보였다. 이것은 분명 내가 피하고 싶은 상황이었다. 닥터 밥은 내려와서 자기를 도우라는 몸짓을 해 보였다. 눈치채지 않게 빠져나오려던 계획이 어긋나면서 나는 진퇴양난에 빠졌다. 내가 그냥 차를 돌린다면 나를 무례하다고 여기는 것은 물론 아픈 말을 버리고 간 것으로 간주할 것이다. 반면 내가 그 옆에 있으면 백발의 경험 많은 선배로부터 바보 취급을 당하기가 십상이었다. 이 풋내기 수의사에게 한 수 가르쳐 주겠다는 의도가 아니라면 이 상황에 나를 끌어들일 다른 이유가 있겠는가? 난 궁금했다. 그는 분명 이와 비슷한 환자를 수없이 많이 경험해 왔을 것이다. 게다가 그는 모든 수의학 분야에서 전문가로 알려져 있었다.

나는 어쩔 수 없이 차를 세워 두고는 굴욕감을 참고 한 수 듣기로 하고 웅크리고 있는 말 쪽으로 마지못해 걸어갔다. 닥터 밥은 가여운 이 짐승이 서양등골나물의 독성에 감염되었다는 것을 확신하며 그 증거를 설명하는 중이었다. 나는 옆에서 그의 열정적인 설명을 들으며 서양등골나물의 특징인 흰 꽃들을 찾기 위해 주변의 목초지를 둘러보았다. 들판에 있는 그 풀을 직접 보여 주면 설명이 한층 쉬울 텐데 하는 생각이 들었지만 물론 내가 끼어들 여지는 없었다. 마침내 논문 발표가 끝나자 그는 이 짐승을 바로 안락사를 시키는 것이 최선이라고 말했다.

그때 말의 젊은 주인인 제이미 마셜이 혼수상태에 빠진 말의 머리를 무릎에 안고는 슬프게 흐느끼기 시작했다. 20대 중반의 젊은 그녀는 갈색의 큰 눈과 숱이 많은 검은 머리를 하고 있었다. 얼굴이 눈물로 뒤범벅이 될 만큼 오래 흐느낀 끝에 그녀는 간신히, "난 이 애를 잃고 싶지 않아요. 우리가 할 수 있는 다른 방법은 없나요?"라고 말했

다. 그녀의 깊은 눈동자가 한 줄기의 희망을 찾으며 노 의사를 간절히 바라보고 있었다.

　사실 난 그 자리를 나오고 싶었다. 왜냐하면 다음은 내 차례일 것을 알고 있었기 때문이다. 하지만 나는 이 짐승의 생명이 걱정되어 떠날 수 없었다. 결국 닥터 밥이 나의 존재를 확실하게 각인시켜 주었다. 그는 나를 차갑게 바라보더니 결정적인 질문을 했다. "제프! 당신은 어떻게 생각하시오?" 나의 이름을 언급한 것에는 나에 대한 신뢰를 한껏 포함한 것은 물론 자신의 진단과 처방에 내가 동의해 줄 것이라는 바람이 담겨 있었다.

　나는 어떤 단어를 쓸까 고심하면서 잠시 서 있었다. 호이 부인이 나를 바라보았다. 그녀의 올라간 눈썹은 내게 다른 의견을 묻고 있었다. 나는 보다 부드럽고 정확한 단어를 찾으려고 애쓰면서, 말의 오른쪽 눈 위에 있는 5센티미터가량의 상처를 가리켰다. "저것에 대해서는 어떻게 생각하십니까?" 신경 손상을 가져오는 타격이 있었을 수도 있지 않느냐는 의미에서 최대한 겸손한 어조로 말했다.

　닥터 밥은 나를 노려보았다. 그는 분명 이 풋내기 의사가 자신의 의견에 감히 이의를 제기하리라고는 예상하지 않았을 것이다. 그는 상처가 독초를 먹고 쓰러지면서 생긴 것이라고 재빨리 반박했다. 그러나 마셜 양은 지푸라기라도 잡고 싶은 심정이었고, 나의 의견을 밝힌 이상 닥터 밥은 그것을 없던 일로 할 수 없었다. "그래서 어떻게 해야 된다는 거요?" 그는 내게 쏘아붙였다. 그의 인내심은 극에 달한 듯 자신의 시계와 나를 반복해서 쳐다보며, 마치 이제야 저녁 식사를 전자레인지에 데워 놓은 사실을 깨달은 사람처럼 조급하게 굴었다.

나는 두뇌 손상으로 인한 혼수상태에 사용하는 일반적인 처치법과 정맥에 IV DMSO^{동물의 염증을 막기 위해 많이 쓰는 소염제}를 투여할 것을 제안했다. 그는 DMSO 발언에 코웃음을 쳤다. 그의 말로는, "그건 마늘 공장처럼 온갖 냄새를 풍긴다"는 것이었다. 게다가 도관으로 정맥 주사를 놓더라도 효과를 발휘하기까지는 한 시간이 걸린다고 지적했다. 그는 내가 자기의 일생을 망치기 위해 특별히 보내진 불길한 존재라도 되는 양 쏘아보았다.

마침내 불편한 침묵은 "우리 한번 해 봐요. 부탁해요"라는 마셜 양의 기대에 찬 목소리로 깨뜨려졌다. 아픈 말은 닥터 밥의 환자였고, 나는 이미 그를 충분히 불쾌하게 했기 때문에 인사를 하고 트럭이 있는 곳으로 빠져나왔다. 불편한 상황과 거리를 두게 되었다는 사실에 큰 안도감이 밀려오면서 기분이 나아졌다.

그때 누군가가 내 뒤를 바짝 쫓아오고 있음을 느낀 것은 내 손이 트럭 문에 거의 닿았을 때였다. 모른 척하고 얼른 트럭에 올라타 빠져나올 수도 있었지만 나는 닥터 밥의 인기척을 무시하지 못했다. "그약의 용량은 어떻게 해야 되지?" 마치 테스트라도 하는 듯한 어조였다. 적절한 용량을 말해 준 후, 나는 그가 자신의 트럭을 뒤지는 것을 지켜보았다. 그는 한참이나 손에 잡히는 대로 하나씩 꺼내 들고는 찾던 병이 맞는지를 확인하고 있었다. 그가 10여 분이나 차를 뒤지고 있자 나는 내 트럭에 있는 약을 찾아 줘야겠다는 생각이 들었다. 약병을 건네주자 그는 한 번 더 나를 쏘아보더니 약병을 움켜쥐고는 종종걸음으로 서둘러 환자에게 돌아갔다.

닥터 밥이 간 후에 호이 부인이 나타나 매우 감사하다고 했다. 나는 "큰일도 아닌데요, 뭘" 하고 소리 없이 웃었지만 마음은 그보다 훨씬 기뻤다. 공개적으로 나를 곤란하게 만든 닥터 밥으로부터 벗어났다는 큰 소득을 얻은 것이다.

다음 날 아침, 병원에 도착한 나는 말 상태가 궁금했다. 병원 문을 열고 들어선 지 5분이 채 안 되었을 때 마침 호이 부인에게서 기분 좋은 전화가 왔다. 지금 마셜 양이 말을 타고 나갔으며 말의 컨디션이 최고라는 것이었다. 말 상태가 호전되었다는 것을 확인하자 나는 기분이 좋으면서도 마셜 양이 그 전설적인 수의사를 어떻게 볼 것인지 궁금해졌다. 어쨌든 한동안은 마셜 양이 그를 지지하지 않을 것은 분명해 보였다. 그리고 나는 솔직히 이번 일로 내가 주위 사람들에게서 더 이상 아마추어로 취급받지 않을 거라는 기분 좋은 생각도 하고 있었다. 그런데 놀라운 일이 생겼다.

이 사건이 기억 속에서 멀어지고 다시 일상적인 일이 이어지던 두어 달 뒤의 어느 날 아침에 그 모든 것을 뒤집는 일이 일어났다. 나는 가스를 넣기 위해 시내 편의점을 들렀는데 막 문으로 나오는 마셜 양을 만났다. 모르는 척하며 그날 밤에 그녀의 말이 어땠는지를 물었다. 그런데 그녀는 조금 혐오스럽다는 듯이 나를 아래위로 보더니, "물론 건강하지요. 당신은 내 말을 진료한 후에 주저하지 않았나요?" 그녀는 얼굴을 내게 가까이 대고 눈을 찡그렸다. 그러고는 내게 가르치듯이 말했다. "밥 선생님은 참 놀라운 분이에요. 단연 최고죠. 당신도 그에게서 몇 가지 배울 수 있었을 거예요."

그 순간, 나는 왜 닥터 밥이 그토록 성공한 개업의인가를 확실히 알았다. 그는 모든 것에 대해 사람들에게 확신을 심어 주었던 것이다. 내가 마음을 추슬러 트럭으로 돌아오기까지는 몇 분이 걸렸다. 트럭을 운전하고 오면서, 내가 닥터 밥과 대화를 나눌 때 마셜 양도 함께 있었다는 사실이 계속 생각났다. 그녀는 듣지도 않았단 말인가? 또 내가 다른 의견을 내기 전까지 닥터 밥이 말을 그만 포기하라고 했던 사실도 잊었단 말인가? 게다가 내가 그에게 조제해 준 약품에 대한 계산도 아직 끝나지 않은 상황이었다. 마셜 양과 닥터 밥은 내가 그 자리에 있어 뭔가 배울 수 있는 행운을 얻었다고 생각하는 것 같았다.

부엌 조리대 위의 고양이

프레드는 동네에서 유명한 암고양이였다. 이 고양이는 오래전에 병원을 다녀간 적이 있었다. 내가 여기에 오기 훨씬 이전에 흔히 하는 수컷 중성화 수술을 하기 위해서였다. 그런데 제거하려고 했던 것이 처음부터 없었다는 것을 알아차리기까지는 오랜 시간이 걸리지 않았다. 일반 사람들이 새끼 고양이의 성을 구분하기는 어렵기 때문에 주인들 역시 종종 이런 착각을 한다. 어떤 연유로 일단 한번 수컷이나 암컷으로 여기면 이름도 그에 맞춰 짓고, 이후로 사람들은 고양이의 성에 대해 아무런 의심을 않게 된다. 아무튼 외과 수술은 난소 제거 수술로 급히 바뀌었고, 프레드는 이제 중성화된 암고양이가 되었다.

그런데 프레드에게는 오랜 문제가 있었는데 병원에 오는 것을 죽도록 싫어한다는 것이었다. 처음부터 그랬는지 자라면서 생긴 문제인지는 모르겠지만 어쨌든 너무도 싫어해서 병원에만 오면 병원 직원들은 물론 주인에게까지 공격적인 태도를 취했다. 그 때문에 진료 일정표에 프레드의 이름만 있으면 혹시 불상사가 일어날까 봐 모두들 거짓으로 몸이 안 좋다고 피하는 지경까지 이르렀다. 그러던 어느 날, 프레드의 주인 움보 부인이 전화를 해 왔다. "프레드가 병원에 가는 것을 워낙 싫어해서, 혹시 가능하면 저희 집에서 프레드를 진료해 주시면 안 될까요?" 나는 잠시 생각하다가 조심스럽게 대답했다. "그것도 나쁘지 않겠군요. 약속을 잡으시면 제가 들러서 한번 해 보죠." 부인이 원하는 것은 예방 접종에 불과했지만 프레드의 경우에는 주사 하나 놓는 것도 큰 모험이었다.

다음 금요일 오전으로 약속이 잡혔고, 제니와 나는 그 시간에 맞춰 부인의 집으로 갔다. 사실 프레드가 홈그라운드라고 해서 다르게 행동한다는 보장이 없었다. 그래서 두꺼운 가죽 장갑과 무거운 재킷으로 중무장을 하고 갔다. 좁은 진입로에 차를 세우는데 지난번에 내린 눈이 한쪽에 높이 쌓여 있었다. 필요한 주사기, 백신을 챙기고 나름의 무장까지 마친 후에 우리는 눈길을 성큼성큼 걸어 꽤 너른 집의 현관으로 갔다. 짙은 색의 곱슬머리를 한 움보 부인은 가운을 입은 채로 큰 참나무로 된 문을 열어 주었다. 부인은 따뜻한 웃음을 머금은 작은 체구의 여성으로 큰 갈색 눈을 하고 있었다. 남편은 비행기 조종사였는데 부인이 승무원으로 일하던 시절에 남편을 만났다고 했다. 움보 씨는 일 때문에 멀리 떨어져 있는 경우가 많아서 부인과 프레드는 서로 의지하는 무척 친밀한 사이가 되었다.

"오, 이렇게 와 주셔서 정말 고마워요." 부인이 말했다. "여기가 프레드에게는 좀 더 나을 것 같아요." 우리는 거실로 갔는데, 프레드는 소파에 누워 참을성 있게 기다리고 있었다. 편안한 안식처인 집에서마저 우리를 봐야 한다는 것은 아마도 프레드에게는 세상에서 가장 싫은 일일 것 같았다. 이를 염려한 움보 부인은 프레드가 가구 밑으로 도망가지 못하게 꼭 껴안고 있어야 했다. 우리는 검사대로 부엌 조리대가 가장 적합하다는 결론을 내렸다. 움보 부인이 널찍한 부엌으로 먼저 들어섰고, 우리는 그 뒤를 살금살금 따라갔다. 부인은 프레드를 화강암으로 된 조리대 위에 내려놓더니 제니 쪽으로 몸을 돌렸다. 나는 프레드의 상태를 살피며 청진기를 대고 심장의 박동 소리를 들어 보았다. 그리고 백신이 들어 있는 주사기를 들고 프레드에게 다가갔다. 프레드의 표정은 주사기 바늘은 집이 되었든 병원이 되었든 모든 악과 고통의 근원이라고 생각하는 것 같았다. 낮게 가르랑 소리를 내는데, 4~5킬로그램쯤 나가는 작은 고양이가 부엌 조리대 위에서 내는 소리라기보다는 다 자란 사자가 으르렁대는 소리 같았다.

병원에서의 상황보다도 딱히 더 나은 것 같지 않았다. 이때 제니가 좋은 제안을 했다. "제가 예전 수의학 테크니션 학교^{수의학 관련 보조 업무를 가르치는 학교}에 다닐 때 선생님 중의 한 분이 보여 주신 방법인데 오늘 프레드에게 써먹으면 딱 좋을 것 같아요." 그녀는 영리하게 웃더니 설명을 계속했다. "제가 조리대를 따라 프레드를 밀면서 가면 프레드는 자기가 가는 방향에만 신경 쓰느라 정작 뒤에서 자신에게 무슨 일이 일어나는지 모를 거예요." 움보 씨 부엌의 조리대는 꽤 길고 끄트머리에서 90도로 꺾어진 L자형이었다. 우리는 이 방법을 써 볼 만하다는 데 의견이 일치하였고 각자의 역할에 따라 행동을 시작하기로 하였다.

우리는 먼저 조리대의 꺾인 부분에서 가장 멀리 떨어진 끄트머리로 프레드를 이동시켰다. 다음에 나는 주사기를 들고 만반의 준비를 갖추었고, 제니는 조리대 옆에 서서 두 손을 프레드 엉덩이 쪽에 두고 밀 준비를 했다. 우리는 이 작전이 빠른 시간 안에 이루어져야 한다는 것을 알고 있었다. 왜냐하면 조리대가 길다고 하더라도 결코 여유로운 시간은 아니었기 때문이다. 제니가 조리대를 따라 프레드를 밀기 시작했고, 나는 백신 주사를 준비했다. 움보 부인은 손깍지를 끼고 지켜보고 있었다.

일단 일이 성공적으로 되어 가는 것 같았다. 프레드는 엉덩이 쪽을 내놓은 채 앞발을 앞으로 쭉 뻗었다. 앞발을 뻗어서 휘저으며 지금 벌어지고 있는 상황을 중단시키려고 하였는데 그 일에 몰입하느라고 자신의 뒤에 있는 주사는 알아채지도 못했다. 프레드가 조리대 모서리에 이르자 나는 두 대의 주사를 놓는 것을 완벽하게 성공시켰다. 아직한 번의 주사가 더 남았는데 제니가 조리대가 꺾이는 부근에서 프레드의 시선을 교묘하게 끄는 바람에 이 역시 충분한 시간이 있었다.

갑자기 모든 일이 끝나 버렸다. 아무도 상처를 입지 않았고, 프레드 역시 크게 동요하지 않았을 뿐더러 똥을 싸지도 않았다. 움보 부인은 놀라서 한동안 지켜볼 뿐이었다. "믿을 수가 없어요. 아주 최고였어요!" 그녀는 이렇게 외치며 고양이를 품에 껴안았다. 그러나 가장 놀란 것은 프레드였다. 프레드는 얼마나 놀랐는지 주인의 품속에

가만히 안겨 주인의 애정 표현만 받고 있었다. 고양이의 표정은 마치 반항할 새도 없이 고양이 백신 세트를 모두 맞았다는 점에 허탈해하는 듯했다.

제니는 자신의 제안이 멋지게 성공하자 득의만만한 표정이었다. 그녀의 멋진 계획에 대한 보답으로 내가 점심을 사야 할 상황이었지만 전혀 억울할 게 없었다. 사실 그동안 이 집에서 오는 전화는 정말 공포 그 자체였고, 아무도 프레드를 상대하려고 하지 않았던 것이다. 우리는 의기양양하게 짐을 챙겨 트럭이 있는 곳으로 향했다. 움보 부인은 진심으로 고마워하며 큰길로 우리 차가 빠져나갈 때까지 손을 흔들어 주었다. 제니와 나는 부인이 시야에서 사라지자 마주 보며 안도의 한숨을 크게 쉬었고, 제니가 선택한 식당에서 나는 점심을 샀다.

우리는 이후 몇 년에 걸쳐 프레드에게 생긴 사소한 상처나 백신 주사 때문에 서너 번 더 그 집에 갔다. 심지어는 조리대 위에서 프레드의 종기를 치료한 적도 있었다. 그 일 이후로는 움보 부인이 조리하여 주는 음식에는 전혀 손을 대지 않았다.

프레드는 정상적이고 건강한 고양이였다. 그러던 어느 날, 움보 부인으로부터 프레드가 매우 걱정스럽다는 전화가 왔다. 프레드가 최근에 예전과 다른 행동을 하며 식욕도 매일 줄고 있다는 것이었다. 나는 또다시 그 집의 조리대 위에서 프레드를 검사하며 심장과 폐의 소리를 들어 보고 혹이나 덩어리가 있는지도 만져 보았다. 프레드는 이상하다 할 만큼 협조적이어서 전혀 야단을 떨지 않았다. 프레드의 젖샘 부근에서 덩어리 같은 것을 만진 것은 움보 부인과 날씨 등을 주제로 일상적인 이야기를 나누고 있을 때였다. 제니가 프레드를 자기 쪽으로 돌리자 아니나 다를까, 덩어리가 하나가 아니라 두 개라는 것이 드러났다. 프레드가 고양이에게는 치명적일 수 있는 유방암에 걸린 것 같았다. "왜 그래요?"라고 움보 부인이 물었다. 내가 대화를 나누다가 갑자기 촉진을 멈추고 가만히 있자 부인은 뭔가를 발견했다는 것을 알아차렸다. "여기 배 부분에서 덩어리 두 개가 잡힙니다." 나는 제니가 이 어려운 말들을 대신 좀 해 주었으면 하는 마음에서 그녀의 옷을 살짝 당기며 대답했다. "암 같은 종양인가요?"라고 움보 부인이 조심스럽게 물었다. 잠시 망설였으나 사탕발림을 하고 싶지는 않았다. "아마도 그럴 가능성이 큽니다." 나는 힘들게 말했다. "다른 부분으로 전이되었는지 엑스레이를 찍어 봐야 됩니다." 움보 부인의 눈에는 벌써 눈물이 차오르고 있었고, 부인은 겨우 고개를 끄덕이는 것으로 승낙의 의사를 밝혔다.

보통 고양이는 병원에서 엑스레이를 찍는다. 하지만 지금은 그럴 여유가 있는 상황이 아니었다. 이런 상황에서 프레드를 병원으로 오게 하는 것은 프레드와 움보 부인 모두에게 더 많은 스트레스를 줄 것이 뻔했다. 제니와 나는 이틀 후에 주로 대형 동물을 촬영하기 위해 쓰는 휴대용 엑스레이 기계를 가지고 부인의 집을 다시 방문했다. 우리는 프레드가 얌전히 엑스레이를 찍을 수 있도록 진정제 주사를 놓기 위해 이전처럼 조리대에서 프레드를 몰았다. 그리고는 납으로 된 보호 장비를 착용한 채 바깥에 기구를 설치하고 소형 동물인 고양이에 맞춰 기계의 눈금을 다시 조절했다. 곧 생기가 없는 프레드를 집 바깥에 마련한 임시 방사선실로 데리고 왔다. 그리고 가슴과 복부의 방사선 촬영을 한 뒤 거실 구석에 있는 화려한 자줏빛 고양이 침대에 눕혀 주었다. "오늘 오후쯤이면 결과를 알려 드릴 수 있을 겁니다. 전화를 드리면 병원으로 오셔서 엑스레이 사진을 보며 설명을 들으시면 됩니다." 그녀에게 그렇게 말하면서도 우리 역시 무엇을 발견하게 될까 봐 몹시 두려웠다.

장비를 챙겨서 다시 병원으로 돌아왔다. 오전에 몇몇 손님을 더 보는 동안에 제니는 엑스레이를 인화했다. 제니는 보통 인화가 끝나면 필름을 들고 치료실로 가서 내게 보이기 전에 먼저 필름을 확인하곤 했다. 내가 방으로 들어가자 제니는 나를 보며 고개를 슬프게 흔들었다. "좋지 않아요." 그녀가 얼굴을 찡그린 채 말했다. 나는 필름을 보기 전에도 뭐가 문제인지 알 수 있을 것 같았다. 두 폐가 하얗고 조그만 반점으로 덮여 있었는데, 크기는 각각 연필 지우개만 했다. 간에도 비슷한 증상이 진행되고 있었다. 암은 이미 다른 기관에까지 퍼져 있었던 것이다.

우리는 움보 부인에게 전화하기 전에 수의과 대학에 있는 수의학암 연구자에게 전화를 걸어 암 치료를 위해 좋은 방법이 있는지 알아보았다. 그 연구자는 고양이의 암 치료에 사용할 수 있는 몇 안 되는 화학요법을 알려 주었다. 그렇지만 동시에 이런 심각한 암을 가지고 잘 사는 고양이는 없다며 결국 이들 방법이 효과는 적으면서 동물에게 불필요한 고통만 더 안겨 줄 수 있음을 경고했다.

제니가 움보 부인에게 전화를 걸어 병원을 방문해 주기를 요청했고, 나는 부인에게 나쁜 소식을 어떻게 전할지 마음의 준비를 했다. 부인이 도착하자 제니가 엑스레이 필름을 보여 주었고, 나는 무슨 일이 진행되고 있는지 설명해 주었다. 암 연구자가 한 말도 그대로 전했는데, 이미 그녀의 얼굴은 흘러내리는 눈물로 화장마저 지워지고 있었다. 움보 부인은 프레드의 엑스레이 필름을 몇 분 동안 가만히 지켜본 후, "프레드는 항암 치료를 견디지 못할 거예요. 그 아이를 좀 더 편안하게 해 줄 방법은 없나요?" 하고 물었다. 나는 제니에게 프레드의 삶이 좀 편안할 수 있도록 코르티손호르몬의 일종을 만들어 주도록 했다. 움보 부인은 문 쪽으로 걸어 나가다가 잠시 나를 바라보며 묻고 싶은 질문을 하지 못하고 망설였다. 그녀가 차마 묻지 못하는 말에 대해 내가 먼저 답을 했다. "그때가 언제인지는 부인이 알 수 있을 겁니다. 프레드가 알려 줄 겁니다." 움보 부인은 알겠다는 듯이 고개를 끄덕이고는 조금이라도 더 프레드와 함께 시간을 보내겠다는 듯 서둘러 자리를 떠났다.

며칠 후 움보 부인이 전화를 해서 프레드가 먹이를 조금 먹었다고 말했지만 우리는 그것이 코르티손에 의한 일시적인 효과임을 알고 있었다. 제니와 나는 다시 일상적인 일을 했고, 프레드는 조금씩 우리 머리에서 잊히고 있었다. 움보 부인이 다시 전화를 한 것은 엑스레이 촬영을 하고 3주쯤 지나서였다. 전화기 저편에서 떨리는 목소리가 들려왔다. "선생님께서 그때가 언제인지 제가 알 수 있다고 하셨죠. 지금인 것 같아요." 그날 오후 제니와 나는 부인의 집을 다시 방문했다. 이것은 우리 직업에서 가장 안 좋은 일이지만 프레드를 위해서 해야 하는 일이기도 했다. 우리는 집 안으로 들어가 프레드를 편하게 해 주기 위한 조치를 하려면 일단 먼저 진정제를 투여해야 된다고 설명해 주었다. 프레드가 진정제를 맞고 긴장을 풀면 앞다리 정맥에 안락사 주사를 놓을 것이다. 아무리 기력이 쇠한 프레드라고 해도 진정제를 먼저 놓지 않으면 정맥 주사를 맞지 않으려 할 것이기 때문이다.

나는 모든 준비를 끝내고 나서야 움보 부인이 가장 남편을 필요로 하는 지금 이 순간에 그가 보이지 않는다는 사실을 깨달았다. 그가 평소에 출장을 많이 간다는 것은 알고 있었지만 오늘 같은 날은 집에 있어야 되지 않을까 하는 생각이 들었다. "움보 씨가 오늘은 근처에 계시죠?"라고 물었다. 그런데 이것은 가장 최악의 질문이었다. 부인은 갑자기 걷잡을 수 없는 오열을 하기 시작했다. 몰랐던 일이지만 최근 남편은 젊은 여승무원과 눈이 맞아 그녀 곁을 떠났던 것이다. 제니가 아직도 모르고 있었냐는 표정으로 어처구니없어 하며 나를 쳐다보았다. 나는 울고 있는 부인의 등을 안아 주는 것 말고는 아무것도 할 수 없었고, 부인이 스스로 추스를 때까지 그냥 그렇게 있어 주었다. 잠시 후 부인이 눈물을 닦으며 고개를 들자 우리는 하려고 하던 일을 계속해야 했다.

제니와 프레드가 부엌의 긴 조리대에서 마지막 놀이를 시작했다. 내가 프레드에게 진정제를 투여하자 잠시 후 암고양이는 조용히 잠이 들었다. 움보 부인이 프레드의 털을 부드럽게 쓰다듬는 동안 나는 안락사 용액을 주사했다. 몇 초 후에 프레드는 우리 곁을 떠났고, 자

신의 고통으로부터도 벗어났다. 부인은 마지막 작별을 고하며 프레
드의 이마에 입을 맞추었다. 우리는 프레드가 가장 좋아하던 담요로
싸서 고양이 침대에 눕혔다. 이웃 사람이 와서 뒷마당에 프레드를 묻
는 것을 도와주었다. 돌아오는 길에 부인은 우리 둘과 마지막 포옹을
하며 프레드를 위해 그동안 애쓴 것에 대해 진심으로 고마워했다.

트럭으로 돌아오면서 제니와 나는 서로 얼굴을 쳐다볼 수 없었다.
마침내 제니는 침묵을 깨고 말했다. "움보라는 사람 엉덩이를 세게
한번 걷어차 주고 싶어." 나도 동의했고, 우리는 길을 내려오면서 조
금 전의 상황을 떨치고 싶어 움보 씨에 대해 별 악의는 없는 말들을
더 나누었다. 움보 부인에게 닥친 불행이 남의 일처럼 느껴지지 않았
던 것이다.

며칠 후에 제니와 나는 부인으로부터 어려운 때에 도와주어서 정
말 고맙다는 편지를 받았다. 우리가 집까지 방문해 조리대에서 프레
드를 치료해 주곤 하던 특별한 배려에 감사하다는 편지였다. 그 편지
는 우리의 기분을 조금 낫게 해 주었다. 우리는 프레드에게 좋고 부
인에게도 가장 최선일 수 있는 치료를 해 주었을 뿐이지만 이는 움보
부인에게 많은 의미가 있는 일이기도 했던 것이다.

애완동물을 잃는 슬픔을 겪은 사람들은 당장에는 새로운 친구를
찾으려 하지 않는 경우가 종종 있다. 그들은 이렇게 말하곤 한다. "너
무 힘든 일이에요. 또다시 애완동물에게 마음을 줬다가 잃어야 한다
는 것은 결코 견딜 수 없을 것 같아요." 물론 어떤 사람은 다른 사람
보다 더 많은 시간을 필요로 하기도 한다. 하지만 결국에는 적절한

시기에 다른 애완동물을 찾아서 자기 삶의 일부로 삼는다.

움보 부인의 경우에는 6개월 이상의 시간이 필요했고, 그 이후에야 부인은 다시 쇼핑을 하고 식료품 가게에 모습을 드러냈다. 다코타 지역에서 그런 가게들은 사람들과 사귀고 소식을 전하는 일종의 사교 장소였다. 마침 움보 부인이 외출한 날이었다. 마분지 박스 안에서 갈색과 흰색의 강아지들이 새로운 주인을 기다리고 있었다. 강아지들은 수컷 보더콜리와 암컷 웰시코기몸이 길고 다리가 짧은 웰일즈 산 개가 우연히 각자의 집 마당에서 탈출하여 만나는 바람에 태어나게 되었다. 웰시코기의 주인은 강아지들에게 좋은 가정을 찾게 해 주려고 야채 박스에 담아 거기에 둔 것이다. 그쪽으로 걸어가던 움보 부인은 강아지 박스를 일부러 외면하는 것 같았다. 자신의 약한 점을 알고 있기에 낑낑 소리를 내는 이 작고 귀여운 부랑아들에게서 얼굴을 돌리려고 노력했다. 그런데 그때 마침 박스에서 강아지들이 우르르 쏟아져 나오는 바람에 이 녀석들이 가게 주변을 돌아다니게 되었다. 바로 부인 앞에서, 그리고 부인이 외면하기 어려운 곳에서 강아지들을 바라보게 된 것이다. 부인은 그중에서도 특히 작은 녀석에게 시선이 갔던 모양이다. 녀석은 부인을 애처롭게 바라보며 짧은 꼬리를 흔들었다. 움보 부인은 엎드려 한참 내려다보더니 결국 그 녀석을 안고 갔다.

부인이 백신 때문에 강아지를 처음으로 병원에 데리고 왔을 때 부인의 새 애완동물을 보고, 그것도 강아지인 것을 보고 놀랐다. 하지만 가장 놀라운 것은 새로운 남자도 데리고 왔다는 것이다. 물론 그는 가게 앞의 종이 박스에 담겨 있던 사람은 아니었다. 그들은 동물 보호단체에서 만나 동물을 사랑하는 마음이 서로 통하면서 좋은 사이가 되었다고 한다. 그는 무척 좋은 사람처럼 보였고 움보 부인을 많이 챙겨 주는 것 같았다. 그럼에도 불구하고 나는 그를 고객으로 만나고 싶지는 않았다. 그가 기르는 애완동물은 뱀이었다.

주유소에서 당한 봉변

나는 생계를 꾸리는 많은 방법 중에서 가장 힘든 일 중의 하나가 낙농업이 아닐까 하고 생각한다. 많은 낙농업이 기업 형태로 운영되고 있지만 그럼에도 미국 전역에는 가족 형태의 낙농 단지가 많다. 이들 가족 단위의 낙농가는 우유 값과 사료 값의 등락, 그리고 질병 등의 문제와 매일매일 쉬지 않고 싸워야 한다. 다코타 동남부 지역은 이러한 가축과 소를 가진 대규모 농장이 많은 편이었다.

수의사 입장에서 볼 때 젖소로 생업을 삼는 농부들은 수익이 큰 만큼 극심한 노동을 해야하는 사람들이다. 대부분의 농부들은 젖소로부터 하루에 세 번 우유를 얻는다. 그런데 최대한 많은 우유를 얻기 위해서는 우유를 짜지 않을 때만이라도 젖소를 가장 편안하게 해 줘야 한다. 그리고 아침 7시부터 밤 9시까지 하루에 세 번 우유를 짜더라도 한 번은 가능한 일찍, 또 한 번은 가능한 늦게 해야 더 효과적이다. 그래서 내가 일찌감치 깨달은 것이 있는데, 주인이 그날의 마지막 우유를 짜면서 소에게 일어난 문제를 발견해 수의사에게 저녁 8시쯤에 전화를 했다면 정말 빨리 전화를 걸었다고 할 수 있다는 것이었다. 그러나 그때쯤이면 나는 집에서 편안히 텔레비전을 보고 있다가 황급히 옷을 갈아입고 축사로 가야 하는데 그런 경우에도 축사에 도착할 때는 보통 밤 9시나 되어야 한다.

그 외에도 내가 알게 된 것이 있는데, 축사에 가서 문제를 해결하다 보면 내가 어느새 그 농장의 밤 여흥거리가 된다는 것이었다. 농부들은 '심판대에 선 젊은 수의사'라는 짧은 드라마를 한 편 보고, 이어서 10시 뉴스를 본 다음에 흐뭇하게 잠자리에 드는 것 같았다. 여름을 중서부 낙농가의 축사에서 보내는 것은 썩 유쾌하지는 않았다. 보통 위생적이고 깨끗하게 관리하지만 적은 양의 우유라도 바닥에 흘리게 되면 그 냄새는 눅눅한 목초지의 열기와 함께 사방으로 퍼져 나갔다.

7월의 어느 날, 제니와 나는 힘든 하루를 마치고 퇴근을 하는 중이었다. 트럭의 에어컨이 고장 나서 몇 시간 전부터 땀이 온몸을 흥건히 적시고 있었다. 병원에서 1~2킬로미터쯤 왔을까, 갑자기 무전기에서 소리가 들렸다. "아벨 씨 소가 쓰러졌어요. 즉시 방문 바랍니다. 아벨 씨가 오늘 밤에 꼭 방문해 주기를 부탁합니다. 그렇지 않으면 다른 사람을 부르겠다고 합니다."

톰 아벨 씨와 그의 아내는 덩치가 큰 60대 후반의 사람들이었다. 그들은 매우 건강해서 노령에서 오는 어떤 질병도 없어 보였다. 아마도 노동을 많이 하고 매일 우유를 마신 덕분에 건강한 것 같았다. 아벨 씨는 이 시골 마을에서 가장 거친 사람으로 유명했는데 물론 우리는 그를 자주 보지는 못했다. 우리는 죽기 직전의 동물이 있을 때나 그를 만날 수 있었다.

우리 트럭이 농장 마당에 들어섰을 때는 붉은 여름 해가 저장고^{사료,} _{곡식 따위를 신선하게 유지 저장하는 원탑 모양의 건조물} 뒤로 막 넘어갈 때였다. 내가 트럭 문을 여는 순간, 다른 소리보다 환자의 숨소리를 먼저 들을 수 있었다. 나이 든 젖소는 외양간 한 구석에 묶여 있었는데 공기를 조금이라도 더 마시려는 듯 앞다리를 쭉 펴고 있었다. 내가 막 검사를 시작하자 아벨 씨가 힘찬 걸음으로 들어왔고, 그의 아내도 뒤따라 들어왔다. 그는 "난 많은 돈을 쓰기 싫어요. 저놈은 우유 생산량도 제일 적어요. 내가 왜 저런 소를 키우는지 모르겠어"라며 매우 거들먹거리는 어조로 말했다.

나는 그가 들어왔다는 것을 아는 체하기 위해 잠시 눈길을 돌렸을 뿐 계속 젖소의 폐에 청진기를 대고 있었다. 젖소의 호흡기관을 뭔가가 막고 있었는데 종양이나 농양^{고름이 생긴 염증} 같았다. 입을 검사해 보니 젖소의 나이가 매우 많고, 치아 개수도 아마 아벨 씨보다 적을 것 같았다. 마침내 나는 분명한 어조로 말했다. "이 소는 좋아 보이지 않네요." 아벨 씨는 그 보란 듯이 대답하기를, "지난번에도 이 증상 때문에 수의사가 왔다 갔는데 다음 날 아침이 되니 훨씬 낫습디다."

나는, 그렇다면 왜 또 수의사를 불렀냐며 묻고 싶었지만 참아야 했다. 대신 젖소의 호흡 문제를 완화시킬 수 있는 임시방편의 처치를 제안했다. 이 늙은 소에게 몇 가지 항생제와 소염제 등을 줄 필요가 있음을 설명하자, 그는 눈을 아주 가늘게 뜨고 의심스러운 듯 나를 쳐다보았다. "그 젖소는 사나워요. 당신들이 어떻게 하겠다는 건지 궁금하네요."

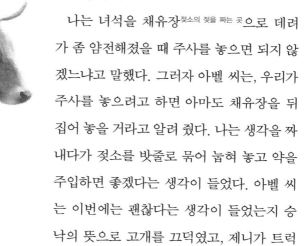

나는 녀석을 채유장^{젖소의 젖을 짜는 곳}으로 데려가 좀 얌전해졌을 때 주사를 놓으면 되지 않겠느냐고 말했다. 그러자 아벨 씨는, 우리가 주사를 놓으려고 하면 아마도 채유장을 뒤집어 놓을 거라고 알려 줬다. 나는 생각을 짜내다가 젖소를 밧줄로 묶어 눕혀 놓고 약을 주입하면 좋겠다는 생각이 들었다. 아벨 씨는 이번에는 괜찮다는 생각이 들었는지 승낙의 뜻으로 고개를 끄덕였고, 제니가 트럭에서 밧줄을 가져왔다.

우리는 밧줄을 이용해 젖소를 어렵지 않게 바닥에 눕히고 목숨을 살릴 마지막 시도를 했다. 나는 젖소의 몸에 삽입한 도관을 통해 붉은 피가 나오는 것을 보며 다소 안도했는데, 그것이 다시 피부 밑의 목정맥으로 흘러 들어가도록 했다. 그러고는 플라스틱 튜브가 부착된 도관에 약병을 연결하고는 약이 잘 들어갈 수 있도록 위로 들고 있었다. 그런데 몇 분쯤 지났을 때 제니가 팔꿈치로 나를 치면서 소를 가리켰다. 젖소는 움직임이 없었고 숨도 쉬지 않았다. 나는 급히 청진기를 댔지만 심장 박동 소리가 들리지 않았다. 젖소의 잇몸은 자줏빛이었고, 눈동자는 풀려 있었다. 치료에 따른 스트레스를 이기지 못한 것 같았다.

톰 아벨 씨는 우리의 고통스런 얼굴에는 아랑곳하지 않고 그날 있었던 정치적 화제에 대해 자신의 생각을 토해 내고 있었다. "아벨 씨!" 마침내 내가 말을 끊고 말했다. "이 녀석이 죽었다고요!" 레이건의 경제 정책에 대해 열심히 분석하던 그는 말을 멈추고 죽은 소를 우두커니 바라보았다. 나는 젖소가 병을 이겨 내기에는 너무 쇠약했다며 무척 유감이라고 말했다.

우리 넷은 오랫동안 불편한 침묵 속에서 생명이 다한 짐승을 한참 바라보며 서 있었다. 마침내 아벨 씨가 머리를 흔들며, 이렇게 쉽게 죽은 것을 보면 다른 어떤 방법을 쓰더라도 다시 회복시키기는 힘들었을 거라고 말했다. 장비를 챙겨 트럭으로 돌아오면서 더 이상의 방법이 없었다면 차라리 모든 것이 잘 끝났다는 생각이 들었다. 최소한 그 젖소는 고통에서는 벗어났다. 우리는 병원으로 돌아오는 길에 아이스크림 전문점에 들러 초콜릿 셰이크를 마시며 슬픔을 가라앉혔다.

다음 날 아침 8시쯤에 가스를 넣기 위해 주유소에 도착하니 사장인 쟈니 씨가 반갑게 맞아 주었다. 그는 재미있는 가십거리를 이야기할 때면 얼굴에 의미심장한 웃음을 띠곤 했다. 그날 아침의 가십거리는 나에 관한 것이었다. "이봐요, 의사 양반! 당신이 톰 아벨 씨의 가장 좋은 젖소를 죽였다면서요." 쟈니 씨가 주유기 맞은편에서 소리쳤다. "당신이 그렇게 만들기 전까지는 아주 건강한 소였다고 하더군요." 아벨 씨는 오늘 아침에 벌써 이곳을 들러서 자신의 상상력까지 마구 가미한 이야기를 전했던 것이다. "그 귀중한 소의 우유가 끊겼으니 어떻게 목장을 유지할지 걱정이라고 말하더군요."

    나는 길바닥 위로 몸이 녹아내릴 것 같았지만 탈출구는 없었다. 쟈니 씨가 나의 괴로움을 알아챈 듯 배를 잡고 웃더니 내 귀에 대고 속삭였다. "걱정 말아요. 아벨 씨가 30년 동안 떠들고 다닌다고 해도 아무도 믿지 않을걸요."

로키 산맥의 오두막으로 향하다

수의사 생활을 시작한 지 2년이 지나자 나는 다음 겨울도 다코타에서 보낼 수 없다는 결론을 내리고 로키 산맥의 부름을 받아들이기로 했다. 콜로라도에서 여름을 몇 번 보내고 나니 그곳의 산과 산에서 보낸 야외 활동이 늘 아쉽고 그리웠다. 어느 여름에 경험 좀 쌓고자 종합 동물 병원을 운영하는 수의사와 잠시 일한 적이 있었다. 그 이후 내가 남부 다코타에 있는 동안에도 그 수의사와 전화로 여러 번 이야기를 나누었는데 마침내 그가 나에게 어떤 자리를 제안해 왔다. 제니를 비롯하여 다른 병원 직원들과 이별하는 것은 무척 괴로웠지만 다가올 대초원의 바람과 지평선에서 몰아칠 눈보라에 대한 생각이 내가 보다 쉽게 결심을 할 수 있도록 도와주었다

다코타와 같은 중북부의 겨울은 사람들의 생활 방식도 겨울잠을 자는 곰의 생활과 비슷하게 만들어 놓았다. 그곳 사람들은 주로 집에 머무르면서 태양이 영원히 자신들을 저버리지나 않았는지 궁금해하

며 꽁꽁 언 창밖을 조용히 응시하기를 좋아한다. 물론 다코타에서 성장한 사람들은 그러한 생활에 별로 개의치 않는다. 그들은 차 유리창에 눈이 매일 1~2센티미터씩 얼어붙어 있어도 크게 상관하지 않고, 전기선이 엔진에 위태롭게 매달려 있어도 다음 날 바로 시동을 걸 것이다. 노동에 지쳐 마치 질긴 가죽같이 되어 버린 농부들의 얼굴은 그들이 견뎌 온 세월의 증거였다.

이 모든 것을 가슴에 품은 채 나는 옆면은 합판으로 되어 있고 위는 열린 트레일러를 1977년산 체로키 지프^{북미의 인디언 부족 이름을 딴 이 지프차에는 금속으로 조각된 인디언 추장의 얼굴이 부착되어 있다}로 끌면서 콜로라도 남서부로 향했다. 당시 28살이던 나는 별로 얽매일 것이 없었다. 그럴 수밖에 없는 것이 각별한 사이인 아가씨도 없었고, 집에 대한 욕심도 없었고, 무엇보다 돈도 별로 없었다. 그 때문에 나는 진공청소기와 전자레인지가 트레일러에서 네브래스카 동부의 어느 도로 위로 떨어져 박살이 나 버렸을 때도 담담할 수 있었다. 물론 신참 수의사 월급을 생각하고, 대출을 받았던 학자금이 아직도 빚으로 남아 있는 것을 생각하면 이 물건들은 금방 다시 살 수 있는 것들이 아니었다. 1년 반 동안 모은 돈도 전혀 없었기 때문에 눈에 덮인 산봉우리들이 보이는 곳에 도착했을 때는 나는 완전히 무일푼이었다. 집세 보증금과 첫 달의 월세를 내고 나니 남은 돈이 없었다. 처음 2주 동안은 급료도 없어서 내가 가진 거라곤 20달러가 전부였다. 어느 과자 회사에서 만든 쿠키 샌드위치를 발견하기 전까지는 이런 상황이 조금은 스트레스였다. 모르는 분들을 위해 설명하자면 그 쿠키 샌드위치는 귀리로 구워 만든 두 개의 비스킷 사이에 거품 크림이 들어 있었다. 12개가 들어 있는 한 상자가 1달러였는데, 식사 준비라고는 다만 상자를 열기만 하면 되는 것이었다. 가끔 특별한 저녁에는 10센트를 더 주고 한쪽에 라면 면발이 들어간 것을 사 먹는 사치를 부렸다.

나의 작은 오두막에는 꼭 있어야 할 것들만 있었다. 그러나 그곳은 로키 산맥의 파이크스 피크^{미국의 콜로라도 중부에 있는 산으로 높이가 약 4천300미터}가 한눈에 들어오는 곳이기도 했다. 오두막은 시골집답게 통나무로 된 거실과 욕실, 그리고 부엌이 있는 집이었다. 거실 끝에는 손으로 만든 나무 사다리가 있어서 이것을 타고 올라가면 잠을 잘 수 있는 다락방이 나왔다. 그런데 한밤중에 사다리를 타고 내려와 화장실에 가려면 생각보다 시간이 꽤 걸린다는 것을 곧 알게 되었다. 늦은 시간에 커피를 많이 마시고 잠자리에 들었다가 화장실에 가려면 다락방에서 어둠을 뚫고 정신없이 내려와야 했다. 이곳은 매우 험난한 땅이지만 아직도 도로에 사슴이 출현하고 아름다운 풍경을 간직하고 있는 가슴에 사무치게 멋진 곳이기도 했다.

나는 시골 장터에 중고로 나온 구식 의자를 사서 오두막에 들여놨는데 내 젊은 수의사 시절에서 가장 훌륭하게 쓴 돈이었던 것 같다. 당연한 일이지만 이러한 내부 장식은 젊은 여성들에게는 강한 인상을 준다. 구닥다리 취향이라고 손가락질을 받는다고 해도 대학 시절 때 12달러를 주고 산 나무로 된 텔레비전 장식대와 이 의자는 이곳으로 오며 잃어버린 진공청소기, 전자레인지와 함께 혼자 사는 독신 남자의 집에는 적당한 것들이었다. 가끔씩 샌드위치를 데워서 먹는 데에도 좋았다. 처음으로 월급을 탔을 때는 록펠러 같은 부자가 된 듯한 생각에 나는 제일 먼저 식료품 가게로 향했다.

큰 도시의 공을 들인 병원 건물과는 달리 시골 병원의 건물은 대개 눈에 잘 띄지 않는다. 여기도 예외는 아니어서 이전 건물에 덧대서 확장한 작은 단층짜리 병원에 불과하였다. 다소 길다는 느낌을 주는 대기실의 카펫은 겁먹은 동물 환자들이 남긴 배설물 냄새를 풍기고 있었다. 작은 진료실은 엑스레이 촬영실, 실험실, 그리고 마취에서 깨어날 때까지 잠을 잘 수 있는 스테인리스강의 애완동물용 집이 마련된 수술실로 통하는 문들이 있었다. 수의사들의 사무실은 뒤쪽에 있었는데, 바깥으로 바로 통하는 문이 있어 급한 경우에는 이용할 수 있었다. 밖으로 나가면 나이 많은 거대한 판더로사 소나무들이 업무 중에 받는 어떤 스트레스도 덜어 줄 것 같은 향기를 내뿜고 있었다.

차 네 대 정도가 주차할 수 있는 병원 현관 옆의 주차장에서 시작한 자갈 깔린 진입로는 도시의 한 블록의 반 정도만 나가면 고속도로와 이어졌다. 눈이 많이 내리는 날에는 4륜구동의 차가 아니면 진입로의 오르막길을 오르기가 힘들었다. 그 때문에 4륜구동이 아닌 차를 몰고 온 손님들은 차를 아래에 세워 두고 걸어 올라와야 했다. 눈이 녹기 시작할 때면 진입로는 차라리 루지^{경주용 썰매} 코스가 되어서 병원을 찾는 손님들의 차를 자꾸만 뒤쪽의 고속도로 입구 쪽으로 미끄러지게 하곤 했던 것이다. 그러나 이러한 모든 어려운 여건에도 불구하고 이 병원은 우리가 동물 환자나 그 주인들을 돌보는 데 필요한 모든 장비를 갖추고 있었다.

일자리를 옮기는 것은 단지 근무 환경만 바뀌는 것이 아니라 새로운 동료도 사귀어야 한다는 것을 뜻한다. 수의사들의 세계에서는 같이 일하는 사람은 단순한 동료에 그치지 않고 하루에 12시간이란 많은 시간을 함께 보내야 하는 가족과 같은 존재다. 무엇보다도 잘 지내는 것이 좋은데 그렇지 않으면 일하는 시간이 길고 힘들게만 느껴질 것이다.

첫날 병원으로 들어서자 접수 담당자 로레인이 자기만이 쓰는 공간인 좁은 접수처 뒤에서 나를 뚫어지게 바라보고 있었다. 처음에는 그녀의 표정이 조금 이상했는데 곧 내가 누구인지 깨달은 듯 얼굴에 생기가 돌아왔다. 그런데 그녀의 첫마디가 "제 시간에 오면 좋겠네요"라는 말이었다. 나는 그때야 내가 몇 분 늦게 출근했다는 생각이 들었다. "크리스티가 뒤에서 도움을 기다리고 있어요." 그녀는 뼈마디가 울퉁불퉁한 손으로 어떤 방향을 가리켰고 나는 아무 질문 없이 그 지시를 따랐다. 로레인은 50대 초반이었다. 그녀는 눈 주위가 움푹 패고, 길고 검은 머리 가운데로는 은발이 듬성듬성 보였다. 분명 몇 년 전부터 염색하는 것을 포기하였을 것이다. 그녀는 또 회색 열쇠 꾸러미를 들고 있었는데, 그것은 마치 우리 모두에게 일거리를 나눠 줄 권한을 부여하는 특권의 배지 같았다. 그녀는 병원을 지키는 최전선에 있었다. 모든 사람이 그리고 모든 상황이 그녀를 거쳐서 우리에게 왔다.

나는 치료실에서 악취가 진동하는 강아지의 설사로 범벅이 된 나의 새 조수를 발견했다. 어린 체서피크 사냥개는 주인들이 자고 있는 사이에 부엌에서 음식물 쓰레기통을 뒤졌다. 공교롭게도 거기에는 녹색 곰팡이가 피도록 냉장고에 오래 처박혀 있다가 버려진 매운 음식물 찌꺼기가 한 냄비 있었다. 가족들이 아픈 강아지를 발견한 것은 불행하게도 그날 아침에 부엌에서 막 식사를 준비하려던 찰나였다. 덕분에 학교에 가려던 아이들은 샤워를 한 번 더 해야 했다.

크리스티는 메스꺼운 냄새를 풍기는 강아지를 치료실까지 들어 옮기면서 녀석의 배를 너무 세게 누르는 큰 실수를 저질렀다. 설사가 포물선을 그리며 그녀의 깨끗한 옷으로 튀었다. 보통 사람들이라면 구역질을 느낄 상황이었지만 그녀가 헌신적인 간병인이 틀림없는 것이 더러워진 옷이나 얼굴에 튄 오물에 전혀 동요하지 않았다.

크리스티는 겨우 20살이었지만 그날 그녀는 실제보다 훨씬 나이 들어 보였다. 동물의 똥이 사람을 젊어 보이게 하지는 않는 법이니까! 그녀는 금발의 머리에 날씬했고 그날 말고는 오히려 매력적인 편에 속했다. 그러나 그 순간에 건넬 말을 찾기가 무척 어려웠던 나는, "뭐 도와줄 건 없나요?"라고 중얼거리듯 말했다. 결국 그녀는 얼굴에

엷은 웃음을 띠며 손을 바지에 쓱 닦더니 내게 손을 내밀었다. 순간 주저했지만 이것이 내가 비위가 얼마나 약한지 시험해 보려고 하는 것임을 곧 깨닫고 그 손을 힘차게 잡았다. 그러고는 "어쨌든 만나서 반갑습니다. 이 향수의 이름을 알 수 있을까요?"라고 물었다.

그녀가 살짝 코웃음을 치더니 대답했다. "아, 걱정 마세요. 당신도 곧 넘치도록 바르게 될 테니까요." 그러고는 돌아서더니 손을 씻으러 화장실로 갔다. 나 역시 치료실에서 손을 씻을 기회를 얻은 셈이다. 나로서도 아침부터 맡은 개의 똥 냄새가 조금은 역겨웠고, 특히 빈속에는 더 그러했다.

이후 우리는 첫 만남에 대해 자주 이야기하며 함께 웃곤 했다. 앞으로도 우리에게는 말에게서 나온 천연 비료, 소의 태반, 그리고 강아지 토사물 등에 파묻혀 있는 모습을 서로 보게 될 날들이 많을 것이다. 이는 직업의 특성상 늘 있는 일이었고, 이러한 일들을 겪으면서 우리의 우정도 깊어질 것이다.

버펄로의 빗나간 애정 공세

수의사로 살다 보면 한 번씩은 일상에서 벗어나 엉뚱한 모험을 할 때가 있다. 로키 산맥에 아름다운 가을이 찾아든 어느 날, 내게도 이와 비슷한 일이 일어났다. 병원 문을 열자마자 한 목장 주인이 찾아왔는데 그는 많이 흥분해 있었다. 그의 소에게 자꾸 접근하는 이웃집 버펄로^{아메리카 들소} 수컷 때문이었다. 듣자 하니 이 버펄로가 수컷의 허세를 부리며 자기 집으로 돌아가지 않고 있다는 것이었다. 목장 일꾼들이 카우보이 흉내를 내며 이 소를 몰아 보기도 했으나 야생 버펄로보다 더 결연한 소고집 앞에서 아무 소용이 없다고 했다. 목장 주인에 따르면 다행히 아직까지 죽거나 다친 사람은 없었다.

내 손님의 걱정은 물론 내년에 있을 송아지의 출산이었다. 버펄로가 그의 소들과 같이 있다 보면 내년 봄에 그들 사이에서 '비펄로^{beefalo}'라고 하는 잡종 송아지들이 태어날 수 있는데, 이러한 잡종은 경매에서 값어치가 떨어지기 때문에 그에게 경제적 손실을 안길 수 있었다.

자, 그럼 나의 역할은 무엇일까? '동물의 왕국'과 같은 텔레비전 프로를 보신 분은 여기에서 떠올리는 장면이 있을 것이다. 나의 고객이 요구한 것은 내가 빨리 가서 길을 잘못 든 버펄로에게 마취 총을 쏘아 그 소의 주인이 트레일러로 끌고 갈 수 있도록 해 달라는 것이었다. 이것은 텔레비전에서나 만날 수 있었던 이야기가 아니라 실제 이야기였다! 나는 급히 마취 총을 트럭에 싣고 얼른 목장으로 향했다.

잠시 후, 확 트인 전망을 가진 산 위의 목초지와 함께 한 아름 가득한 초록빛이 내 앞에 펼쳐졌다. 한적한 곳에 외따로 떨어져 있는 목장은 이 집안이 대대로 소유하며 전통적인 방식대로 운영해 왔다. 나는 대평원을 질주하는 지프차 바깥으로 몸을 반쯤 내밀고 성난 아프리카들소를 향해 총을 겨냥하는 장면을 떠올리며 몸을 떨었다.

먼지가 이는 도로를 벗어나자 긴 목장 이름을 적은 큰 표지판이 나타났다. 목장 입구에는 'K'라는 이니셜을 나무 막대에 새긴 또 다른 표지판도 있었는데, 이 가문이 운영하는 목장의 브랜드이기도 했다. 집까지 가는 동안 가축들이 도망가지 못하게 파 놓은 도랑 때문에 트럭의 운전석이 크게 출렁거렸다. 내가 몰았던 차가 일으킨 먼지 구름 사이로 기운이 빠진 듯한 풋내기 목장 일꾼들이 흐릿하게나마 보였다.

내가 말썽쟁이 버펄로의 주인인 셸던 씨를 만난 건 트럭에서 막 내렸을 때였다. 키가 큰 그는 부스스한 머리를 하고, 두 눈은 움푹 패여 있었다. 나는 그를 개인적으로 알지는 못했지만 버펄로를 키워 보겠다는 꿈을 가지고 20여 년 전에 뉴욕에서 이주해 왔다는 말을 들은 적이 있었다. 나의 행동을 잠시 지켜보던 그는 불평하듯이 말했다. "내 버펄로를 다치게 하지는 말고 녀석을 천천히 진정시켜 보세요." 그의 어깨 너머로 멀리 떨어진 곳에 900킬로그램은 나갈 것 같은 수컷 버펄로가 보였다. 그 버펄로는 꼭 뿔 달린 탱크 같았는데, 내가 마지막까지 염려했던 것은 녀석을 다치지 않게 하는 것이었다.

이곳에 오기 전에 짠 계획에 따르면 먼저 버펄로를 내가 미리 들어가 숨어 있는 부서진 우리로 몰아넣는 것이었다. 그리고 내가 정확한 순간을 기다렸다가 조준하여 녀석에게 마취 총을 쏘는 것이었다. 정확성이 일의 성패를 가르는 관건이었고, 마취제의 양을 적정하게 맞추는 것도 중요했다. 양이 너무 적으면 그 녀석을 오히려 미쳐 날뛰게 할 것이고, 너무 과하면 자칫 죽음에 이르게 할 수 있었다. 만약에 놓친다면? 그건 있어선 안 되는 일이었다.

내 주변으로 '카우보이'들이 하나둘씩 모여들었다. 그들은 버펄로를 멋지게 잡아 보이겠다는 듯이 올가미 밧줄을 휘휘 돌리고 있었다. 그러나 나는 밧줄을 너무 일찍 던지면 오히려 소를 흥분시켜 유인하는 데 방해가 될 수 있다고 경고했다. 그들은 천천히 고개를 끄덕이며 수긍했다. 나는 마취제가 충분히 효과를 발휘하면 버펄로를 트레일러까지 천천히 몰아서 싣자고 제안했다. 그러나 이번에는 그들이 동의하지 않았다. 트레일러까지 살살 유인한다는 것은 그들이 원하는 '사나이다운 스토리'가 아니었다. 그들은 올가미 밧줄로 버펄로의 목을 묶고는 트레일러까지 의기양양하게 질질 끌고 오고 싶어 했다.

하지만 나는 버펄로를 다치게 놔둘 수는 없었다. 내 머릿속에는 수의학회 월간지에 이런 식으로 동물을 다룬 기사가 실렸을 때 고개를 저으며 경악하곤 했던 동료들의 모습이 떠올랐다.

이제 계획을 실행해야 할 때가 왔다. 나는 가축우리 안에서 무릎을 꿇고 쪼그려 앉아 버펄로가 천천히 들어오기를 기다렸다. 솔직히 나는 잠시이긴 하지만 장식 술이 잔뜩 늘어진 벅스킨^{사슴이나 염소 등의 부드러운 가}죽 재킷을 입고 굶주린 개척자들이 있는 곳으로 버펄로를 몰고 가는 내 모습을 상상했다. 그러나 다시 현실로 돌아오니 소 떼 뒤로 6미터쯤 떨어진 곳에서 무리를 쫓아 천천히 걸어오고 있는 녀석이 보였다. 나는 앉은 채로 마취제의 양이 적당한가를 다시 걱정했다. 너무 많을까? 아니면 조금 모자란 것일까? 그러나 이미 늦었다. 내가 숨어 있는 곳을 쿵 하고 슬쩍 들이받는 소리가 나면서 몹시 흥분한 녀석의 모습이 보였다. 바로 발사! 그 순간 몸이 거의 뒤로 젖혀지다시피 했지만 나는 즉시 다음 행동을 취했다.

모든 것이 계획대로 진행되었다. 우리의 불쌍한 친구는 행동이 느려지더니 마치 마티니를 많이 마신 것처럼 그 큰 덩치가 흔들렸다. 그러더니 채 1분도 안 되어 바닥에 털썩 누웠다. 나는 주변을 정리하고 트럭으로 갔다. 내 일은 여기까지였다. 신속, 정확, 그리고 뒷정리까지! 수비에서 패스, 마무리 슛에 이르기까지 모든 것이 생각대로 완벽하게 이

루어졌다.

그런데 갑자기 카우보이들 사이에 아우성치는 소리가 났다. 그들 중 한 사람이 버펄로에게 밧줄을 던지자 들소가 깨어나 버린 것이다. 의식을 잃어 가는 동물에게 밧줄을 던지는 행위는 그를 깨우는 짓이 되어 버렸고, 결국 버펄로는 목에 감긴 밧줄을 질질 끌며 숲으로 달 아나 버렸다. 나는 이 동물을 다시 붙잡을 때까지 여기 있어야겠다고 생각했다.

당장 뾰족한 수가 생각나지는 않았지만 일단 트럭에서 다른 밧줄 을 가져와 숲으로 향했다. 주위에는 도와주고는 싶지만 그저 어리석 은 행동을 하며 놀라서 당황하고 불안해하는 사람들만 있었다. 버펄 로는 완전히 흥분해서 날뛰고 있었는데 그렇다고 해도 조금은 마취 가 된 상태였다. 불현듯 어떤 생각이 떠올랐다. 그것은 내가 들고 있 는 밧줄을 이미 버펄로의 목에 걸려 있는 밧줄과 묶어 녀석을 다시 포획하는 것이었다.

내가 버펄로를 쫓아 소나무 숲 사이를 뛰어다니는 꼴은 분명 우아 한 모습은 아니었을 것이다. 하지만 마침내 목에 매달린 밧줄의 끝을 잡을 수 있을 만큼 버펄로의 걸음이 느려졌다. 도망가는 짐승의 속도 에 맞추어 달리면서 보이스카우트 때의 실력을 이용해 밧줄 두 개를 서로 단단하게 묶었다. 그리고 녀석을 너끈히 붙잡아 둘 수 있을 만 큼 널찍한 곳에 있는 나무에 그 밧줄을 묶었다.

그러나 나는 버펄로가 그의 목을 감고 있는 밧줄을 당겼을 때 일어 날 일까지는 미처 생각하지 못했다. 눈 깜짝할 사이에 밧줄이 녀석의 몸을 당겼는데, 그 밧줄은 마치 번지점프용 고무줄처럼 버펄로의 몸을 이겨 냈다. 엄청난 힘을 받으며 팽팽해진 밧줄의 장력 때문에 나무가 신음 소리를 냈지만 다행히 수백 년이나 된 나무의 뿌리는 단단했다. 이때 내가 가장 두려워하던 일이 실제로 일어났다. 버펄로가 몸을 돌려 나를 바라보더니 머리를 낮췄다. 녀석이 나를 향해 돌격해 오기 시작했을 때 난 기진맥진해 있었다. 나는 마취 총을 손에 꼭 쥔채 녀석이 돌진해 오는 방향을 피해 스프링처럼 몸을 일으켜서 트럭으로 달렸다. 버펄로가 내 발꿈치까지 거의 다 왔을 때 다행히도 밧줄이 녀석의 몸을 팽팽하게 붙잡아 주고 있었다. 이제는 정말 내가 할수 있는 것은 다했다. 나는 급히 차의 가속 페달을 밟는 동시에 창밖으로 손을 내밀어 흔들면서 진심으로 "행운을 빕니다"라고 외쳤다.

2주일쯤 지났을까, 내가 목장에 다녀온 뒤로 버펄로와 그곳 사람들의 소식이 궁금해졌다. 그러던 어느 날 아침이었다. 은행으로 가던 중에 건물에서 막 나오는 셸던 씨를 봤다. 그는 다리를 조금 절면서 걷고 있었는데 하마터면 알아보지 못할 뻔했다. 그의 왼손 역시 붕대를 감고 있었다. 그는 나를 보더니 손을 흔들며, "어이, 의사 양반! 지난번 우리 버펄로 일은 고마웠소. 덕분에 별일 없이 안전하게 집으로 데려갔소"라고 말했다. 그러고는 자신의 낡은 트럭을 타고 떠났다. 그가 왜 다쳤는지 정말이지 묻고 싶지 않았다. 변호사로부터 연락을 받은 것도 없었으니까 굳이 알려고 할 필요도 없었다.

두 동물 가문의 **복수 혈전**

동물들의 행동을 보면서 정말 감탄하는 경우가 종종 있다. 무시무시한 적의 힘에 아랑곳하지 않은 채 싸움으로 녹초가 된 것도 잊고 자신의 임무를 다하는 것이 그런 경우다. 동물들에게는 무척 집요한 점이 있는데, 특히 다른 동물과 맞붙었을 때가 그렇다. 그중에서도 호저길고 뻣뻣한 가시가 몸을 덮고 있는 동물는 여러 가지 이유로 다른 종의 적과 대면했을 때 결코 포기하지 않는 습성을 잘 드러낸다. 나는 개가 호저와 맞부딪치면서 생긴 결과를 여러 번 봤었고, 또 그 때문에 생긴 상처를 치료한 적도 많다. 그런데 고양이는 이런 궁지에 빠지는 일이 거의 없는 것이, 그들은 심한 고통을 초래할 만한 실수는 하지 않을 정도로 영리하기 때문이다.

사람들이 보통 아는 것과는 달리 호저는 움직이는 모든 것을 향해 가시를 박지는 않는다. 사실 다른 포식자의 몸에서 호저의 가시를 발견하려면 그 동물과 호저 사이에 신체 접촉이 있어야만 한다. 뾰족한 가시로 뒤덮인 이 동물은 매우 천천히 움직이는데, 마치 술에 취한 사람이 중심을 잡으려고 신중하게 발걸음을 떼는 것처럼 보인다. 실제로 호저는 잘 달리지 못해서 공격을 당하면 단지 몸을 공처럼 웅크린 채 포식자에게 겁을 주려고만  한다. 이때 멍청한 동물이 녀석을 통째로 삼키려고 했다가는 온 얼굴이 가시투성이가 된다. 특히 인간의 가장 친한 친구인 개가 이런 실수를 가장 많이 저지른다. 내가 치료한 동물 중 가장 불쌍한 희생자는 입천장, 코, 발 등이 500여 개의 호저 가시로 뒤덮여 있었다. 강아지는 두 시간 가까운 수술 끝에 가시로부터 벗어났는데, 이후에도 실수를 반복해서 11번이 넘게 병원을 찾아야 했다.

가장 내 기억에 남은 호저 희생자는 우리 병원에서 한 시간 정도 떨어진, '공원'으로 불리는 외딴 산골에서 온 잭 러셀 테리어^{여우를 사냥할 용도}

_{로 교배된 키와 덩치가 작은 개 품종. 과감하고 활달하며 장난을 좋아하고 영리하다} 세 마리였다. 잭 러셀은 '작은 강아지 옷을 입고 있는 큰 개'라는 뜻이다. 녀석들은 마치 누군가가 "너희들은 작은 개야"라고 말해 주는 것을 실수로 잊어버린 것처럼 겁 없이 큰 개에 맞서는 행동을 하기도 한다. 어느 여름의 일요일 오후 1시쯤, 세 마리의 잭 러셀 테리어를 키우는 코너 부인이 놀라서 전화를 해 왔는데, 강아지 세 마리가 호저 한 마리에게 덤벼들었다고 했다. 부인은 즉시 출발하여 지금 병원으로 오는 중이라고 했다.

코너 부인은 45살쯤 되어 보이는 키는 작지만 단호한 성격의 여성이었다. 부인은 자신이 애완견으로 고른 강아지들과 매우 잘 어울려 보였다. 부인이 도착했을 때 함께 데려온 병사 셋은 자부심으로 가득차 있었다. 강아지들의 코끝마다에는 20여 개의 가시가 잘 꽂혀 있었는데 녀석들은 마치 가시가 영광의 트로피라도 되는 것처럼 껑충거리며 뛰어 들어왔다.

"세 마리 모두 어쩜 이렇게 많은 가시에 찔릴 수 있는지 도저히 믿기지 않아요!" 코너 부인이 소리쳤다. 그러더니 부인은 강아지들에게, "관심을 끌 수 있는 좀 더 쉬운 방법이 있었을 텐데 왜 그랬니?"라는 말을 덧붙였다.

한 마리씩 마취 주사를 놓았지만 녀석들은 마취에 저항하며 자부심 강하게 서 있었다. 아파하는 모습을 보여 주기보다는 수컷다움을 뽐내고 싶었는지 동상처럼 뻣뻣하게 검사대 위에 서 있더니 마침내 주저앉고는 가까스로 마취가 되었다. 내가 치료를 하는 동안 코너 부인은 곁에서 녀석들을 어루만져 주고 있었다. 부인의 가냘픈 손 때문인지 작은 강아지들이 오히려 당당하게 보였고, 아마도 그 강아지들 역시 자신들의 덩치가 실제보다 훨씬 더 크다는 착각 속에 살았을 것 같았다.

막 잠이 든 잭 러셀 테리어들의 몸에서 재빨리 모든 가시를 제거했다. 몸에서 호저의 흔적을 지운 강아지들은 주인의 품으로 돌아갔다. 그런데 녀석

들은 마취에서 깨어난 지 채 몇 분이 되지 않아 이번에는 병원의 고양이들을 귀찮게 괴롭혔다. 항생제를 챙겨 그들을 돌려보내고 집으로 돌아온 나는 일단 허기를 채운 뒤 일요일 오후의 낮잠을 즐기려고 했다. 그런데 4시가 좀 지났을까, 다시 무선호출기가 울렸고 나는 잠결에 전화기를 더듬었다. 또다시 코너 부인의 목소리가 들려왔는데, 이번에는 놀람보다는 실망하는 기색이 역력한 목소리였다. 부인은 이를 앙다물며 끓어오르는 화를 누른 목소리로, "이번에도 녀석들이 호저에게 덤볐어요. 지금 다시 그쪽으로 가고 있어요!"라고 말했다. 이어서 전화기를 탁 끊는 소리가 났다. 한 시간쯤 지나서 부인도 나도 병원에 도착했다. 이번에는 잭 러셀 테리어들이 얼굴이 은빛 가시 투성이가 되어 기진맥진한 채 부인의 두 팔에 안겨 있었다. 강아지들은 친구 호저에게 보복하려 했던 모양인데, 녀석들은 이번에도 그 결과에 아주 의기양양해하는 듯했다.

그 많은 가시를 제거하기 위해서는 전신마취가 필요했고, 강아지들은 두어 시간이 훨씬 지나서야 여전히 화가 풀리지 않은 주인의 품으로 돌아갈 수 있었다. 코너 부인은 계산서를 한참이나 들여다보더니 아직도 몸을 가누지 못하고 있는 어린 친구들의 귀에 대고는 "이걸 어떻게 다 갚을 생각이니?"라고 엄하게 물었다. 이에 강아지들은 잠에서 덜 깬 듯한 웃음을 흘리며 꼬리를 흔드는 것으로 대답했고, 꿈속에서는 이미 다음 모험거리를 찾고 있는 것 같았다. 나중에야 그 강아지들이 2주 동안 창고 바닥에서 지내야 하는 벌을 받았다는 이야기를 들었다.

성난 짐승 앞에 서야 하는 고독

수의사 일에는 종종 위험한 모험이 뒤따른다. 가장 흔한 경우는 치료를 받던 개와 고양이가 놀라거나 아파서 수의사를 무는 경우다. 물론 이런 상처 역시 통증을 일으키며 때로는 피를 많이 흘리게 할 수 있지만 생명을 위협할 정도는 아니다. 그러나 큰 동물을 다루는 수의사들은 생명보험을 필요로 한다. 나는 소 떼나 침 뱉는 라마, 심지어 흥분한 양한테 쫓겨 본 적이 있지만 말은 정말 나의 수의사로서의 삶을 끝장낼 뻔한 동물이다.

나는 늘 말을 좋아했는데 유년 시절에 너무나 멋진 웰시포니종의 사랑스런 미즈와 같은 말을 애완동물처럼 키우며 함께 시간을 보낼 수 있었던 것은 진정 행운이었다. 이러한 유년 시절의 기억은 이 아름답고 강인한 생명체한테 큰 애정과 존경심을 가지게 하였다. 100년 전만 해도 말은 인간의 문명 발전에 놀라울 정도로 큰 기여를 하였다. 말들이 없었다면 우리 인간은 많은 일들을 결코 해내지 못했을 것이다. 그러나 지금은 대부분의 말들이 애완용이나 레크리에이션을 위해 사육되는 것으로 운명이 바뀌었다. 불행히도 말이 더 이상 꼭 필요하지 않은 사회가 되면서 말 주인들도 말과 보내는 시간이 줄어들었고, 말 소유주들이 말을 위한 마구조차 제대로 갖추지 않는 경우가 더러 생겨났다. 대부분의 나의 고객들은 열심히 말을 훈련시키고 돌보았고, 나 또한 말들을 상대하는 것이 즐거웠지만 나를 보는 것을 썩 달갑게 여기지 않는 말들이 있는 것도 당연했다.

상쾌한 콜로라도의 어느 봄날, 새로운 동물 환자를 만나러 갔는데 그곳에는 내가 다루기 가장 힘들었던 말이 기다리고 있었다. 잘 아는 집으로부터 방문 요청을 받으면 그 집의 주인은 물론 말이 처한 상황에 대해 어느 정도 짐작할 수 있게 된다. 하지만 오늘은 아니었다. 트럭을 타고 삼나무로 된 전형적인 산간 마을의 집에 도착했을 때 체구가 작고 검고 긴 머리를 한 35살쯤 되어 보이는 여인이 미소를 띠며 카우보이 신발을 신고 마구간에서 나타났다. 부인은 손을 앞으로 쑥 내밀더니 자신은 제인 스콧이고, 이 마을에 새로 이사를 왔다며 자신을 소개했다. 부인은 같은 마을 사람을 만난 것에 정말 기뻐하는 듯 보였고 학교에 다니는 아들 둘까지 소개했다. 아이들은 엄마 뒤에서 수줍은 듯이 나를 쳐다보고 있었다.

나는 서투르게나마 그들과 친근해지려는 노력을 한 다음에 백신을 챙겨서 그들을 따라 말이 있는 곳으로 갔다. 그 집에는 모두 다섯 마리의 말이 있었는데 네 마리는 정돈되고 깨끗한 마구간에 있는 반면에 덩치가 유별나게 크고 걸음걸이에서 초조함이 느껴지는 한 녀석은 높은 담으로 둘러싸인 바깥 우리에 있었다. 마구간에 있는 녀석들부터 보자는 제인 부인의 의견을 따라 나는 먼저 그곳으로 향했다. 네 마리는 모두 아름답고 잘 손질된 말이었고, 내가 검진하고 백신을 놓는 동안에도 녀석들은 모두 얌전히 서 있었다. 그런데 네 번째 말의 진료가 끝날 무렵이 되자 나는 부인이 이상하게 긴장하고 있다는 생각이 들었다. 장비를 챙긴 뒤 마지막 한 마리마저 진료하기 위해 밖으로 나왔는데, 그때까지 나의 행동을 서서 지켜보던 아이들이 뒷문으로 나가더니 집을 향해 달아나는 것이었다.

가까이 가서 본 마지막 말은 다른 말들과 달리 손질이 잘 안 되어 있는 것 같았다. 아니 그보다는 털이 지저분하고 형클어져 있다고 해야 옳은 표현이었다. 말에 가까이 갈수록 발걸음이 느려지던 제니 부인은 마침내 우리 앞에서 걸음을 멈추고는 앞에 있는 덩치 큰 말을 지긋이 쳐다보았다. 부인은 다시 발끝을 내려다보며 흙먼지가 일도록 땅을 툭툭 차면서 말했다. "저 녀석을 여러 번 거세시키려고 했는데 손도 대지 못했어요." 이어서 부인은 그 말의 이름이 레벨이고, 이제 아홉 살로 그동안 일을 그렇게 많이 한 편은 아니라고 했다. 또한 같이 보낼 만한 시간도 많지 않았다고 했다. 나는 부인의 이야기가 레벨이 가까이 다가가기가 쉽지 않은 말이라는 의미가 아닐까 하고 추측해 보았다. 훈련이 안 된 아홉 살짜리 말이라면 아마도 다루기가 매우 힘든 환자가 될 것이 틀림없었다.

부인을 따라 울타리 안으로 들어서는 동안 그녀가 긴장하지 않으려고 노력하는 것이 보였다. "나는 정말이지 저놈에게 백신을 맞히고 싫어요. 벌써 2년이나 되었죠." 부인은 힘없이 말했다. 그러더니 조금 주저하며 "지난번 수의사는 다시 오지 않으려고 해요"라는 말을 덧붙였다. 부인의 검은 눈동자가 나를 바라보며 반응을 기다리고 있었다.

제인 부인과 부인의 말, 둘 모두 내가 어느 순간에 약한 모습을 드러낼지를 기다리는 중이었기 때문에 나는 두려움을 보여서는 안 되었다. 녀석은 우리가 그의 영역으로 들어설 때부터 코를 힝힝거리며 고개를 흔들고 있었다. 나는 마른침을 겨우 삼키며 무거운 쇠문을 내 뒤로 세게 닫았다. 이미 주사위는 던져졌다고 생각했다. 제인 부인은 발끝으로 걷고 있었다. 부인은 로프를 녀석의 고삐에 끼우더니 그것을 내게 건네주었는데 이로써 나는 백신을 놓기 전에 레벨이라는 말과 서로 마주하게 되었다. 나는 녀석으로부터 신뢰를 얻기 위해 최대한 부드럽게 가까이 다가서려고 했다. "자, 괜찮아. 안심하라고." 나

는 녀석을 불안하지 않게 하려고 이 말도 조용하게 속삭였다.

잠시 나를 내려다보던 레벨이 갑자기 콧바람을 휙 내뿜는 바람에 내 모자가 거의 날아갈 뻔했다. 제인은 마음이 점점 더 불안해지는지 주변을 계속 두리번거렸는데, 안전한 장소가 있는지 찾고 있는 것처럼 보였다. 아직까지는 표면상으론 무승부였다. 다음 행동은 나의 차례였고, 나는 주머니에 손을 넣어 청진기를 꺼냈다. 이어팁을 귀에 꽂고 레벨의 심장 소리를 들어 보려고 막 움직일 찰나, 레벨은 이것을 자신에 대한 공격 행위로 간주했다. 녀석은 뒷다리로 땅을 박차더니 앞발굽으로 우리를 차려고 했다. 나는 옆으로 얼른 몸을 피했는데, 제인 부인의 동작은 더 빨랐다. 어느새 울타리 밑을 빠져나가 집 뒤의 마루가 깔린 테라스로 뛰어가는 것이 보였다. 부인은 뛰어가면서 나를 돌아보더니, "제가 거기에 없는 것이 차라리 나을 것 같아요"라고 외쳤다.

이제 나는 600킬로그램 가까이 나가는, 젊고 건강하며 성격까지 거친 수컷 말 앞에 홀로 남았다. 나는 녀석의 심장이나 폐가 건강하다는 판단을 내리고 바로 주사를 놓기로 하였다. 내가 주머니에서 주사기를 꺼내는 것을 보자 녀석은 껑충 뛰면서 우리를 들이받으려고 하였다. 레벨이 30초 가까이 이를 드러내며 나를 공격하려 할 때도 나는 가까스로 밧줄만은 놓지 않았다. 정말이지 나도 제인 부인을 따라 이곳에서 어서 도망치고 싶었다. 하지만 나는 그곳에 머물러서 내 일을 해야만 했다. 특히 새 고객 앞에서 약한 모습을 보일 수는 없었다. 그 순간 나는 세상의 모든 것이 내 곁에서 떠나고 오로지 나와 말만

이 이 세상에 존재하는 듯한 기분이 들었다.

홍분한 말 때문에 내가 혹시 죽을 수도 있겠다는 생각을 받아들이려 노력하면서 녀석이 계속해서 내 주위를 원을 그리며 도는 것을 한참이나 지켜보았다. 그런데 놀랍게도 레벨이 서서히 속도를 줄이기 시작했다. 녀석이 마침내 지쳐 가고 있었다. 그리고 결국은 발걸음을 멈추고는 나를 바라보았는데 이번에는 나를 공격하지 않았다. 땀으로 뒤덮인 채 조용히 나를 바라보며 서 있을 뿐이었다. 녀석의 눈은 나를 정면으로 주시하고 있었지만 그 눈빛은 분노에 찬 것이 아니라 복종을 뜻하는 부드러운 눈빛이었다. 그렇지만 레벨이 다시 이를 드러내고 말발굽을 세울 수도 있어서 나는 조심스럽게 녀석에게 다가갔다. 그런데 다시 또 놀랍게도 그런 일은 일어나지 않았고 내가 주사를 놓을 때도 마찬가지였다. 레벨은 내가 손바닥으로 목 주위를 쓰다듬는 것을 허락했고, 나는 목 주위의 근육 사이에 주사를 놓으면서 녀석을 안심시켰다. 마침내 레벨은 주사를 다 맞았고 심지어 이빨과 심장, 폐 등을 검사할 때도 고분고분했다.

제인 부인은 근처에서, 너무 무섭지만 안 보고는 배길 수 없는 공포 영화를 보는 것처럼 손으로 눈을 가리고는 손가락 사이로 상황을 엿보고 있었다. 부인은 내가 이 상황을 견뎌 낼 수 없을 거라고 생각했었던 것이 틀림없다. 그러나 내가 밧줄을 풀고 말을 데려가 부인에게 넘겨줌으로써 상황은 예상외로 잘 마무리되었다. 레벨이 이번에 필요한 모든 백신을 다 맞았기 때문에 부인은 계산을 하면서도 아주 만족스러워 했고, 나 역시 무사히 일을 마쳐서 무척 기뻤다. 그러나 솔직히 나는 너무 긴장해서 다음 봄에 백신을 놓으러 이 농장에 다시 오기 전에는 부인의 집 앞에 이삿짐 트럭이 서 있었으면 하는 마음이 들 정도였다. 이번에는 운 좋게 다치지 않았지만 다음번에도 이처럼 화가 난 말을 만났을 때 '해피 엔딩'으로 끝나리라는 보장은 없었던 것이다.

그 이후로도 봄을 맞아 정기적으로 백신을 놓는 일을 하고 다녔지만 몇 주 동안은 아무 일도 없었다. 모든 동네 말들이 수의사의 말을 잘 따르며 예의 바르게 행동하고 있었다. 그러나 어느 월요일 아침에 걸려 온 전화 한 통이 이러한 평화를 깨뜨리고 말았다. 전화는 국유림으로 둘러싸인 사방 수백 미터의 땅에 살고 있는 어느 가족으로부터 온 것이었다. 나는 그들이 무얼 하며 사는지 잘 알지 못했는데 적어도 말 몇 마리를 키울 정도의 살림은 되는 것 같았다. 로키 산맥 언저리에서 사는 사람들 중에는 일정한 직업이 없으면서도 내가 잘 모르는 방법으로 살아가는 사람들이 많았고, 린스 씨네 가족도 여기에 속하는 사람들이었다.

린스 씨는 키가 큰 에이브러햄 링컨 같은 스타일로, 흰색 티셔츠에 더럽기 그지없는 청바지를 걸친 그의 복장은 바뀌는 법이 없었다. 그러나 놀랍게도 그의 아내는 뉴욕의 최신 패션처럼 보이는 나무랄 데 없는 옷차림을 하고 있었다. 한쪽이 작고 검은색의 화려한 드레스에 명품 구두로 치장하고 있다면 다른 한쪽은 누더기 같은 옷을 입고 있는 린스 씨네는 정말 독특한 부부라고 할 수 있었다.

그들은 린스 씨의 벌목 수입만으로는 살림이 어려울 것 같은 작은 목장 안에 있는 매우 현대식 통나무집에서 살았다. 부인은 동부 해안의 부유한 집안 출신으로 산(山)사람을 찾아 일부러 콜로라도로 이주했다는 소문이 파다했다. 나는 남편의 낡은 픽업트럭 옆에 주차해 있는 부인의 신형 벤츠 차를 보고는 이 소문이 사실일 수도 있겠다고 생각했다. 어쨌든 그날은 그들 부부의 살림살이를 확인하러 간 것은 아니었고, 주말에 혹독한 시련을 겪은 한 어린 말을 보기 위해서였다.

그들은 가끔 도시의 친구들을 불러 승마 등을 하며 주말을 즐기곤 했다. 그런데 린스 씨가 친구들에게 집에서 1.6킬로미터쯤 떨어진 소나무 숲에 숨어 있는 말 한 마리를 찾아서 데려오라고 부탁하면서 일이 시작되었다. 일행 모두가 말을 타기 위해선 말이 더 필요했기 때문이다. 린스 씨의 설명에 따르면, 그중에서 짧은 검은 양말과 멋진 신발로 꾸며 입은 제스키란 친구가 그의 가족들이 말을 유인할 사료를 주머니에 가득 채워서 출발하도록 했다고 한다. 그런데 그들은 말을 찾으러 가면서 말들을 타고 가는 대신에 새로 나온 대형의 스포츠 유틸리티 차량(SUV)을 타고 가서 말을 몰아 오기로 하였던 것이다. 놀랍게도 그들은 한 시간쯤 뒤에 말과 함께 돌아왔다. 불행히도 말을 차 뒤의 범퍼에 묶어 데려온 것이다. 당연히 이러한 짓은 동물을 불행하게 만든다. 린스 씨 부부는 말을 데려올 때 어떻게 해야 하는지 보다 상세히 설명해 주었어야 했지만 이미 사고는 일어난 뒤였다. 말은 정신적 충격을 받은 것은 물론, 여러 곳을 긁히며 많은 상처를 입어 의사의 치료를 받아야만 했다.

나는 도착하자마자 먼저 극도로 불안해하는 말 환자부터 살폈는데

아직은 다른 사람을 보는 것을 반기지 않고 있었다. 녀석은 콧김을 거세게 내뿜으며 나무에 묶인 줄로부터 벗어나려고 격렬하게 발버둥을 치고 있었다. 콧구멍을 벌름거리며 뜨거운 숨을 내쉬는가 하면 발로는 나무뿌리가 드러나도록 땅을 긁어 대는 등 낮에는 볼 수 없었던 행동을 하고 있었던 것이다. 녀석을 진정시키기 위해선 몇 년의 시간은 걸릴 것 같았다.

　말은 덩치가 큰 말은 아니었으나 대신 재빠르고 강인했다. 먼저 상처 주위의 털을 잘라 내고 깨끗하게 소독해야 했다. 나는 트럭에서 주사기와 진정제를 가져와 땀에 젖은 말의 목 주변 근육 사이에서 목정맥을 찾아 바늘을 넣으려고 애썼다. 그러나 예상한 것처럼 말은 스스로가 진정될 필요를 전혀 느끼지 못하는 듯했고 주사기가 가까이 올 때마다 앞발을 들어 허공을 찼다. 그렇다고 내가 뒤로 가면 뒷다리로 나를 걷어찰 것이 뻔했다. 차 뒤에 묶인 채 끌려가야 하는 호된 시련을 당한 말에게 왜 인간을 신뢰하지 못하느냐고 비난할 수는 없지만 나는 어떡해서라도 치료는 해야 했다. 20여 분이 지나자 녀석이 그나마 내가 주사를 놓을 수 있는 거리 안으로 접근하는 것을 허락했다. 바늘은 목표 지점을 찾았고, 생각할 겨를도 없이 내 엄지손가락은 잽싸게 주사기의 플런저^{밀대}를 눌렀다. 잠시 후 약이 효과를 발휘하고 시작했고, 말은 너무 많은 양을 맞기라도 한 것처럼 조금 비틀거렸다. 나는 이것을 털 깎는 이발기를 잡고 치료를 시작해도 좋다는 신호로 받아들였다.

보통 마취가 된 말은 작은 이발기 소리에 깨지 않는데 이 승마용 말은 여전히 신경이 지나치게 긴장해 있었고, 더구나 내가 일을 시작하려고 할 때는 의식이 완전히 돌아온 상태였다. 녀석은 안간힘을 쓰며 일어나 걷는가 싶더니 미처 피할 틈도 없이 오른쪽 무릎으로 내 두 다리 사이를 세게 찼다. 그 무릎이 나의 어느 신체 부위를 건드렸는지 생각할 필요는 없었다. 나는 순식간에 조금 전에 서 있던 곳으로부터 2~3미터 떨어진 곳에서 뒹굴고 있었다. 말로 표현할 수 없는 고통이 골반과 복부로 올라왔다. 내 초등학교 시절에 같이 축구를 하던 같은 반 친구가 공을 놓치고 대신 나의 사타구니를 찬 적이 있는데 그때와 같은 느낌이었다. 이번에는 45킬로그램의 6학년 학생이 아니라 400킬로그램의 말이 가한 충격이라는 점이 다를 뿐이었다. 그 열 배나 될 것 같은 충격 때문에 나는 차가운 땅 위에서 극심한 고통 속에 온몸을 비틀어야 했다.

내가 말 털을 깎기 위해 쥐고 있던 이발기는 손에서 날아가 근처 나무에 맞으며 여러 조각으로 부서졌다. 내가 고통과 충격으로 가물거리는 의식을 억지로 붙잡고 있을 때 내게 다가오려는 말을 막느라 사투를 벌이고 있는 린스 씨가 보였다. 말의 두 귀는 납작하게 머리 뒤로 완전히 넘겨졌고, 이는 드러나 있었으며, 눈 주위의 결막은 분노로 붉게 충혈되어 있었다. 이 동물이 자기가 당한 일을 내게 앙갚음하는 것이라고 믿을 필요는 없겠지만 어떤 인간도 가까이 하지 않겠다는 비장한 의지만큼은 가득한 것 같았다.

나는 마지막 남은 티끌만큼의 품위라도 되찾고자 애쓰면서 가까스로 일어났다. 그러고는 조금이라도 쓸모 있기를 바라며 흩어진 이발기 조각을 주워 모았다. 마치 수십 킬로미터는 떨어진 것처럼 느껴지는 트럭까지는 달팽이 걸음 속도로 겨우 갈 수 있었다. 나는 한 손으로는 트럭에 의지하고 다른 한 손으로는 트럭을 뒤져서 린스 씨가 말의 상처와 발에 발라 줄 연고, 항생제 파우더 등을 찾았다. 간신히 차를 몰고 집으로 돌아오는데 마치 지뢰밭이라도 지나는 것처럼 오는 내내 충격과 아픔을 느껴야 했다.

나는 이틀 뒤에야 겨우 바로 설 수 있었다. 진통제에 의지하긴 했지만 병원으로 가서 다시 일할 용기도 생겼다. 불행히도 대부분의 작은 동물 병원은 아프거나 개인적으로 볼일이 있을 때 난처한 점이 많다. 게다가 나는 어디를 다쳐서 일을 제대로 할 수 없었는지 많은 고객들에게 굳이 설명하고 싶지 않았다. 2주가 지나서야 나는 이전보다 더 조심스럽게 말 진료를 시작했다.

그날 이후로 나는 두 다리를 가능하면 말이 찰 수 있는 거리 밖에 두려고 애쓰면서 같은 사고가 다시 일어나지 않도록 노력했다. 그러나 더러 미친 듯이 흥분하거나 거친 야생의 눈동자를 지닌 말을 보면 당시의 일이 머릿속에 떠오르곤 한다. 동물이 인간에게 회복하기 힘든 상처를 입히는 것은 순식간의 일이다. 그나마 회복할 수 없는 장애로 이어질 만한 부상이 아니고, 단지 조심하라는 경고 정도로 끝났다는 점에서 그 일은 내게 행운이기도 했다. 잔뜩 겁을 먹은 짐승이 자신을 보호하려 드는 것은 매우 자연스런 일로 그것을 비난할 수는 없다. 하지만 나는 이러한 이유가 결코 부상의 위험을 줄여 주는 것은 아니라는 말을 꼭 덧붙이고 싶다.

고양이, 물고기 신세가 되다

때때로 우리는 가장 지적인 생명체라는 명성에 어울리지 않는 행동을 하는데 가끔은 이러한 어리석은 행동에 동물들을 끌어들이기도 한다. 수의사로서 경험한 것인데 사람들은 특히 주말 연휴에 판단 실수를 가장 많이 하는 것 같다. 여기 서부 산악 지역의 열 시간 반경 내에 사는 사람들은 휴일이면 트레일러 캠핑카의 먼지를 털고 달이라도 가는 것처럼 온갖 짐을 싣고 산으로 간다. 문제는 이러한 짐에 아무것도 모르는 애완동물도 종종 포함되어 있다는 것이다. 나로서는 이런 주말이 두렵기까지 했던 것이 따분한 환경에서 살던 동물들이 산에 가면 문제를 일으키는 경우가 흔했기 때문이다.

독립 기념일이었던 어느 토요일 아침, 병원에서 30여 킬로미터 떨어진 호수 휴양지 안에 있는 간단한 주류와 함께 낚시 미끼 등을 파는 한 주유소에서 전화가 걸려 왔다. 반짝이는 산봉우리로 둘러싸인

149

고요한 호수는 가끔씩 찾아오는 그 지역 낚시꾼들과 야생 동물에게 는 안식처였으나 여름 주말이면 난민촌으로 바뀌곤 했다. 나는 그처 럼 많은 사람들이 다닥다닥 붙어 있는 곳으로 휴가를 가는 것이 그렇 게 즐거운 일인지 종종 의문이 들곤 하였다. 정작 그들이 휴가를 간 그곳이 그들이 벗어나고자 했던 곳과 별반 다를 것 없다는 생각이 들 었기 때문이다.

그날 아침에 나는 우리 병원의 접수처 직원인 로레인이 전화를 끊 고는 한숨을 쉬며 말하는 것을 들었다. "어휴, 놀러 다니는 사람들이 란! 어떤 사람이 자기네 고양이에 문제가 생겨서 지금 병원으로 온다 고 하네요. 그분이 무척 흥분해 있어서, 그것 말고 다른 말은 전혀 알 아들을 수 없었다니까요." 전화를 끊은 후에도 우리는 계속해서 병원 예약을 해 놓았던 고객들을 만났다.

동물 병원의 토요일 아침은 대개 정신이 없다. 쉬는 날이라서 많 은 사람들이 자신의 애완동물을 병원에 데려오기 때문이다. 생각했 던 대로 그날 아침 역시 대기실은 만원이었다. 벽을 따라 놓인 흰색 의 플라스틱 의자는 기다리느라 지친 손님들이 이미 점령하고 있었 다. 나이가 좀 든 어떤 남자는 회색의 여윈 푸들을 안고 있었는데 개 가 숨을 쉴 때마다 지독한 냄새가 실내에 진동하는 것이 마치 입안에 썩은 사체라도 있는 것 같았다. 어떤 10대 소녀의 발 앞에는 엄청나 게 덩치가 큰 마스티프^{털이 짧고 덩치가 크며 용맹한 개. 흔히 건물 경비견, 투견으로 쓰임}가 노란 리 놀륨 바닥 위에 엎드려 있었다. 이 개의 이름은 듀크로 1년에 두 번씩 하는 발톱 정리를 하러 왔는데, 이 일은 몇 명이 달라붙어 도와주어야만 하는 일로 옆에서 보면 꼭 프로 레슬링 경기를 하는 것 같다. 구석의 작은 소파에 앉은 또 다른 여자는 겁에 질린 고양이 한 마리를 꼭 움켜잡고 있었는데 녀석은 금방이라도 토할 것처럼 일정한 간격으로 헛구역질을 하고 있었지만 다행히 아직까지 병원에서는 토하지 않았다. 그렇지만 나는 이 고양이 녀석이 조만간 머리털 한 움큼을 대기실 바닥에 게워 낼 거라고 확신할 수 있었다. 다른 환자들은 정기적인 예방 접종이나 검사를 받기 위해서 온 동물들이었다.

오늘의 주인공인 부상당한 고양이와 그 주인이 문을 벌컥 열고 들어온 것은 내가 고약한 냄새를 내뿜고 있는 푸들 주인에게 개의 구강 관리에 대해 열심히 설명하고 있을 때였다. 고양이의 부상은 숲에서 포식자의 먹잇감이 될 뻔하며 생긴 것이 아니었다. 대신 녀석은 입에 긴 낚싯줄을 드리운 채 두 눈이 두려움에 잔뜩 질려 있었다.

고양이 주인인 젊은 부부는 주말 낚시를 가면서 사정이 있어 고양이를 데려갔다. 그러나 고양잇과 동물은 야외 활동에서 최고의 동반자라고 할 수는 없다. 녀석들은 집이나 귀찮게 구는 강아지가 없는 정원에서 편안하게 뒹구는 것을 더 좋아하기 때문이다. 신혼부부는 고양이를 집에 혼자 두고 가는 것이 미안했는지, 아직 아이가 없는 그들 부부에게 그 역할을 할 고양이가 필요했는지 나로서는 알 수 없다. 아무튼 고양이를 밖으로 데려간 것은 결국 별로 좋지 않은 결과를 낳고 말았다.

20대 후반으로 보이는 쇼 부부는 바깥 활동을 그다지 좋아하는 것 같지는 않았다. 얼굴이 창백해 보이는 남편 브래드 씨는 하와이 스타

일의 짧은 반바지와 가슴에 사교 클럽 이름이 그리스어로 적힌 티셔츠를 입고 있었다. 그의 아내 브렌다 역시 자외선 차단제 냄새가 나는 번들거리는 하얀 피부를 하고 있었다. 부인은 얼굴이 앳되어 결혼한 사람 같지 않았지만 이 가정의 가장인 것처럼 보였다. "제발 우리를 도와주세요. 전화로 미리 말해 두었어요." 부인은 숨을 헐떡이며 말했다. 다른 때 같으면 손님 셋이 나란히 진료를 청하는 장면을 보며 농담을 하였겠지만 그들의 놀란 얼굴을 보니 지금은 그런 여유로운 상황이 아니었다. 작은 고양이는 완전히 제정신이 아니었다.

브렌다 부인이 재빨리 상황을 설명했는데, 그들은 물고기 낚시 미끼로 선홍색의 연어 알을 이용해 왔다고 한다. 브래드 씨가 연어 알을 끼워 낚싯밥을 던지는데 그만 고양이 삭스가 연어알 미끼를 삼키고 싶은 욕구를 참지 못했다. 삭스에게는 낚싯줄 끝에 걸린 동그랗고 붉은 알이 그럴싸한 고양이 장난감으로 보였던 것이 틀림없다. "우리도 바늘을 빼려고 해 봤어요." 부인은 울면서 말했다. "하지만 삭스가 미친 듯이 흥분했어요." 그래서 그들 부부는 급한 대로 줄만 끊고는 낚싯바늘이 박힌 고양이를 태운 채 차를 몰고 온 것이다.

낚싯바늘에서 벗어나려고 몸부림치는 고양이를 태우고 30분 가까이 운전해 온 것은 그야말로 회색곰을 우리에 넣고 온 것처럼 위험한 일이었다. 브래드 씨의 손은 이미 고양이가 많이 할퀸 듯했다. 그는 휴양지에서 사고를 당한 고양이를 내내 안고서 병원으로 왔던 것이다. 그의 넓적다리와 손은 무슨 종이 분쇄기에라도 들어갔다 나온 것 같았다. 물린 자국에서 피가 배어 나오는 것은 물론 벌써 그의 손은 부풀어 오르고 있었다.

나는 브래드 씨의 굳은 손에서 고양이를 떼어 낸 뒤 검사대에 올려놓았다. 그리고 크리스티가 준비해 둔 마취제 주사를 고양이 뒷다리 근육에 놓았다. 고양이는 모든 신경이 자기를 괴롭히는 낚싯바늘에가 있느라 내가 주사 놓는 것도 알아차리지 못했다. 몇 분이 채 안 되어 잠이 덮치기 시작하자 녀석은 조용해졌고 병원에는 다시 평화가 찾아왔다. 우리는 마취된 고양이 입을 통해 낚싯바늘이 걸린 부위에 지혈제를 조금 투여했다. 그리고 바늘을 부드럽게 몇 번 비틀자 지금까지 고양이를 괴롭히던 바늘이 빠져 나왔고, 삭스는 곧 편안히 숨을 쉬었다. 크리스티는 목구멍이 붓는 것을 막아 줄 소염제 주사를 맞은 고양이를 뒤에 있는 케이지로 옮겨서 녀석이 회복되기를 기다렸다.

얼마 지나지 않아 마취에서 깨어난 고양이는 다시 아무 일도 없었던 것처럼 행동하였다. 그러고는 한 시간도 채 안 되어 삭스는 기분이 좋은 듯한 소리를 내며 먹을 것을 찾았다. 하지만 불행히도 사람은 그렇게 금방 낫지는 않는다. 내가 삭스가 회복되었다는 기분 좋은 소식을 전하려고 대기실로 갔을 때 브래드 씨의 손은 야구 포수의 글러브처럼 부풀어 있었다. 이것은 균에 감염되었다는 신호였다. 고양이는 보통 그들의 이빨과 발톱에 많은 세균을 지니고 있는데 방심할 경우 자칫 감염으로 이어진다. 치료하지 않고 그대로 방치하면 이런 상처는 치명적이 될 수도 있다.

우리는 브래드 씨에게 빨리 병원으로 가 보라고 했지만 대개의 다른 남자들처럼 그도 역시 사내다움을 고집하며 상처를 별로 대수롭지 않게 여기려고 하였다. 브렌다 부인과 내가 계속 권하고 게다가 상처가 점점 더 부풀어 오르자 마침내 그도 굴복했다. 그들은 이제는 제법 안정을 되찾은 삭스를 안고 계산을 한 후에 동네 병원으로 향했다.

외딴 곳에서 갑자기 발생한 사고는 부부에게는 당황스러운 일이었을 것이다. 그들이 떠난 뒤에 우리는 다시 일정대로 다른 환자들을 돌보며 졸지에 물고기 신세가 된 고양이 이야기를 하고 싶은 마음을 내내 참아야 했다.

덩치는 작아도 용감해요

사람과 마찬가지로 동물 역시 덩치가 작다고 무시하는 건 절대 금물이다. 내가 경험한 가장 사나운 개들 중에는 15킬로그램도 안 되는 것들도 종종 있었다. 무게가 5킬로그램 정도에 불과한 고양이라도 고양잇과 동물이 싫어할 일을 하면 큰 상처를 입힐 수 있다. 그런데 내 경험으로 보면 그중에서도 시칠리아 당나귀인 제퍼슨이야말로 작지만 강한 동물의 대표 선수가 아닐까 하는 생각이다.

시칠리아 당나귀는 우리에게 익숙한 다른 당나귀들의 미니어처라고 할 만큼 덩치가 작다. 그러나 긴 귀를 가진 이들 시칠리아 당나귀들은 시칠리아 섬의 다른 당나귀들과 마찬가지로 결코 가볍게 볼 동물이 아니다. 이 작은 당나귀는 무척 귀여운 외모를 하고 있다. 녀석들은 곱슬곱슬한 회색이나 검은색 털에 작지만 화강암처럼 단단한 짙은 색의 발굽을 가지고 있다. 이들 당나귀의 키는 보통 땅에서 어깨까지 75센티미터쯤 정도에 불과하지만 작은 소리도 들을 수 있는 큰 귀를 가지고 있다는 특징이 있다. 이들에게 들키지 않고 가까이 접근할 수 있는 포식자들이란 그리 많지 않을 것이다.

나의 이웃은 아널드라는 이름을 가진, 아직 중성화 수술을 받지 않은 수컷 시칠리아 당나귀 한 마리를 기르고 있었다. 그런데 아무래도 누가 그 당나귀에게 너는 덩치가 작은 녀석이라고 말해 주는 것을 깜박한 것이 아닌가 싶다. 녀석은 마치 큰 동물이라도 되는 것처럼 같은 목초지를 쓰는 말 주변을 거들먹거리며 다니는가 하면 테너 가수 파바로티도 부러워할 만한 폐를 자랑했다. 당나귀 주인은 아침 5시 반이면 일어나 불을 켰는데 그러면 이 작은 당나귀는 주인에게 밥 줄 때가 되었다고 재촉을 하거나 온 동네 사람들에게 자명종 역할을 하겠다고 작정한 것처럼 최소한 열 번은 울곤 했다. 아침 일찍 울리는 기상 소리에 잠을 설친 사람들이 그 소리의 범인을 처음 만났을 때는 모두들 깜짝 놀라고 말았다. 그들은 최소한 울타리 정도는 넘는 큰 키를 가진 짐승일 것이라고 생각했던 것이다. 다행히 주말이 되면 내 이웃은 7시까지는 불을 켜지 않고 계속 자는 것 같았다.

나의 또 다른 손님인 제퍼슨은 다른 이웃 당나귀들에 비해 썩 특별한 점은 없었다. 구태여 지적한다면 지능이 조금 더 높고 잘난 체했다는 것 정도이지 않을까 싶다. 제퍼슨 또한 목초지를 가득 채운 다른 말들과 함께 살았는데 기회만 생기면 무리의 리더 역할을 하곤 했다. 주인이 녀석의 버릇을 좀 잘못 들였는지, 첫 2년여 동안은 제퍼슨을 다루면서 무척 힘들어 했다. 녀석은 진입로로 들어오는 내 차 소리를 들으면 도망칠 계획부터 세웠다. 예방 접종이나 일상적인 치료를 할 때도 자꾸만 버티는 바람에 채찍으로 때리며 끌고 와야 했고 그 때문에 일을 마치려면 많은 시간이 걸려야 했다.

제퍼슨은 지나치게 많이 먹었지만 녀석의 그런 습관은 별로 제재를 받지 않았다. 보통 먹는 건초 배급량에 더하여 말이 먹는 사료는 물론 당근까지 먹으면서 녀석의 몸은 위와 옆의 길이가 엇비슷해졌다. 녀석의 허리는 아주 굵어서 네 끼니분 정도의 사료는 가볍게 해치웠다. 나는 제퍼슨의 몸무게에 대해 여러 차례 머피 부부에게 말했으나 머피 부인의 의지는 녀석의 슬픈 갈색 눈과 철썩이는 꼬리를 볼 때마다 허물어졌다. 부인은 늘 "제퍼슨은 정말이지 너무 귀여워요. 도저히 먹는 걸 뺏을 수 없어요"라는 말만 되풀이했다. 나는 사람과 당나귀 중에서 누가 주인인지 헷갈렸지만 머피 부인이 제퍼슨을 무척 사랑한다는 것만큼은 분명했다.

부인은 건강하고 쾌활한 40대 여자였다. 부인은 하루도 빠뜨리지 않고 산악용 자전거를 탔고 음식도 건강식품만 먹었다. 그러나 이런 습관은 제퍼슨과는 전혀 관계없었다. 부인에게 자전거를 탈 때는 제퍼슨 좀 데려가라고 말하고 싶었지만 녀석을 어떻게 데려가야 할지는 나 역시 알지 못했다. 녀석은 마치 자기가 원하는 것은 어떻게든 얻고야 마는 버릇없는 아이 같았다. 제퍼슨이 하고 싶지 않은 것을 강제로 시키는 사람은 없었다. 그래서 나는 이번에 그 집을 방문하면서 이런 상황을 바꾸어야겠다는 결심을 했다.

어느 날 전화를 받았는데, 제퍼슨이 호저 위에서 발을 구르며 놀다가 앞발에 빼곡히 가시가 박혔다는 전화였다. 호저는 체구는 작지만 가시라는 훌륭한 방어 무기가 있는데, 가시를 빨리 빼지 않으면 제퍼슨의 힘줄이나 관절로 파고들 수 있었다. 머피 부인은 한여름의 주말을 보내기 위해 집에 없고, 부인의 남편인 돈 씨만이 제퍼슨의 치료를 위해 남아 있었다. 다행히도 돈 씨는 체격과 힘이 좋은 남자였다. 그것이 다행이었던 이유는 제퍼슨과 녀석의 일당이 사방으로 200~300미터나 되는 넓은 목초지에서 흩어져 달아나더라도 녀석을 유인할 우리나 마구간이 없었기 때문이다. 이런 상황에서는 이 작은 망나니를 구석으로 몰아 고삐를 씌우는 수밖에 없었다.

그런데 막상 도착해 보니 이 방법 또한 쉽지만은 않겠다는 생각이 들었다. 제퍼슨 일당이 제퍼슨을 보호하려 들었기 때문이다. 특히 에드라고 하는 덩치 큰 밤색 짐수레 말이 나와 돈 씨로부터 제퍼슨을 보호하는 일이 자신의 평생의 직분이라도 되는 것처럼 녀석을 감싸고 들었다. 일당들이 풀밭을 이동할 때마다 작은 당나귀는 에드의 다

리 사이를 왔다 갔다 하면서 함께 달렸다. 우리가 지나치게 가까이 접근하면 에드는 귀를 뒤로 눕히고 궁지에 몰린 짐승처럼 이를 드러냈다.

마침내 제퍼슨이 방향을 잘못 잡는 바람에 돈 씨가 애드라는 말과 당나귀 사이

로 들어가게 되었다. 우리는 함께 달리면서 녀석을 울타리 모서리 쪽으로 몰아갔다. 제퍼슨이 신경질을 부리며 탈출구를 찾으려고 하는 동안 우리는 속력을 조금 낮췄다. 녀석은 자신의 공간이 조금씩 작아지자 돈 씨와 내 뒤로 뛰어넘으려고 했다. 거리가 거의 좁혀졌을 때 제퍼슨은 나를 더 만만하다고 봤는지 내 쪽으로 넘으려고 시도했다. 나는 녀석을 잡기 위해 두 팔을 쫙 벌렸다. 하지만 그것은 제퍼슨을 과소평가한 큰 실수였다. 제퍼슨은 이전에도 이런 경험이 있었는데, 내 팔이 녀석의 가슴에 닿았다는 느낌이 드는 순간 이미 녀석의 몸은 공중에 떠 있었다. 멀리서 보면 이 모습은 옛 만화 속의 한 장면과 같았을 것이다. 녀석은 나를 들이박더니 간단히 땅으로 내팽개쳐 버렸다. 그러고는 자기 친구들을 이리저리 둘러보며 머리를 높이 치켜드는데 그 모습은 정말이지 나를 비웃는 것이 틀림없었다. 돈 씨 역시 크게 웃으며, "의사 선생, 녀석이 마치 자기 앞에 아무도 없다는 듯이 당신 위로 날아가 버렸소. 녀석의 몸집이 작다는 게 그나마 다행이요"라고 말했다. 녀석은 우리의 계획을 눈치채고 조롱하고 있는 것이 틀림없이 보였다.

두 번째 시도에는 더 힘이 들었다. 돈 씨와 나는 다시 한 번 숨을 고르고 힘을 모았지만 제퍼슨은 자신을 경호하는 말 밑에 완전히 몸을 숨기고 있었다. 통나무처럼 단단한 에드의 네 다리는 침입자로부터 제퍼슨을 보호하는 방패 같았다. 몸을 던지고, 에드 때문에 죽을 고비를 넘기는 가운데 20여 분이 더 지나도록 아무런 소득이 없자 우리는 이제 따로 흩어져서 녀석을 잡기로 했다. 그리고 한 번 더 제퍼슨을 구석으로 몰아붙이기로 하였다. 하지만 이번 시도는 이전의 시도와 다른 점이 있었는데 두 사람은 벌써 힘이 떨어져 가는 반면에 제퍼슨은 그렇지 않다는 것이었다.

그러나 결국 당나귀는 구석으로 몰리게 되었다. 그런데 제퍼슨이 그 상황을 벗어나기 위해 선택한 곳은 이번에는 돈 씨가 있는 쪽이었다. 제퍼슨이 그를 향해 달리는 것을 보며 솔직히 나는 안도했다. 돈 씨는 내가 아까 당하는 것을 보고 교훈을 얻었는지 제퍼슨에게 태클을 거는 쪽으로 결정한 듯했다. 그러나 이것은 25년 전에 고등학교에서 하던 축구가 아니어서 제퍼슨은 이빨이나 발굽을 사용하더라도 벌칙을 받지 않았다. 나는 돈 씨의 민첩함과 강한 체력에는 높은 점수를 줄 수 있었지만 방어력 면에서는 아니었다. 그는 호저 가시를 잔뜩 단 채 달려오는 놈을 잡긴 했지만 질질 끌려가고 있었다. 돈 씨는 당나귀를 꼭 잡은 채 어떡해서라도 녀석을 세우려고 필사적으로 노력한 끝에 가까스로 녀석을 멈춰 세웠다. 옆에 있던 나는 고삐를 가지고 정신없이 달려가 녀석을 덮쳤다. 그런데 이번에는 제퍼슨이 땅을 차는가 싶더니 돈 씨를 사정없이 뒷발로 걷어차기 시작했다. 내가 고삐를 걸려고 몸부림을 치는 동안 돈 씨의 얼굴은 빨개지면서 고통으로 일그러졌다. 그런데 막 고삐를 걸려고 하는 순간 나 역시 갑자기 왼손에 참을 수 없는 통증을 느꼈다. 내 손이 온통 제퍼슨의 입 속에 들어가 있었는데 녀석의 앞니가 톱니바퀴처럼 내 손을 단단히 물고 있었다. 손을 빼려고 할수록 피부만 찢겨 나갔다. 따뜻한 피가 팔을 타고 흘러내리면서 난 거의 포기할 뻔했는데 그때 돈 씨가 제퍼슨을 마구 때리는 것이 보였다. 제퍼슨의 고삐를 단단히 묶으며 임무를 끝내자 돈 씨와 나는 녀석을 붙잡았던 손을 풀었다. 그러고는 무릎을 짚고 몸을 숙인 채 가쁜 숨을 몰아쉬며 산골의 상쾌한 공기를 마음껏 들이마셨다.

우리에게 페어플레이 정신이 소중하다는 것을 상기시켜 준 제퍼슨은, 내가 가시를 제거하기 위해 지혈제를 준비하려고 하자 다시 탈출을 시도했다. 그러나 이번에는 절대 보내 줄 수 없었다. 돈 씨는 목줄을 더욱 단단히 쥐었고, 나는 앞발을 들고 일어선 채 차려고 하는 제퍼슨으로부터 얼른 가시를 제거했다. 다행히 움직이는 녀석을 상대하는 데 익숙한 나는 몇 분 걸리지 않아 치료를 마칠 수 있었다. 제퍼슨을 놓아주었을 때 녀석이 뒷발로 우리를 차려고 하지 않고 그냥 가 버렸다면 내가 서운했겠지만 역시 녀석은 나의 기대를 저버리지 않았다. 나는 그 짓이 그저 그가 할 수 있었던 감사의 표시로 다른 뜻은 없었을 거라고 생각하고 싶다. 이제 제퍼슨의 다리에 박힌 가시는 제거되었고 감염도 일어나지 않을 뿐더러 다리를 절룩거리지도 않을 것이다.

돈 씨는 뒤에서 힘없이 발을 끌면서 가는 나의 손 상처를 살피고는 그 역시 다리를 절면서 집으로 돌아갔다. 곳곳이 찢긴 돈 씨의 바지 틈 사이로 멍든 상처들이 보였다. 그는 "우리의 노력이 모두 제퍼슨을 위한 것이라고 설득할 수만 있었다면 일들이 훨씬 쉬웠을 텐데요"라고 중얼거렸다. 나도 동감의 표시로 고개를 끄덕이며 다음의 경우에 대비해서라도 제퍼슨에게 울타리가 필요하지 않겠느냐고 말했다.

일주일쯤 지나서 다시 돈 씨를 목재소에서 봤는데, 그는 새로운 축사와 우리를 만들기 위해 필요한 물품을 구입하고 있었다. "지난번 말씀하신 것에 대해 생각해 보았어요. 제퍼슨에게 또 문제가 생겼을 때 이대로는 의사 선생님이 더 힘드시겠다는 걸 깨달았어요. 그래서 이번 주말에 녀석에게 필요한 것들을 만들 계획입니다." 그는 잠깐 주저하더니 다음과 같이 덧붙였다. "게다가 아내가 오늘 아침에 목초지에서 또 다른 호저를 보았다고 하네요."

카리스마 넘치는 암고양이

대부분의 동물 병원에는 건물 소유주나 병원 경영자가 있긴 하지만 진짜 최고 보스는 그처럼 벽에 걸린 자격증에 등장하는 이름이 아닌 경우가 많다. 진짜 대장은 그 대신에 자신만을 위한 애완동물용 변기를 두고 있다.

수의사들은 병원에서 흔히 마스코트 고양이를 두고 있다. 이들 운이 좋은 동물은 자기가 마치 사무실 책임자라도 되는 것처럼 행동하곤 한다. 이런 역할을 담당하는 고양이들은 꼬리를 위로 바짝 세운 채 진료실을 뽐내듯이 걸어 다니며 환자 상태를 체크하거나 깨끗하게 소독해 놓은 수술대에 뛰어올라 엉망으로 만들기도 한다. 만약 대기실이 하찮은 개들로 가득 차 있으면 개 주인이나 개 목줄의 힘을 시험이라도 해 보려는 듯이 주변을 어슬렁거리며 살피고 다닌다. 고객들을 귀찮게 하는 것이 싫증이 나면 접수창구에 앉아 감독하는 일을 맡기도 한다. 이는 계산을 하는 동안 손님들에게 자신을 어루만질 기회를 아낌없이 제공함으로써 사람들과의 관계를 돈독히 하며 병원을 홍보하는 역할을 한다.

그러나 이처럼 병원에 취직한 고양이들이 그 이전에 평탄한 삶을 살았던 것은 아니다. 병원에서 마스코트 역할을 하며 살아가는 대부분의 고양이들은 아무도 원치 않는 주인 없는 신세였거나 비싼 병원 치료비를 감당할 수 없는 주인이 찾아가지 않은 딱한 처지였던 것이다. 그렇지만 병원으로 오게 된 사연이야 어떻든 녀석들은 결국 사람의 마음을 사로잡는 데 성공해서 병원 서열의 꼭대기까지 재빨리 오르게 된다.

내가 우리 병원에서 가장 좋아하는 대장 고양이는 아름다운 회색 털에 얼룩무늬가 적당히 있는 비스티였다. 이 암고양이는 근처 산마루의 등산로에서 일곱 마리의 새끼들과 함께 발견되었다. 아마도 고양이 한 마리가 여덟 마리가 되어 버리자 부담을 느낀 주인이 버린 것 같았다. 그곳은 큰 나무들이 자랄 수 없는 수목한계선 위로, 고양이 가족이 살기에는 좋지 않은 환경이었다. 쥐 같은 작은 설치류 먹이나 피신처는 거의 없는 대신에 바람과 추위, 번개를 동반한 폭풍 등이 잦은 곳임은 말할 나위도 없었다. 하지만 고양이 가족의 상태가 양호한 것으로 보아 비스티는 꽤 훌륭한 '산악인'이고 사냥꾼이었던 것 같았다.

어느 날, 동물 병원 원장이 이들 고양이 가족 틈에서 발을 허둥대며 지프차에서 뛰어내렸고, 고양이들 역시 누가 시키지 않았는데 함께 뛰어내렸다. 녀석들은 병원에 도착하자마자 마치 고급 온천에라도 온 것처럼 목욕하고 빗질한 뒤에 구충제를 먹었다. 다음 날부터 매일매일 맛있는 고양이 사료를 듬뿍 먹으며 2주도 안 되어 힘들었던 예전의 삶의 흔적을 모두 지웠다. 병원은 곧 새끼 고양이들의 운동장이 되었고, 녀석들은 마음껏 온 병원을 돌아다녔다. 리놀륨 바닥을 미끄러지며 달리거나 털실을 잡고 씨름하는 녀석들의 모습은 우리 모두에게 즐거움을 안겨 주었다. 물론 크리스티는 우리들과 달리 그들의 귀여운 장난이 마냥 즐겁지만은 않았는데, 녀석들의 변기 담당이 그녀였기 때문이다. 새끼들이 자라면서 그녀의 일도 점점 많아졌다. 크리스티는 한 손으로 입을 가린 채 중얼거리곤 했다. "저것들이 하는 일이라고는 먹고는 ……." 어미 고양이 비스티 역시 새끼들이 제멋대로 구는 행동을 좋아하지는 않아서 녀석들 사이에 질서를 잡아 보려고 애쓰며 하루를 다 보내곤 했다.

마침내 고양이들이 새로운 주인을 만나는 날이 다가왔다. 새끼들은 좋은 주인과 아늑한 보금자리를 쉽게 만났지만 녀석들의 엄마는 운이 좋은 편은 아니었다. 사실 그 암고양이는 집에서 애완용으로 키우기에는 몇 가지 흠이 있었다. 외모는 오히려 괜찮은 편이었다. 문제는 성격이었다. 암고양이는 종종 다리를 하늘로 쭉 뻗은 채 병원 진입로에 누워 있곤 하였는데 기적적으로 아직까지 차에 치이지는 않았다. 그 암컷은 어떤 날에는 병원에 오는 다른 동물들과 잘 지냈으나 또 어떤 날에는 그렇지 못했다. 병원에 온 동물 환자가 마음에 들지 않을 때는 문 앞에서 상대를 위협하는 소리를 내는 것으로 환영 인사를 대신했다. 말하자면 아파서 병원에 온 주제에 네가 감히 날

어떡하겠느냐는 식이었다. 가끔 호기심 많은 강아지가 가까이 접근 하기라도 하면 면도날 같은 날카로운 발톱으로 코를 사정없이 할퀴 어 버렸다. 광견병 예방 접종이나 맞히러 잠시 왔다가 코가 상처투성 이가 된 강아지를 안고 병원 문을 나서는 주인의 표정이 밝을 리가 없 었다. 가끔씩은 그 암고양이가 무엇에 홀린 듯이 포악스럽기도 했다.

비스티는 고객이나 고객이 데려오는 환자만 공격한 것은 아니었 다. 일이 잘 안 풀리는 날에는 병원 직원들도 무사할 수 없었다. 우리 손을 이유 없이 물거나 처방전 등을 쓰고 있을 때 발톱으로 할퀴고 가는 일이 드물지 않았다. 비스티는 한때 귀에 염증이 생겼는데 귀 치료 때문에 기분이 안 좋았다. 결국 다음 날 아침이 되어 의자 위에 는 전날의 치료에 보답하려는 암고양이의 선물이 있었는데 나는 그 것도 모르고 의자에 그냥 앉아 버렸다. 바지에 이상한 느낌이 들면서 매우 익숙한 고양이 배설물 냄새가 났을 때는 이미 어쩔 수 없는 상 황이었고 나는 뒤늦게야 비스티가 복수를 했다는 것을 알았다. 그렇 다고 고양이에게 앙갚음을 할 수 없는 노릇이었다.

이처럼 암고양이는 조금 골칫덩이이기는 했지만 그 이상으로 우리 를 즐겁게 해 주었다. 물론 아무도 비스티를 가질 수는 없었지만 말 이다. 언젠가 그 암고양이 마음의 상처는 치유될 것이다. 그러면 비 스티는 좀 더 친절하고 매력적이며 사랑스러운 고양이가 될 것이며 그때는 약간의 편두통이 있는 퓨마아메리카에 사는 큰 고양잇과 동물를 닮아 있을지 모른다.

비스티에 대한 가장 기억에 남는 일은 6월의 어느 여유로운 일요

일에 있었다. 나는 텔레비전을 켜고 소파에 길게 누워 이전에 최소한 다섯 번 이상은 봤을 영화를 다시 보고 있었다. 그 텔레비전은 대학 때 기숙사 룸메이트와 함께 12달러에 산 것이었는데 케이스가 나무로 되어 있고, 양쪽 스피커는 큰 천으로 감싸여 있었다. 무전기가 울린 것은 내가 영화를 보다가 거의 잠에 빠져들 무렵이었다. 소리에 놀라 화들짝 깨면서 나는 내 신세가 낮잠을 편히 즐길 수 없는 팔자임을 한 번 더 깨달아야 했다.

"우리 독일산 셰퍼드가 다람쥐를 쫓는다고 위에서 뛰어내렸는데 지금 앞다리에 전혀 힘을 못 쓰고 있어요. 한번 봐 주실 수 있어요?" 밀러 씨였다. 그의 목소리에서 원장이 자기에게 연락을 해 주었으면 하는 바람이 있다는 것을 알아차렸지만 이런 예고 없는 호출에는 내가 나서야 했다. 우리는 5분 후에 병원에서 보자는 약속을 하였는데 나는 왠지 안 좋은 일이 생길 것처럼 불안하였다. 진입로에서 차를 세우니 병원 건물 주위를 둘러싸고 있는 오래된 판더로사 소나무에서 풍기는 익숙한 냄새가 코끝을 스쳤다. 12미터가 넘는 이 거목들은 동물 병원의 소독 냄새나 스트레스를 깨끗이 날려주는 듯했다.

밀러 씨 부부는 무척 친절했지만 부부의 아이들은 아예 통제 불능이었다. 밀러 씨는 은발의 머리를 가진 45세 안팎의 조용하고 성실해 보이는 남자로 얼굴에는 지친 표정이 역력했다. 밀러 부인 역시 남편과 비슷한 인상이었는데 단지 다른 점이 있다면 남편보다 더 지치고 힘든 표정을 하고 있다는 점 정도였다. 시끄럽고 버릇없고 예의범절이라곤 아예 모르는 듯한 네 아이들은 그들 부모의 삶을 지옥으로 만들고 있었다. 가장 큰 아이가 열다섯 살, 가장 작은 아이가 네 살인 말썽꾸러기들은 내가 병원에 도착했을 때 이미 건물 주변을 마구 뛰어다니거나 문손잡이를 흔들며 달그락거리고 있었다.

밀러 부인은 마침내 그들의 낡은 차에서 소리를 질러 댔다. "얘들아, 이리 와! 얌전히 굴지 않으면 병원에 못 들어가게 한다." 악동들에게는 꽤 그럴 듯한 제안이었지만 이 '단란한 가족'의 나이 어린 무법자들은 계속 무단 침입을 시도했다. 나는 차를 도로 후진시켜 얼른 내 집으로 도망가고 싶었지만 다친 개가 나를 기다리고 있었다. 난리법석 와중에 겨우 대기실 문을 열었는데 밀러 씨 가족들이 우르르 몰려 들어가는 바람에 나는 뒤로 물러나 있어야 했다. 밀러 씨와 나는 스카우트라는 이름을 가진 큰 개를 진료실로 데려와 검사대에 올려놓고는 먼저 안정을 시켰다.

발톱 위의 발목 관절을 힘을 주어 눌러 보니 스카우트가 신음을 했다. 어느새 몰려와 구경하고 있는 관중들에게 엑스레이를 찍어 봐야겠다고 하니까 모두들 알겠다는 듯이 고개를 끄덕였다. 물론 네 살짜

리 꼬마도 그렇게 해도 좋다는 사인을 보냈다. 밀러 씨는 내가 스카우트를 엑스레이 촬영실로 옮기는 것을 도와준 뒤에 나머지 식구들과 함께 방사능에 노출되는 것을 피해 방을 나갔다. 장갑을 끼고 복장을 갖춘 나는 스카우트에게 각도가 서로 다른 두어 장의 사진을 찍을 수 있도록 도와 달라고 하였다. 촬영에는 시간이 좀 걸렸고, 나는 옆방에 있는 손님들이 좀 따분해서 가만히 있지 않을 거라는 낌새를 눈치챌 수 있었다.

필름을 인화하는 동안 아이들은 진료실 주변을 마구 뛰어다니고 있었는데 마치 자신들의 생일 파티를 위해 큰 성에라도 초대된 것처럼 보였다. 문이란 문은 죄다 열어 보고, 붕대를 마음대로 만지더니 마침내 내가 그들의 애완동물을 치료해도 좋다는 것을 증명해 주는 벽에 걸린 나의 학위증조차 떼어 버렸다. 부모들은 그들의 훈육에 대해 포기한 것이 틀림없었고 아이들이 없는 생활을 간절히 그리워하는 것처럼 보였다. 밀러 부부는 스카우트가 골절된 곳이 없고 지지용 붕대만 하고 가도 된다는 이야기를 듣고 무척 기뻐하였다. 그들은 비싼 외과 수술을 피할 수 있어서 안도하는 것 같았다.

그러는 동안에 장차 행동 교정 학교에 입학할 후보생들은 다시 대기실로 우르르 몰려가더니 이전보다 훨씬 더 시끄럽게 떠들어 댔다. 그런데 그 소동에도 불구하고 카운터 뒤에서 낮으면서도 깊게 울리는 소리가 들려왔다. 응접실 의자에서 줄곧 낮잠을 즐기던 비스티가 깨어난 것이다. 짧은 복도를 성큼 걸음을 옮기는 동안 나의 걸음이 마치 느린 화면 속의 동작처럼 더디다고만 느껴졌다. 불가피한 사고를 막아 보려고 대기실로 얼른 걸음을 옮겼지만 이미 때는 늦고 말았다. 뱀이 내는 소리처럼 쉿쉿 거리는 소리가 들리더니 곧바로 날카로운 비명이 이어지고 다급하게 문 쪽으로 우르르 몰려가는 발소리가 났다. 내가 도착했을 때 목격한 것이라고는 바닥에 떨어진 사람의 핏자국과 다시 덤벼 보라는 듯이 꼬리를 찰싹거리며 의기양양하게 서 있는 고양이였다. 아직까지 병원 안에 남아 있던 밀러 부인은 수표를 손에 쥔 채 카운터로부터 저만치 물러서 있었다.

나는 영수증을 써 주면서 터져 나오는 웃음을 참느라 무진 애를 써야 했다. 그리고 부인으로부터 우리의 버릇없는 고양이에 대한 무슨 말이 있을 것을 예상했는데, 부인은 아무 말이 없었다. 대신 밀러 부인은 내게 감사의 뜻을 표했다. "늙은 스카우트를 잘 치료해 주셔서 정말 고마워요. 처음에 우리는 당신에 대해 확신을 갖지 못했거든요. 주변에 아무것도 없으면 선생님을 만나는 게 더 편할 것 같지만요." 나는 그 말에 대한 적절한 답이 떠오르지 않았다. 그들은 차를 몰고 떠났고, 낡은 차에 얌전히 앉아서 가는 아이들이 보였다. 비스티는 그들의 부모가 할 수 없었던 일을 해 낸 것이다.

2주 후에 그들은 진료를 받기 위해 다시 스카우트를 데리고 왔다. 그 가족은 대기실 플라스틱 의자에 나란히 그리고 조용히 앉아 있었다. 비스티는 카운터에 누워 꼬리를 부드럽게 흔들면서 그들을 주시하고 있었지만 아무도 그 암고양이에게 도전하지 않았다. 그날 이후로 나는 비스티에게 무척 고마움을 느꼈다. 암고양이가 여러 사고를 쳤지만 그것을 눈감아 줄 수 있는 마음이 된 것이다.

사람 대신 복수에 나선 당나귀

내가 왕진을 다닐 때 가장 좋아하는 곳 중의 하나는 아름다운 강이 흐르는 로키 산맥 안쪽에 있는 전원 목장이다. 사람들이 휴식과 관광을 위해 찾는 이 목장에는 외딴 곳에 돌로 지은 숙박 시설인 본관과 눈 덮인 산봉우리를 볼 수 있는 전망 좋은 통나무집들이 있다. 목장 주인이 털 색깔은 물론 나이와 품종도 다양한 70여 마리의 말을 키우고 있어서 전 세계에서 이곳 전원 목장을 찾아온 사람들이 일주일씩 머물며 말을 타고 시골길을 달려 보곤 한다. 이 목장의 많은 동물들은 나를 바쁘게 하였는데 특히 여름철에는 더욱 그러했다.

말들이 정기 검진 등을 받기 위해 일주일을 쉬고 있던 어느 날이었다. 나와 크리스티는 말들을 살피기 위해 목장을 방문하기로 하였다. 크리스티는 내가 전날 점심을 먹으며 조수석에 흘려 놓은 음식 부스러기를 손으로 털어 내더니 나를 보며 고개를 절레절레 흔들고는 차에 올랐다. 차가 진입로를 벗어나 험한 산악 도로에 들어서자 크리스티는 계기판 위에 놓여 있던 업무 일지를 정리하기 시작했다. 나는 계기판 위에 온갖 영수증 뭉치도 잔뜩 올려놓았지만 그녀는 그것들에 전혀 개의치 않는 듯했다. 그날 아침의 크리스티는 다른 때와는 달리 너무 조용했는데, 나는 그녀가 왜 그러는지 대충 짐작할 수 있었다.

크리스티는 한 달 전부터 만나기 시작한 남자 때문에 마음이 무척 들떠 있었다. 물론 어떤 판단을 내리기에는 병원에서 살짝 본 것에 불과하지만 나로서는 그 청년이 한 과도한 액세서리 등을 보며 솔직히 미덥지는 않았다.

크리스티는 10여 분 동안 말없이 종이 넘기는 시늉만 했다. 결국 나는 아슬아슬하게 이어지던 침묵을 깨뜨리고 말았다. "그런데 ……, 주말은 잘 지냈어요?"라고 묻고 만 것이다. 하지만 아무 대답이 없어서 다시 불편한 침묵이 몇 분 동안 이어져야 했다.

마침내 그녀가 창밖으로 시선을 고정시킨 채 입을 열었다. "남자들이란 …… 정말 실망이야!" 결국 나는 닫혀 있던 그녀의 입을 열고 말았다. "그래, 무슨 일이에요?" 이 말에 그녀는 자신의 무릎만 뚫어져라 바라보았다. "제가 그런 말을 한 것을 기억하시죠? 주말에 우리 부모님이 그 남자와 함께 식사를 하자고 하신다고." 그녀는 말하는 것도 힘들어 보였다. "그 이야기를 남자한테 했더니 그러더군요. '귀찮게 다른 사람의 수다나 들어야 하는 시간이 되겠군. 난 우리 관계를 그런 식으로 오래 끌고 싶지는 않아.' 그 말과 함께 우리 사이는 마침표를 찍었죠."

나는 무슨 말을 해 줘야 할지 알 수 없었다. 솔직히 그 일이 별로 놀랍지는 않았다. 대부분의 사내들이 그런 식으로 행동하기 때문이었다. 더군다나 몇 달 동안 데이트 한 번 못 해 본 내가 이런 문제에 대해 잘 알고 있는 것도 아니었다. 내가 기껏 생각해 낸 것은 "그래, 그게 최선이었을 거야"라는 말이었다. 결국 이 말은 크리스티로 하여금 나를 차갑게 노려보게 만들었고, 전보다 더 어색한 침묵만 불러왔다. 그러나 지금 그 일에 대해 이야기를 나눌 누군가가 필요한 크리스티는 입을 오래 다물지 않았다. 그 남자에 대한 자기 생각은 어떻고, 두 사람에게는 어떤 공통점이 있었는지 등을 계속 말하고 싶어 하는 그녀를 보면서 나는 그저 머리를 끄덕여 준다거나 '응', '그렇지' 등의 추임새나 가끔씩 넣는 것이 가장 현명한 태도라는 것을 깨달았다. 마침내 우리는 고속도로를 벗어나 전원 목장으로 이어지는 바람이 많이 불고 있는 자갈길로 들어섰다.

전원 목장의 마구간 밖에는 안장과 다른 마구를 걸친 네 마리의 말이 견인 사슬에 매여 있었다. 우리 트럭이 도착하는 소리를 듣고 지나치게 복장을 의식한 어떤 20대 풋내기 카우보이가 마구간 밖으로 성큼성큼 걸어 나왔다. 그는 카우보이들의 전통적인 복장대로 검은색 펠트_{짐승의 털로 만든 천} 모자를 쓰고 꼭 끼는 청바지를 입고 있었다. 그의 셔츠에는 상아색 단추가 달려 있고, 앞뒤로 멍에_{짐을 끌 수 있도록 말이나 소의 목에 얹는 막대}가 그려져 있었다. 하지만 일을 열심히 하는 사람의 옷차림으로 보기는 어려운 것이 그의 옷은 말끔하게 다림질이 된 새 옷이었다.

그는 자기 복장에 상당한 자부심을 가진 게 틀림없었는데 크리스티가 트럭에서 내리는 것을 보자 가슴을 쭉 내밀었다.

그는 나의 손을 꽉 잡았다. "저는 셰인이라고 하고 포트워스^{텍사스 주}

북부에 있는 도시 출신입니다. 말들과 많은 시간을 보냈죠. 우리 고향에서는 이런 일로 수의사를 부르지는 않아요. 우리들이 다 알아서 하니까요." 나는 셰인이 사람들을 데리고 말을 타러 가는 대신에 혼자 남아서 우리를 도우려고 하는 이유가 궁금하였다.

처음 세 마리의 말은 뒤쪽 치아의 끝이 날카로워서 좀 더 잘 씹도록 해 주려면 이를 갈아 줄 필요가 있었다. 이런 처치를 '치아 플로팅'이라고 부른다. 말들의 이빨을 치료하면서 나는 셰인이 크리스티에게 추파를 던지는 것을 흥미롭게 지켜보았다. 물론 그녀는 그의 접근을 무시했지만 나는 점점 그 자리가 어색해졌다. 마지막 말은 배뇨에 문제가 있었고, 녀석의 그것을 싸고 있는 싸개를 소독해 줄 필요가 있었다. 나는 이 작업을 좀 더 안전하고 쉽게 할 수 있도록 말에게 진정제를 놓고 그 효과가 나타나기를 기다리면서 셰인의 관심을 크리스티로부터 떼어 놓기 위해 그에게 텍사스에 대해 이런저런 것을 물어보았다.

몇 분 후, 진정제 효과가 나타나기 시작하면서 말이 머리를 아래로 떨어뜨렸다. 진정제에는 또 다른 효과가 있는데 소독할 필요가 있는 말의 그 부분도 아래로 처지게 한다는 것이었다. 이런 상황은 보통 자질구레한 농담과 낄낄거리는 웃음소리 속에서 이루어지기 마련인데 그날은 그런 반응이 나오기에는 적당한 상황이 아니었다. 하지만 그때 셰인이 헛기침을 했다. 나는 '오, 제발, 그만!'이라고 속으로 외쳤지만 결국 셰인은 입을 열고 말았다. 그는 한쪽 팔을 말에 걸치고 몸을 기대면서 다리는 꼰 채 텍사스 특유의 느릿느릿하고 길게 빼는 말투로 말했다. "자, 당신도 아시겠지만 이 녀석은 나에 비하면 잘난 것이 없죠."

나는 바로 몸을 돌려 크리스티의 표정을 살폈다. 그녀의 얼굴은 홍당무처럼 붉어졌는데 당황해서 그런 것이 아니라 분노 때문에 그런 것이었다. 남자들이라면 지금 신물이 나 있을 크리스티에게 지금 이 남자의 시시껄렁한 추파는 그녀를 막다른 골목까지 몰아넣었다. 그녀의 푸른 눈동자에는 불꽃이 이는 듯했고 그녀의 얼굴은 험하게 뒤틀려 있었는데 그런 모습은 내가 지금까지 한 번도 본 적이 없었다. 그녀가 다시 듣기는 어려울 욕설을 막 퍼붓자 셰인은 기가 죽어 꽁무니를 빼며 달아났다. 나는 보험회사라도 불러 보상 범위를 물어볼 것인지, 아니면 일이 진행되는 것을 더 두고 볼 것인지 고민해야 했다. 셰인이 사라진 뒤에도 일을 끝낼 때까지 크리스티는 물론 나도 입을 열지 않았다.

병원으로 돌아오는 길에 조금 전의 무서운 표정 대신 부드러운 모습을 되찾은 크리스티는 눈물을 흘리고 있었다. 그녀는 우는 중간중간에 "미안해요, 그런 식으로 행동해서는 안 되는데. 하지만 그 남자는 정말이지 얼간이였어요"라고 소리를 질렀다. 적당한 말을 찾던 내가 기껏 생각해 낸 최고의 말은, "그래, 오늘 일이 좀 많았잖아요. 그렇지 않아요?"라는 것이었다. 그녀는 고개를 끄덕였고, 우리는 눈에 훤히 보이는 셰인의 긴장한 표정과 그의 멋대가리 하나 없는 말들이 떠올라 막 웃음을 터뜨리며 고속도로를 달렸다.

그 '얼간이 남자 사건'이 있고 일주일이 지난 여름날 저녁에 나는 응급 전화를 받고 다시 그 전원 목장을 방문하였다. 그런데 그날 저녁, 한 동물이 크리스티를 대신해서 셰인에게 벌을 내리는 일이 일어났다. 그날 나는 배앓이를 하는 말을 치료하기 위해 목장으로 갔는데 조지아 출신의 한 젊고 아름다운 여성이 나를 돕기 위해 말 울타리 바깥에서 기다리고 있었다. 그녀는 내게 말의 증상에 대해 상세히 설명해 줬고, 우리는 곧 급경련통이 문제라는 결론을 내렸다. 급경련통은 대개 장이 어떤 형태로든 뭔가에 막혀서 일어나는데, 속에 있는 것을 토할 수 없는 말들로서는 매우 고통스러운 증상이다. 이 가련한 말도 예외가 아니어서 우리는 일단 녀석을 좀 편하게라도 해 주고 싶었다. 나는 환자의 코를 통해 위까지 플라스틱 튜브를 넣은 다음에 창자가 원활하게 움직일 수 있도록 튜브에 미네랄 오일을 부어 넣었다. 그리고 진통제를 주사하였는데 몇 분이 지나자 기운을 차린 말이 먹을 것을 찾기 시작했다.

그런데 내가 떠날 채비를 하고 있을 때 남자 일꾼 둘이 숙소에서 나와 당나귀 우리 쪽으로 가는 것이 눈에 들어왔다. 우리에는 레프티와 판초라는 당나귀 두 마리가 있었다. 당나귀들의 외모는 초라해서 길고 텁수룩한 털이 눈을 덮고, 기분이 언짢을 때마다 빗자루 같은 꼬리가 앞뒤로 출렁거렸다. 당나귀는 덩치가 크지 않지만 몸집에 비해선 무척 힘이 세다. 녀석들은 무게 중심이 잘 잡혀 있고, 한번 고집을 부리면 다루기가 무척 힘든 동물이다. 이 두 마리는 특히 사나웠는데, 녀석들은 야생에서 자라다가 몇 년 전에 있었던 구조 작업에 의해 사막에서 이곳으로 오게 되었다.

젊은 두 남자가 아직 희미하게 남아 있는 노을빛 속을 걸어 우리 앞을 지나갈 때 나는 그중의 한 사람이 셰인이라는 것을 알았다. 셰인은 자신감에 차 있었는데 아마도 저녁 식사를 하면서 마신 맥주 덕분인 것 같았다. 그는 레프티 등에 오를 결심으로 발걸음을 옮기고 있었다. 이것이 다시 보기 힘든 구경거리라는 것을 알고 있는 나로서는 그 기회를 놓치기 싫었는데 그럴 만한 것이 레프티는 지금까지 한 번도 사람을 태운 적이 없었기 때문이다. 한 사람쯤은 레프티의 안전을 걱정할 법도 했지만 당시 거기에는 행운인지 불행인지 셰인을 말리는 사람이 없었다.

알코올 기운으로 약간 취해 있던 장래의 카우보이는 산호색 울타리를 힘들게 넘어가더니 고삐를 주워 들고는 레프티에게 다가갔다. 그러고는 당나귀 머리에 고삐를 씌운 다음에 그것을 로프와 연결했다. 마침내 셰인이 같이 온 동료의 환호를 받으며 레프티 등에 올랐다. 그가 "이랴!" 하고 외치는 소리와 함께 게임은 시작되었다. 그런데 셰인의 엉덩이와 레프티의 등이 한 번, 그리고 두 번째로 부딪친 순간이었다.

레프티가 마치 뒤에 로켓이 달린 것처럼 땅에서 1미터 이상을 펄쩍 뛰어올랐다. 이때 셰인은 레프티로부터 1미터 가까이 더 솟아올랐다. 레프티는 앞발이 땅에 닿자마자 뒷발로 킥을 날렸고 자신의 등에 탔던 사람을 공중으로 날려 버렸다. 당나귀는 아직 그럴 마음이 없었지만 셰인은 그 순간에 이 게임은 무승부이니 그만하자고 절박하게 외치고 싶었을지 모른다. 하지만 당나귀였던 레프티는 다시 마음을 가다듬고는 땅에 떨어진 셰인의 사타구니를 세게 걷어차고 말았다.

눈 깜짝할 사이에 도전자를 완벽하게 물리친 당나귀는 자신의 집으로 돌아가서 마치 아무 일도 없었다는 듯이 건초를 우적우적 먹었다. 내가 트럭으로 돌아가면서 보니 젊은 카우보이는 당나귀 거름 더미 속에서 신음하고 있었다. 그는 남은 여름 동안 더 이상 자랑할 만한 것이 없게 된 것이다.

일주일쯤 지나서 셰인을 다시 보았는데 그는 여전히 제대로 걷지 못하고 있었다. 마치 다리 사이에 볼링공 하나가 위태롭게 매달려 있는 것처럼 움직였다. 목장의 다른 일꾼들 말에 따르면 셰인은 레프티와 춤을 춘 이후로 말 등에도 잘 오르지 못한다고 했다. 그와 같은 상황에서 말을 타면 어떤 기분일지 상상조차 되지 않았다.

크리스티는 셰인의 곤경을 매우 재미있다고 생각하는 것 같았다. 그녀야 당연히 복수했다고 생각할 만하지만 Y 염색체를 지닌 같은 남자인 나로서는 그가 조금은 안쓰럽다는 느낌이 드는 것은 어쩔 수 없었다. 누군가는 이런 내게 '동정이 많은 것도 병'이라고 할지 모르겠다.

한밤중에 왔다 떠난 강아지

나는 대학을 졸업한 이후로 잠을 자다가 어떤 소리를 듣고는 침대에서 벌떡 일어나 앉아 있곤 하는 밤들이 많았다. 때때로 그 소리는 꿈에 등장하는 소방차 사이렌, 내가 수업에 늦었음을 알려 주는 학교 종소리가 아니었을까 하는 생각이 든다. 아무튼 한밤중에 꿈을 깨고 나면 무선호출기 소리가 울리는 가혹한 현실이 기다리고 있었고, 그 소리는 내가 아늑한 침대에서 빠져나와 한밤중에 일을 나가야 한다는 것을 알려 주고 있었다. 이러한 호출이 있으면 나는 정신을 차려서 호출한 분에게 전화를 주고, 곧바로 네발 달린 동물에게 일어난 어떤 응급 상황에도 완벽하게 대처할 수 있는 준비를 해서 집을 떠나야 했다.

그날도 나는 이전의 많은 밤들처럼 침대 옆에 있는 전화기의 자동 응답기에 남겨진 메시지를 들었다. 저절로 감기는 두 눈을 억지로 뜨려고 애쓰며 응답기가 전해 준 전화번호로 전화를 걸었다. 여덟 번쯤 벨이 울렸을까, 자다 깬 어떤 남자의 목소리가 들려왔다. 나는 간단히 내 소개를 한 뒤 아픈 강아지가 있어서 전화를 주지 않았느냐고 물었다. 그런데 몇 초 동안 침묵이 흐르더니 곧 욕설 몇 마디와 함께 지금이 얼마나 늦은 시간인지 아느냐며 전화기를 쾅 하고 내려놓는 소리가 들려왔다. 나는 그제야 잠이 확 깼다.

다시 한 번 전화번호를 확인하고 전화를 걸었더니 펠러 부인 집과 연결되었다. 부인은 새로 산 허큘리스라는 이름의 시츄中국이 원산지인 털이 긴 애완견 강아지가 거의 의식이 없다면서 지금 당장 도움이 필요하다고 하였다. 부인의 목소리는 무척 떨고 있었고 울음을 터뜨리기 직전이었다. 나는 병원으로 나갈 테니 거기에서 보자고 하였다. 옷을 걸쳐 입은 나는 어둠을 뚫고 가서 트럭의 시동을 걸었다. 잠에서 덜 깬 거슴츠레한 눈으로 병원까지 운전해야 했지만 그 길은 너무 잘 알고 있어서 마치 차가 저절로 움직이는 것 같았다.

내가 병원에 도착했을 때 부인은 벌써 와서 주차장에 앉아 있었다. 부인은 옷을 잘 차려 입은 전형적인 사커맘자녀에게 스포츠 활동이나 음악 교습 등을 열심히 시키는 전형적인 중산층 엄마 스타일로, 그녀에게 스포츠 유틸리티 차량SUV은 잘 어울렸다. 나무로 된 병원 데크건물 바깥쪽에 마루처럼 앉아서 쉴 수 있도록 만든 곳에 부인과 함께 서서 열쇠들을 뒤지며 다른 셋과 다르게 장식이 있는 열쇠를 찾았다. 펠러 부인은 아픈 강아지를 품에 안은 채 초조하게 나를 지켜보고 있었다. 마침내 문을 열고 병원을 환히 밝혀 줄 스위치를 켰다.

진료실에 들어서자 펠러 부인은 거의 의식이 없는 작은 강아지를 검사대 위에 올려놓았다. 살이 없어서 마치 털만이 뼈를 덮고 있는 듯한 이 불쌍한 녀석은 차가운 검사대 위에서 힘들게 숨을 쉬고 있었다. 심각한 병이지 않을까 하는 생각에 속이 편치 않았다. 그런데 한참이나 허큘리스를 살펴보아도 녀석에게는 트라우마정신적인 외상의 신호나 감염의 징후인 열을 발견할 수 없었다. 게다가 심장이나 폐에서 나는 소리도 정상이었다. 물론 이것은 젊은 수의사들이 종종 경험하는 일이지만 더 이상 해 볼 것은 생각나지 않는데 단서가 잡히지 않자 나는 그야말로 막막한 심정이 되었다. 내 코에서는 땀이 나기 시작했다.

내가 허큘리스의 진단에 어려움을 겪고 있다는 것을 눈치챈 펠러 부인이 물었다. "뭐가 문제인지 잘 모르시겠어요?" 이 질문에는 나의 능력에 대한 어느 정도의 의심이 담겨 있었다. 나는 부인의 의심은 잠시 무시하고 일반적인 질문을 하기 시작했다. 허큘리스가 창고에서 무엇을 먹은 것은 아닌지, 혹 녀석에게 독약을 줄 만한 사람이 있는지 등을 물었다. 강아지의 일상적인 이야기에서 단서를 얻고자 한 것이다. 그러나 나는 곧 펠러 부인이 뭔가 주저하는 것이 있다는 것을 알아차렸다. 부인은 나를 보는 대신에 기력을 잃어 가는 작은 짐승만 바라보려고 애썼다. 뭔가 할 이야기가 있지만 선뜻 밝히기를 망설이는 듯했다. 나는 질문을 멈추고 부인에게 말할 기회를 주었다.

1분쯤 지나자 마침내 펠러 부인이 입을 열었다. "제가 허큘리스에게 설사가 있어서 다른 병원에 일주일가량 데리고 다녔어요. 장에 기생충이 있다고 약 몇 가지를 처방해 주길래, 그날 오후에 동네 병원에 가서 약을 사 먹였지요." 부인은 이 사실을 내게 말하지 않으려고 했는데 아마도 그녀가 나의 고정적인 고객이 아니라는 것을 알면 내가 자기 개를 진료하지 않을 수도 있다고 걱정했던 것 같다. 물론 그 병원은 일과 후에는 응급 환자를 받지 않는 곳이었다.

사실을 털어놓은 후, 부인은 작년에 캘리포니아에서 가족들이 첫 번째 시츄 강아지인 스파이크와 함께 이곳으로 오게 된 사연을 말하기 시작했다. 로키 산맥으로 들어온 지 얼마 지나지 않아 그들은 스파이크를 풀어 놓고 길렀다고 한다. 그런데 11월의 어느 저녁에 첫눈이 무척 많이 내렸을 때, 불행하게도 이들 가족이나 스파이크는 아직 산악의 눈보라에 대한 준비가 되어 있지 않았다. 결국 스파이크는 그날 집으로 돌아오지 않았다. 펠러 부인은 다음 봄에야 스파이크를 찾을 수 있었다며 두 눈에 눈물을 글썽이고 있었다. 제설기가 눈을 치우자 스파이크가 가장 즐겨 찾던 곳이기도 한 도로 변 갓돌 근처에 있었다는 것이다. 이 사건은 이들 가족에게 큰 슬픔이었는데 이제는 녀석을 대신해서 다시 키우게 된 강아지마저 지금 내 앞에서 상태가 계속 나빠지고 있는 것이다.

"왜 아프게 되었는지 혹시 짐작 가는 것이라도 없나요?" 나는 기대를 걸고 물었다. "글쎄요, 정말이지 허큘리스는 장 치료를 시작하기 전에 아랫마을로 내려

간 적도 없어요." 그러면서 그녀는 작은 가방을 테이블 위에 내려놓았는데 호박색 약병이 다른 소지품과 함께 굴러 나왔다.

약병을 자세히 확인해 보니 증세에 맞는 약이긴 했지만 복용량이 좀 많은 듯했다. 나는 잠시 양해를 구하고 복용 지침서를 확인하러 진료실 뒤쪽으로 갔다. 몸집의 크기가 제각각인 강아지들에 맞는 모든 약의 정확한 양을 의사가 사실은 잘 모를 수도 있다는 것을 부인에게 보여 주고 싶지는 않았다. 놀랍게도 허큘리스는 정량이긴 정량인데 다 자란 세인트버나드 종처럼 큰 개에 맞는 정량을 복용하고 있었다. 이처럼 약물을 과다 복용한 동물 환자에 대한 경험이 흔치 않아서 나는 일단 독극물 통제 센터에 연락을 해 보는 것이 좋겠다고 판단하였다.

전화 통화를 하던 여성 전문가는 약물 과다 복용에 따른 후유증의 치료법을 찾으면서 하품을 하였다. "강아지가 얼마나 먹었는지 말해 주세요." 내가 수치를 말하자 전화기 저쪽에서 헉하고 숨을 내쉬는 소리가 들렸다. "지금까지 이처럼 작은 강아지가 그렇게 많은 약을 복용했다는 말은 처음 듣는군요." 그녀는 잠이 확 깬 것 같았다.

그 전문가의 걱정에 찬 말을 잠시 들은 뒤에 나는 곧 그녀가 말해 준 처방대로 움직였다. 정맥 주사용 용액을 투입하는 것이 관건이었는데, 나는 이 용액을 투입하기 위해 가장 작은 도관을 꺼냈다. 그리고 정맥이 잘 보일 수 있도록 허큘리스의 왼쪽 앞다리의 털을 깎았다. 이런 경우에는 100퍼센트 성공을 보장할 해독제 같은 마법의 약이 있는 것이 아니어서 가능한 한 빨리 용액을 투입해 녀석의 신장으로 과다 복용한 용액이 배출될 수 있도록 해야 했다.

그러나 녀석의 작은 정맥에 도관을 집어넣는 일은 작은 바늘귀에 비단뱀을 집어넣는 것과 같았다. 게다가 강아지의 심각한 탈수 현상으로 혈관이 급속히 수축하면서 정맥의 지름은 더욱 좁아져 있었다. 펠러 부인이 어깨 너머로 지켜보는 가운데 서둘러 녀석의 정맥 여기저기를 바늘로 찔러 보며 몇 분의 긴장된 시간을 보낸 끝에 난 정맥과 도관을 연결하는 일이 불가능하다는 것을 깨달았다. 이때 대학를 졸업한 지가 대체 몇 년인데 하면서 펠러 부인이 내게 중얼거리는 소리를 들은 것 같았다. 다행히 허큘리스의 앞발은 두 개였고, 왼쪽 다리와 달리 오른쪽 다리에서는 행운이 기다리고 있었다. 녀석의 정맥에 도관을 삽입하는 일이 성공하자 나는 용액 주머니를 건 뒤에 깨끗한 금속 철판에 난방이 되는 패드를 깔고는 그 위에 허큘리스를 눕혔다. 이제 내가 할 수 있는 일은 다 했고, 단지 이 처치가 너무 늦지 않았기를 기도하는 일만 남아 있었다.

펠러 부인은 혹시 일어날지 모르는 안 좋은 일에 대해서 나와 이야기를 나눈 뒤에 어린 환자와 나를 남겨 두고는 가족이 기다리는 집으로 돌아갔다. 주머니 속의 용액은 매우 천천히 허큘리스의 몸으로 흘러들어 갔다. 만약 마음이 급해서 용액을 너무 빨리 투여하면 녀석의 폐가 용액으로 가득 찰 수 있었기에 지금은 인내하는 일만이 유일한 최선책이었다. 나는 병원에 있는 편한 의자는 모두 끌고 와서 허큘리스 옆에 자리를 잡았다. 긴장했던 마음이 약간 누그러지면서 수마의 공격을 더 이상 버틸 수 없게 된 나는 졸았다가 깨는 일을 반복하는 중간중간에 허큘리스의 상태를 점검했다.

그렇게 몇 시간이 정신없이 흘렀을까, 조금 생기를 회복한 강아지의 낑낑대는 소리가 나를 깨웠다. 내 눈에서 잠이 달아나면서 대신 내가 허큘리스와 밤을 보낸 병원 뒤쪽 방의 개집 옆에 있는 작은 창문을 통해 햇빛이 쏟아져 들어오는 것이 보였다. 플라스틱 벽시계는 아침 6시를 가리키고 있었고, 끊임없이 들려오는 소리가 바로 허큘리스가 짖는 소리임을 알아차리기까지는 많은 시간이 걸리지 않았다.

녀석은 케이지에서 발에 튜브를 매단 채 펄쩍펄쩍 뛰며 먹을 것을 조르고 있었다. 그리고 작은 두 눈을 반짝이며 기쁘다는 듯이 분홍색 혓바닥을 날름거리고 있었다. 의자에서 일어나 보니 발밑이 개 오줌으로 흥건했다. 허큘리스가 과다 복용한 약물이 오줌으로 배출되었던 것이다. 오줌 웅덩이에 서 있어도 행복할 수 있는 순간이었다. 내가 허큘리스의 접시에 사료를 가득 채워 주자 녀석은 내 손이라도 먹을 듯이 덤벼들었다. 펠러 부인은 내가 전한 좋은 소식에 기뻐서 어쩔 줄을 몰라 하더니 전화를 끊기가 무섭게 허큘리스를 데리러 왔다.

일이 잘되어 좋은 소식을 전하는 통화는 정말 기쁜 일이다. 그러나 그와 반대되는 결과를 전하는 것은 수의사의 일 중에서 가장 하기 싫은 임무 중의 하나다. 아픈 동물의 치료는 엄청 큰 만족감을 주는 일이다. 그리고 이처럼 호된 시련을 겪고 치료된 환자의 경우에는 이후에 정기적인 병원 방문을 통해 그들이 살아가는 모습을 계속 지켜보고 싶은 마음이 더 강하게 든다. 하지만 이 사건 뒤로는 허큘리스를 다시 보지는 못했다. 펠러 부인은 크리스티에게 좀 더 나이와 경험이

많은 의사가 좋겠다고 말했다는데, 이후로 부인은 다시 이전의 수의
사에게 허큘리스의 진료를 맡겼다고 한다.

한밤중의 야크 몰이

보통 해가 지기 시작하면 응급 상황을 전하는 전화가 줄어들기 마련이다. 그럴 수밖에 없는 것이 주인들이 집 바깥에서 기르는 가축한테 어떤 일이 일어나더라도 아침이 되기 전까지는 그것을 발견하기 힘들기 때문이다. 그런데 어느 여름밤에 이러한 규칙을 깨는 일이 일어났다. 그날 저녁 8시쯤이 되자 텔레비전 앞 커피 테이블 위에 있던 무선호출기가 울리면서 요동쳤다. 나는 내가 잘못 보고 들었던 것이기를 바랐지만 이후에도 몇 분 동안이나 울렸다가 멈추기를 반복하는 무선호출기는 나의 생각이 틀렸다는 것을 알려 주었다. 오늘은 별일 없이 지나기를 바랐던 나의 희망이 깨지고만 것이다. 오, 하루라도 평화로운 밤이 되었으면! 나는 망설이다가 결국 전화를 걸었다.

"여보세요." 벨이 몇 번 울리더니 어떤 여자가 받았다. "저는 닥터 웰스입니다. 전화를 주셨더군요.""오, 선생님. 전화 주셔서 정말 감사합니다. 방금 두 군데에 전화를 했는데 두 분 다 야크는 진료하지 않는다고 하셨어요." 그녀의 말이었다. "죄송하지만 지금 야크라고 하셨나요?" 나는 내가 잘못 들었다고 생각하여 다시 물었다. "네, 야크_{중앙아시아에 사는 소과의 동물로 뿔과 털이 길다}입니다. 티베트 야크요. 야크 진료도 하시나요? 저희 집에서 기르는 야크들 중에서 한 마리가 오늘 많이 아픈 것 같아요." 야크 진료는 내가 적당히 전화를 끊을 수 있는 핑곗거리가 될 수 있었다. 일을 나가는 대신에 밤 뉴스를 보며 쉴 수 있는 기회가 생긴 셈이다. 하지만 예전에도 이와 비슷한 경우가 있었지만 내게는 그게 쉬운 일이 아니었다. 지금 어떤 동물에게 문제가 생겼다고 하지 않는가! 그리고 야크는 동물원에서 본 것밖에 없지만 소와 얼마나 많이 다르겠는가! 나는 생각 끝에 다음과 같은 대답을 하고 말았다. "아마도 이번 일은 제게 첫 경험일 겁니다." 그녀는 한번 해 보겠다는 나의 말에 무척 기뻐하며 자신의 집으로 오는 길을 상세하게 가르쳐 주었다.

일과 후에 호출을 당하면 정말이지 억지로 의자에서 몸을 일으켜서 일을 나가는 경우가 종종 있다. 냄새나는 부츠에 발을 집어넣고 구두끈을 잡아당기는데 끈 하나가 툭 끊어져 버렸다. 구두끈을 묶고는 야크 진료에 대한 지식 대신 찾아갈 집에 대한 정보만 가진 채 문을 나섰다. 익숙했던 길을 빠르게 달린 차는 이윽고 낯선 길에 들어서게 되었다. 모퉁이를 돌면서 어둠이 바싹 나를 쫓아오고 표지판은 점점 보기가 힘들어졌다. 마침내 진입로 옆에 서 있는 나무에 페인트로 주소를 적은 나무판자가 매달려 있는 것이 보였다. 진입로에는 홈이 깊이 패어 있었는데, 이런 길에서 꼼짝달싹하지 못할 경우를 대비해 나는 사륜구동 트럭을 몰고 있었다. 차가 깊이 파인 바퀴 자국을 오르내리며 요동칠 때마다 계기판에 꽂아 놓은 영수증 등이 떨어졌고, 나는 운전대를 조작하느라 애먹어야 했다.

롤러코스터 같은 도로의 끝자락에 이르자 엷은 빛 속에 펼쳐진 풍경 하나가 눈에 들어왔다. 울타리는 낡은 가시철조망이 거의 쓰러질 것 같은 말뚝과 말뚝 사이를 지탱하고 있었는데 마치 철이 지나도록 버려둔 크리스마스 장식 같았다. 가축들이 남긴 천연 거름은 발목 높이까지 올라왔고, 쓸 만한 불빛이라곤 내 트럭의 전조등뿐이었다. 그 난장판 한가운데에 낡은 말 트레일러가 한 대 있었다. 전조등 불빛으로 겨우 볼 수 있었는데 녹이 어찌나 많이 슬었는지 본래의 색은 알아볼 수 없을 정도였다. 타이어는 공기가 빠져 가축들의 배설물 속에 주저앉아 있었다.

털이 많고 머리에 뿔이 달린 어떤 생명체 세 마리가 울타리 주변에서 천천히 움직이는 것이 어렴풋이 보였다. 녀석들이 불빛 앞으로 가까이 다가오자 좀 더 자세히 볼 수 있었는데, 한 놈이 다른 두 놈보다 걸음걸이가 느렸다. 세 놈이 모두 몸통과 다리를 뒤덮은 갈색이 도는 검은 털이 뒷발굽까지 내려와 있었다. 덩치는 집에서 기르는 소의 3분의 1쯤으로 그렇게 크지는 않았고, 무게가 대략 180킬로그램은 되는 것 같았다. 그러나 녀석들은 덩치보다 뿔이 굉장히 인상적이었다. 사실, 내게는 그들의 몸집보다 뿔이 더 눈에 들어왔다. 이 무기는 머리 윗부분에서 양쪽 바깥을 향해 수평으로 15센티미터 정도 뻗어 나간 다음에 다시 위를 향해 수직으로 솟았는데 최소한 45센티미터는 되어 보였다. 이 두 개의 뿔은 그 끝이 아주 예리한 것이, 사람들이 알지 못하는 곳에 사용하는 그들만의 특별한 도구처럼 보였다. 녀석들이 마치 침입자에 맞서 공동 대응하기로 한 것처럼 전조등 불빛 속에서 돌아서며 나를 노려보았을 때 나는 트럭에서 내리는 것은 곧 바보짓이라는 것을 깨달았다. 그런데 가장 인상적인 뿔을 지니고 덩치도 가장 큰 녀석이 힘들게 숨을 쉬며 양쪽 콧구멍에서 콧물을 흘리고 있었다. 분명 아까 전화로 이야기했던 환자임이 틀림없었다.

텔레비전 여행 프로그램에는 잘 길들여진 야크들이 등에 엄청나게 많은 짐을 싣고 히말라야를 오르내리는 장면이 종종 등장한다. 하지만 이 세 마리의 야크들은 등에 짐을 싣고 에베레스트 산의 베이스캠프에 가 본 적이 없을 뿐더러 인간에게 길들여진 것 같지도 않았다. 나의 우려는 조금 후에 현실로 드러났다.

그때 트럭 창문을 두드리는 소리가 나를 히말라야에서 트럭 안으로 되돌아오게 해 주었다. "어서 오세요, 선생님. 이렇게 와 줘서 정말 고마워요. 우리가 지금 믿을 사람은 당신밖에 없네요." 타일러 씨의 말은 트럭에서 내리던 내게 평소와는 또 다른 비장한 느낌이 들게 하였다. 타일러 씨는 키가 크고 말랐으며, 제멋대로 자란 턱수염에 꽤 낡은 옷차림을 하고 있었다. 타일러 부인은 몇 발짝 떨어져 그의 뒤에 서 있었

다. 부인의 얼굴에선 왠지 슬픈 기운이 묻어 나왔다. 그녀의 긴 금발은 며칠 동안 빗질을 하지 않은 것 같았고, 삶의 무게가 부인의 어깨를 짓누르고 있는 듯했다. 발이 돌부리에 걸려 넘어지기라도 하면 그대로 부서질 것 같은 병약한 인상이었다. 우리는 울타리로 가서 녹이 잔뜩 슬어 좀 주저앉은 철조망 위를 넘어갔다. 울타리 안으로 통하는 그럴싸한 문을 기대했다면 그것은 나의 욕심이었다.

울타리 안에 함께 있게 되자 야크들은 우리가 녀석들의 아름다운 외모에 반해서 온 것이 아니라는 것을 깨달은 듯 보였다. 녀석들은 불빛이 환한 곳을 피해 더 어둡고 더 구석진 곳으로 몸을 움직였다. 우리는 그들이 다시 나오기를 기다렸다. 타일러 씨가 입을 열었다. "저기 큰 놈이 잭이오. 오늘 밤 상태가 안 좋아요. 트레일러로 몰고 가서 치료를 해야 할 것 같소." 오 세상에! 내 생각에 그 방법이 성공할 가능성은 매우 낮았다. 대체 타일러 씨가 무슨 힘으로 야크 잭

을 이길 수 있다는 것인가? 할 수 없이 타일러 씨와 나는 녀석들을 몰기 위해 희끄무레한 불빛 속에서 사시나무 가지를 꺾어 들고는 어둠 속으로 걸어갔다. 계획은 야크를 트레일러까지 몰고 가서 어떻게 해서라도 그 안에 가두는 것이었다. 타일러 부인은 녀석들을 트레일러 안으로 유인할 약간의 곡식을 금속 쟁반에 들고 서 있었다. 일단 야

크들이 트레일러에 가까이 오기만 한다면 부인의 곡식은 효과를 발휘할 수 있었다.

우리는 울타리 끝의 한쪽 구석에 뿔이 달린 그림자들이 있는 것을 찾아냈다. 타일러 씨와 나는 녀석들을 타일러 부인이 기다리고 있는 트레일러 쪽으로 뒤에서 몰기 시작했다. 더 가까이 다가가자 우리의 계획을 알아차린 야크들이 속력을 내서 달리기 시작했다. 우리의 덫에 막 들어서려 할 때 타일러 부인이 문을 열어 둔 트레일러 안으로 녀석들을 유인하기 위해 어둠 속에서 모습을 드러냈다. 그러나 야크들은 유혹에 걸려들지 않았다. "자, 자, 이리들 와. 착하게 굴어야지!"라고 타일러 씨가 소리쳤지만 녀석들은 타일러 씨를 완전히 무시하고 각기 서로 다른 방향으로 달리기 시작했다. 잭은 기관지염이 있는 동물이라고는 믿을 수 없을 만큼 잘 달렸다. 심지어 우리의 함정을 빠져나간 것을 자랑이라도 하는 양 머리를 꼿꼿이 세운 채 히힝 소리를 내며 콧김을 내뿜었다. 타일러 씨는 교묘히 빠져나가는 야크를 향해 주먹질과 욕을 해 대며 소리쳤다. "이번에는 꼭 잡고야 말 테다." 그때 타일러 부인이 살짝 웃으며 처음으로 얼굴에 감정을 드러냈다. 부인은 분명 이전에도 이와 비슷한 상황을 남편과 함께 겪었고, 이 상황이 어떻게 진행될지도 알고 있을 것이다. 새로운 계획을 세울 법도 했지만 우리에게는 다른 좋은 방법을 짜낼 만한 것이 없었다. 트레일러는 야크를 생포할 수 있는 유일한 방법이었다. 우리는 다시 원을 그려 그들을 몰았고, 녀석들은 다시 달아났다. 일곱 번째 시도 후부터 야크들이 달리는 힘이 줄어들기 시작했고, 열한 번째 시도부터는 녀석들을 포획할 가능성이 보이기 시작했다. 그렇지만 그때는 우리 셋도 이미 바보가 된 기분이었다. 타일러 씨가 팔을 휘두르며, "이제 더 이상은 도망 못 간다"라고 숨을 헐떡이며 소리칠 때마다 타일러 부인은 그의 뒤에서 조용히 웃고만 있었다.

때아닌 밤중 운동과 스트레스는 야크로 하여금 이틀 동안 먹었던 것을 모두 밖으로 게워 내게 하였다. 우리 바닥은 더욱 미끄러워졌고, 이들을 다루는 것 역시 더욱 어려워졌다. 마치 젤리로 뒤덮인 아이스하키 링크 위에서 뛰어다니는 것과 비슷했다.

열두 번째 시도가 있자 야크들은 겨우 포기를 하고 마지못해 트레일러에 올라탔다. 잭은 마지막으로 트레일러에 올라탔는데 뱃속에 남아 있던 모든 것을 내보내는 것으로 최후의 저항을 했다. 그런데 내가 잭의 뒤를 쫓아 트레일러에 올라타서 문을 닫으려고 할 때였다. 순간 내 발이 미끄러지며 그대로 바닥에 엉덩방아를 찧고 말았는데, 타일러 부부는 그것을 보고는 한참을 웃었다. "난 우리 셋 중에서 하나는 당할 줄 알았어요. 내가 아니라 다행입니다!" 타일러 씨는 큰 소리로 웃었다. 나는 괜찮다는 표정을 지으려고 애쓰며 겨우 일어나서는 안에서 야크들이 사료를 먹고 있는 트레일러의 문을 닫았다.

다시 트럭으로 가서 청진기, 체온계, 주사용 항생제 등을 챙겨 트레일러로 돌아온 나는 무리에서 잭을 떼어 냈고, 타일러 부인은 나머지 두 놈을 트레일러에서 내려가게 한 뒤에 다시 문을 닫았다. 이제 우리의 환자는 더 이상 도망칠 수 없게 되었다. 타일러 씨는 작은 밧줄로 야크의 날카로운 뿔을 묶고는 밧줄의 다른 쪽을 트레일러 벽에 묶었다. 내가 도착한 지 거의 한 시간이 지나서야 녀석을 진찰할 준비가 된 것이다. 잭의 체온은 놀랍게도 섭씨 40.5도였고, 폐는 거의 막힌 듯한 소리를 내고 있었다. 우리가 녀석을 포기하지 않은 것이 참으로 다행이었다. 잭은 당장 치료가 필요한 상태여서 치료를 받지 않으면 위험할 수 있었다.

나는 주사기에 항생제와 다른 약을 가득 채우고는 두꺼운 털을 헤쳐 피부를 찾았다. 주사를 놓을 때 녀석은 다시 항의의 표시로 뒷다리를 들어 나를 때리더니 뿔을 흔들어 댔다. 이것은 타일러 씨에게 또다시 놀림거리를 제공하였다. "잭에게는 의사 선생님이 만만해 보이는 것 같군요." 그는 내가 밤중에 여기까지 온 것에 얼마나 고마워해야 되는지 잊은 채 나를 재밋거리로 삼고 있는 듯했다. "다 되었소?" 그는 미소를 지으며 물었다. 내가 고개를 끄덕이자 타일러 씨는 뿔에 걸어 놓은 밧줄을 풀어 주었다. "여보, 문 열어!" 타일러 씨는 부인에게 소리쳤다. 하지만 부인은 벌써 문을 열어 둔 채 출입구 한가운데에 서서 내가 잭을 치료하는 모습을 지켜보고 있었다.

사람들 손에서 풀려난 환자는 기적처럼 기운을 회복하더니 자유를 누리기 위해 문 쪽으로 쏜살같이 달아났다. 나는 그 순간에 일이 잘못되었다는 느낌이 스치며 119에 전화를 해야 되겠다고 생각했다. 잭은 낡은 트레일러를 총알처럼 빠져나갔고, 그와 동시에 골다공증이 있어 보이던 타일러 부인은 우리 눈앞에서 사라졌다. 머리를 부딪친 뒤에 등을 바닥에 대고 쓰러진 것이다. 놀란 타일러 씨와 나는 부인을 부축하기 위해 뛰어 내려갔다. 그러나 놀랍게도 부인은 멀쩡했다. 팔다리가 다친 것도 아니고 목에 통증이 있는 것도 아니었다. 보험회사에 연락할 일은 일어나지 않았다. 타일러 씨와 내가 부인을 일으키자 그녀는 곧 자신의 흐트러진 모습을 추슬렀다. 타일러 부인은 겉으로는 당장 괜찮아 보였으나 앞으로 2주 정도는 상태를 체크해 볼 필요가 있었다. 야크가 밖으로 뛰어 달아나면서 다행히도 뿔이 아닌 목과 가슴으로 부인을 들이받은 것이 틀림없었다.

나는 트럭까지 함께 걸으면서 정말 괜찮은지 부인에게 한 번 더 물었다. 그녀는 나의 마음을 읽기라도 한 것처럼 웃어 보였다. "괜찮아요. 걱정하실 필요 없어요." 그 말을 듣고 다소 안심한 나는 트럭에 오를 수 있었다. 부부는 나를 지켜보며 야크에 대한 앞으로의 처방을 기다렸다. 나는 타일러 씨에게 사흘 후에 잭에게 놓을 항생제가 든 큰 주사기를 주고는 그곳을 떠나려 하였지만 그렇게 하지 않았다. 잭을 생각하면 주사를 놓는 일이 무리라고 생각되었기 때문이다. 그래서 주사기 대신에 사료에 섞어 먹일 수 있는 분말로 된 항생제를 주었다. 그 항생제는 조금 전에 놓은 주사의 약효가 떨어지기 시작하는 3일 뒤에 사용하면 된다. 그들은 내게 고맙다고 말했고, 나는 다시 울퉁불퉁한 진입로로 차를 몰았다.

나는 완전히 기진맥진하였다. 마실 것이나 초콜릿 과자 같은 것이 필요했던 나는 주유소에 잠시 차를 세웠다. 과자를 골라 계산대로 갔는데, 시계는 밤 10시 30분을 가리키고 있었다. 점원은 안경 너머로 날 놀리듯이 바라보더니, "어디서 이렇게 늦으셨어요? 누구 고양이가 아프기라도 한 건가요?" 하고 물었다. "네, 그건 아니고요." 나는 어물쩍 넘기려 했다. "제 말을 믿어도 되는데 별로 듣고 싶지 않을 거예요." "무슨 일인지는 모르겠지만 무척 힘들었나 봐요." 점원은 미소를 지으며 손을 내밀었다. "2달러 56센트입니다." 나는 뒷주머니에서 지갑을 꺼내려다가 당황하였다. 옷 뒤는 잭이 준 선물로 범벅이 되어 있었고, 뒷주머니 역시 흙덩이로 가득 차 있었다. 내 손이나 지갑도 마찬가지였다. 나는 당황하면서도 인내심을 가지고 기다리는 점원을 한참이나 쳐다보다가 겨우 말을 건넸다. "수표도 받으시나요?"

대답 없는 **말**의 주인

"동물들의 상처가 역겹지 않으세요?" "녀석들의 세균에 감염되지는 않나요?" 내가 사람들로부터 흔히 받는 질문들이다. 많은 사람들은 동물의 피가 손에 살짝 묻는 것도 꺼리는데 어떻게 그런 일을 일상적으로 할 수 있는지 궁금해하는 것이다. 그러나 내가 확신할 수 있는 것은 대부분의 수의사들은 동물의 상처나 질병에 대해 그런 식으로 생각하지 않는다는 것이다. 수의사에게는 동물을 돌봐야 할 임무와 함께 그들을 가능한 빨리 치유해야 할 책임이 있다. 우리는 환자를 즉시 진찰할 수 있도록 훈련을 받았으며 어떻게 해서라도 그들이 건강을 회복할 수 있는 방법을 찾아내야 한다. 이런 훈련은 당황할 수밖에 없는 다급한 상황에서도 일에 집중할 수 있는 힘을 길러 준 것은 물론이다.

수의과 대학에서 처음으로 해부 실습을 하면서 내가 과연 이것을 잘할 수 있을지, 동료들이 앞에서 토하지나 않을지 몹시 걱정하던 일이 생각난다. 나는 완강히 버텼지만 내 급우들 모두가 운이 좋았던 것은 아니다. 인생의 지난 많은 날들을 떠올려 보면 처음 시작할 때는 힘들었지만 이후의 날들은 시작보다 쉬웠다. 우리는 아픈 동물을 돌보고 그들을 치료하기 위해 많은 과정들을 견디고 통과하여 왔다. 문제는 막상 수의사로서의 일을 시작하게 되었을 때 우리 고객들이 우리와 같은 경험을 지닌 사람들이 아니라는 것, 그리고 애완동물에게 병이 났을 때 그들이 수의사들처럼 대처하지는 않는다는 점을 종종 망각한다는 것이다.

나 역시 대학을 갓 졸업한 신참 수의사 시절에는 환자를 치료하는 일에만 너무 몰두해서 그 주인이 겪고 있는 고통은 망각하는 일이 많았다. 대학 시절에 졸음이 쏟아지는 강의실에서 장황한 강의로 들었던 특별한 질병에 걸린 환자를 막상 수의사가 되어 병원에서 대하자 마음이 흥분하여 정작 애완동물에 대한 주인의 걱정은 잊어버리곤 했던 것이다. 나의 이러한 신참 수의사 시절의 흥분과 도취는 몇몇 고객들과의 관계를 악화시키는 원인이 되기도 했을 것이다.

이후 세월이 지나며 주인들에게 치료 절차와 병에 대한 전망 등을 설명해 주면서 애완동물을 다루는 일에 대해 보다 많은 자신감을 얻을 수 있었다. 물론 내가 의학적 설명을 열심히 해 주었음에도 불구하고 상처를 보는 일을 어려워하고, 심지어 구토를 하는 손님도 여전히 있다. 동물의 손상된 조직을 제거하고 찢어진 부위를 봉합하는 것은 여러 가지 이유로 주인들에게도 고통스러운 경험일 수 있는데, 콜로라도에서의 어느 여름날에는 이것이 얼마나 심한 고통을 주는지를 직접 경험하게 되었다.

그날은 동물보호단체에서 맡기고 간 고양이 커플의 중성화 수술 때문에 병원에서 오전을 보내고 있었다. 고양이들이 병원에 있는 것을 싫어했기 때문에 녀석들을 다루는 일은 많은 인내심을 필요로 하는 일이기도 했다. 이들 고양이들은 보통 주인들이 방치하거나 차에 싣고 가서 산에 버린 이후로 야생에서 스스로 살아가야 했던 녀석들이다. 우리는 이들이 사람들에게 적대감을 갖는 것을 탓할 수는 없는데 문제는 그들도 예방 접종이나 중성화 수술을 필요로 한다는 것이다.

이때 동물보호단체에서 동물을 산 채로 잡기 위해 쓰는 케이지 모양의 덫은 사람과의 접촉을 최대한 줄일 수 있다는 점에서 고양이 운반에도 가장 좋은 도구가 된다. 보호단체의 자원봉사자들이 덫 안의 한쪽 끝에 작은 참치 조각을 두면 배고픈 고양이가 주변을 어슬렁거리다 긴장을 풀고 열린 문으로 들어오는데 그와 동시에 문이 자동으로 닫히면서 고양이는 갇히게 된다. 자원봉사자들이야 좋은 의도로 이 덫을 사용하지만 그들이 덫에서 고양이를 꺼내는 일까지 달가워하는 건 아니다. 대신 사람을 극도로 경계하는 이들 고양이를 덫에서 꺼내는 영광은 수의사의 몫이 된다.

과거에 나와 나의 동료는 고양이를 꺼내며 부상을 입을 뻔한 적이 있어서 좀 더 안전한 방법을 짜내야 했다. 결국 선택한 방법이 큰 플라스틱 가방으로 덫 전체를 덮고 가방 입구 끝에 자그맣게 열린 곳으로 마취제 가스를 투입하는 것이었다. 몇 분이 지나자 고양이는 깊이 잠들었고 고양이와 우리는 스트레스를 덜 받고 일을 끝낼 수 있게 되었다. 이 방법이 야생 고양이를 다루는 데 아주 좋다는 것이 증명되었지만 고양이 수술 준비까지 많은 시간을 잡아먹는 방법이기도 했다. 그날도 고양이를 치료하며 오전을 보낸 나는 로키 산맥의 햇빛 아래로 부상당한 말을 보러 나갈 준비를 서둘러야 했다.

부상을 당했다고 하는 말의 주인은 조 테일러 씨였다. 그는 해병대에서 근무하다 퇴역했는데 도시의 병원까지 응급 헬기로 실려 간 적도 있었다. 내가 그를 좀 부러워하는 것은 그가 55세의 나이에도 불구하고 여전히 훌륭한 몸매를 유지하고 있다는 것이었다. 흰 머리칼이 가득한 머리를 아주 짧게 깎은 그는 자신의 말을 '사지^{병장이라는 계급을 뜻하기도 함}'라고 부르며 마치 군대에서 하는 것처럼 대했다. 덩치 큰 암갈색의 모건종^{승마용이나 마차용으로 쓰는 말 품종} 말은 더 이상 원하는 것이 없을 정도로 주인의 사랑을 듬뿍 받는 행복한 말이었다. 사지는 주인으로부터 적어도 하루에 한 시간 이상은 빗질을 받았고, 최고로 질이 좋은 건초만을 먹었다. 테일러 씨는 사지를 무척 자랑스러워했는데, 내가 방문한 그날은 사지의 코끝이 10센티미터 정도 찢어진 것 때문에 충격에 빠져 있었다. 사지의 마구간 벽에 뾰족하게 솟아 있는 못 때문에 일어난 일이었다. 내가 사지의 치료를 시작하자마자 테일러 씨가 당장 그 못을 빼 버릴 것이 틀림없었다.

테일러 씨의 집까지 가는 길 양쪽으로는 그림 같은 풍광이 펼쳐져 있었다. 4천 미터쯤 되는 거대한 봉우리가 멀리서 지켜보는 풀로 덮인 계곡에는 작은 개울이 흐르고 있었고, 길은 그 개울을 따라 함께 달리고 있었다. 수천 년을 이어 온 대자연은 내 자신이 참으로 작은 존재임을 깨닫게 해 주곤 한다. 물론 로키 산맥을 황폐화시키는 개발이라는 재앙을 피할 수만 있다면 앞으로도 수천 년 아니 그보다 더 오래 전해질 것이다.

나는 그곳에 도착하자 깔끔하게 손질된 작은 마구간 옆에 차를 세우고는 출입구 앞에서 테일러 씨를 만났다. 그의 표정에서 내가 좀 더 일찍 와 줬기를 바라는 마음이 엿보였는데 그 말을 직접 하기에는 그는 너무 점잖은 사람이었다. "만나서 반갑습니다, 의사 선생님" 하고 그가 말했다. 그러고는 아주 짧게 말을 멈춘 다음에 "사지가 좋지 않군요. 녀석은 이쪽에 있습니다"라며 나를 큰 말이 묶인 채 서 있는 마구간으로 데리고 들어갔다. 10센티미터 정도의 베인 상처가 오른쪽 콧구멍에서부터 비스듬히 내려와 입술 왼쪽 바로 위까지 이어져 있었다. 상처 끝이 반듯한 것이 마치 수술용 칼날에 베인 듯했다. 물론 사지의 경우에는 9센티 정도 되는 못 때문에 상처가 났지만 말이다. 상처의 양 끝 주변의 피는 말라붙은 지 이미 오래되었지만 상처가 심각하지 않다는 것은 알 수 있었다. 얼굴의 꿰맨 상처는 마치 영화 속의 남자 주인공처럼 보이게도 하지만 얼굴은 혈액이 집중적으로 공급되는 곳이라서 몸의 어떤 부위보다 훌륭하게, 그리고 빨리 낫는다.

상처를 살펴본 나는 필요한 장비를 챙기기 위해 트럭으로 갔다. 그때 테일러 씨가 나를 불렀다. "사지를 위해서라면 진정제나 마취제는 필요 없어요. 아주 강한 놈이거든요." 그 말에 나는 봉합사 상처 봉합에 사용하는 실가 말의 부드러운 코 주변의 민감한 피부를 들락거리면서 상처를 꿰매는 동안 말이 이를 악문 채 참고 있을 장면을 잠시 상상해 보았다. 차라리 나를 위해서라도 약간의 진정제를 놓고 국소마취를 하는 것이 편할 듯했다. 그것을 막을 수 있는 충분히 안전한 약이 있는데 불필요한 고통과 불안을 동물에게 줄 이유는 없는 것이다.

나는 마취 주사를 말의 왼쪽 목정맥에 놓았다. 리도카인^{국소마취제}과 몇 가지 필요한 것들을 가지러 다시 트럭에 갔다 오니 이미 말은 잠에 빠져들고 있었다. 균형을 잡기 위해 안간힘을 쓰는 것처럼 두 어깨 사이로 머리를 떨어뜨리고 있었다. 테일러 씨는 상처 양 끝의 피부 아래로 국소마취를 위한 주사를 놓을 것만을 허락하면서 사지의 머리가 바르게 되도록 붙잡고 있었다. 수술할 부위로 마취제가 흘러 들어가며 피부는 부풀기 시작했는데, 그 부위의 감각이 마비되면 본격적인 치료에 들어갈 생각이었다. 테일러 씨는 수술 내내 모든 것이 잘될 것이며 흉터 역시 독특한 개성이 될 거라면서 마취 상태의 말을 안심시키고 있었다. 나는 테일러 씨가 사지의 갈색 털이 무성한 귀에

키스를 하려고 하자 이를 보고만 있으면 안 될 것 같아서 말리려는 생각까지 하였다.

다음으로 나는 상처 부위를 베타딘 비누로 소독하고 수술할 준비를 했다. 봉합을 하기 전의 마지막 조치는, 상처가 나으면서 피부가 잘 붙을 수 있도록 벌어진 상처 끝 부분의 조직을 아주 살짝 제거하는 것이다. 이 처치는 신선한 피가 상처 속으로 흘러 들어갈 수 있도록 해 준다. 바로 이때 내가 확실히 기억하는 것은 테일러 씨가 숨을 크게 들이쉬더니 한동안 멈추었다는 것이다. 나는 니들 홀더^{수술용 바늘을 집는 집게}에 바늘을 물린 채 익숙한 자세로 사지의 상처 부위를 꿰매기 시작했다. 그런데 그때 목 뒤로 테일러 씨의 더운 숨이 느껴졌다. 그는 마치 감독관처럼 내 뒤에서 자세를 취한 채 어깨너머로 내가 하는 일을 지켜보고 있었다. 그러면서 그는 이것보다 열 배는 더 심한 상처도 많이 보았다면서 이런 섬뜩한 장면에 놀라거나 어쩔 줄 모르고 허둥대는 사람들에 대해 말하며 웃었다.

그러나 그와의 대화는 물론 사지의 코 수술에도 집중할 수 없었던 내 머리는 자동적으로 테일러 씨를 떨쳐 버렸다. 나는 10여 분 동안 봉합 수술을 한 후에 조심스럽게 마지막 바늘을 움직이면서 앞으로 사지를 돌볼 방법에 대해 테일러 씨에게 설명하였다. 사지의 코는 꿰맨 자국으로 인해 작은 프랑켄슈타인처럼 보였지만 실을 풀고 나면 다시 이전처럼 멋있어질 것이다. "자, 나중에 테일러 씨가 직접 실을 풀래요, 아니면 2주 뒤에 제가 와서 실을 풀까요?" 나는 나의 수제품이 된 말의 얼굴을 계속 쳐다보며 물었다. 그러나 뒤에서는 대답이 없었다. 나는 내 솜씨가 실망스러워서 그런가, 아니면 너무 훌륭해서 그런가 하고 잠시 고민했다.

사지를 진정시키기 위해 녀석의 앞이마를 부드럽게 쓰다듬으면서 나는 한 번 더 물었다. "테일러 씨, 어떻게 하는 것이 좋겠어요?" 그러나 여전히 대답이 없었다. 나는 그가 무례한 사람이라는 생각이 들기 시작했다. 나의 치료가 만족스럽지 않더라도 최소한의 예의는 보여야 하는 법이다. 그런데 나의 고객을 쳐다보려고 천천히 몸을 돌려 바라보았지만 그는 거기에 없었다. 그리고 나의 작품을 감상하는 대신에 그는 마구간 바닥 한가운데 등을 대고 드러누워 있었다. 그는 치료하는 내내 완전히 실신해 있었는데 나는 전혀 눈치를 채지 못했던 것이다. 머리와 발을 들어 올리자 그의 얼굴에 혈색이 돌아오면서 천천히 깨기 시작했다. 마침내 의식을 되찾은 그는 매우 당황하는 표정으로 급히 사과부터 하기 시작했다. 테일러 씨는 평생 동안 사람들의 온갖 기괴한 상처를 많이 보고 겪었지만 자신이 그토록 아끼던 동물의 피를 보는 일은 견딜 수 없었다는 것이다.

나는 그날 이후로도 내가 치료를 하는 동안에 기절하는 고객을 많이 보았다. 마구간이나 병원에서 말이다. 사랑하는 애완동물의 치료를 지켜보다가 바닥에 쓰러지는 고객을 몇 번은 잡아 주기도 했지만 그보다는 딱딱한 바닥에 머리를 눕히고 마는 경우가 더 많았다. 나는 이런 일을 몇 번 경험하면서 대화가 끊기거나 얼굴이 창백해지거나 눈이 게슴츠레해지는 것과 같은 기절하기 전의 징조들을 더 일찍 알아차릴 수 있게 되었다. 그리고 무엇보다도 자신의 애완동물이 치료

를 받는 장면이 아무렇지도 않다고 떠벌리는 사람이 있다면 그 사람
이야말로 기절할 가능성이 다분하다는 것을 확실히 알게 되었다.

오토바이 타는 개

다양한 직업의 사람들이 살고 있는 로키 산맥 주변에는 매우 흥미로운 사람들도 무척 많이 살고 있다. 그날도 나는 그런 사람들 중의 하나를 만났는데 마을에서 마마라는 이름으로 통하는 여인이었다. 한번은 그녀의 애완견이 콘크리트 바닥에 쓸리는 부상을 입어서 강아지와 함께 병원에 오게 되었다. 그런데 내가 그 강아지의 왼쪽 엉덩이에 난 부상을 치료하는 내내 그녀가 자신의 애완견을 너무 세게 붙잡고 있는 바람에 또 다른 엉뚱한 사고가 일어나고 말았다.

내가 처음으로 그녀를 본 것은 동네 이탈리안 식당에서 저녁 식사를 하고 있을 때였다. 마리아나 소스를 곁들인 파스타를 먹고 있는데 바깥 주차장에서 개 짖는 소리가 들려왔다. 그런데 그 강아지 소리가 점점 커지면서 식당 안에 있는 사람들의 말소리도 덩달아 커지고 있었다. 그날은 산골의 공기가 수정처럼 맑은 저녁이어서 식당의 모든 창과 문이 활짝 열려 있었다. 불행히도 그 때문에 귀청을 찢는 듯한 강아지의 깽깽거리는 소리가 그대로 식당 안까지 흘러들고 있었다.

큰소리로도 더 이상 대화하기가 힘들겠다는 생각이 들 무렵이었다. 술을 마시던 바에서 회색 장식용 긴 술이 달린 검정색 할리 가죽 재킷을 입고 문신으로 온통 뒤덮인 팔을 한 어느 땅딸막한 여자가 맥주잔을 든 채 식당 앞에 주차해 놓은 오토바이들 쪽으로 몸을 홱 돌렸다. 그러고는 그녀가 낼 수 있는 가장 큰소리로 "메가데스^{미국의 유명한 헤}^{비메탈 그룹 이름이기도 함}! 메가데스! 아가리 닥쳐!"라는 말을 비명처럼 질러 댔다. 이 소리에 놀란 손님들이 일제히 입을 다물면서 식당 안은 일순 조용해졌다. 그러나 밖에서 짖고 있는 강아지만큼은 예외였다. 몇 분 동안 메가데스에 대한 욕이 이어지더니 식당 안은 다시 아까와 같은 분위기를 되찾았다.

나는 밖에 있을 망나니가 어떤 녀석인지 궁금해서 화장실에 가는 척하고 밖으로 나가 보았다. 또 한 번 놀란 것은 오토바이 위에 똑바로 앉은 채 목을 빼서 식당 안을 들여다보며 짖고 있는 것은 작은 개한 마리라는 점이었고, 그것도 덩치가 왜소한 치와와라는 것이었다. 녀석은 가장자리에 모조 다이아몬드가 박힌 검정 가죽조끼를 자랑스럽다는 듯이 입고 있었고, 조끼의 등에는 해골과 뼈다귀 두 개로 된 해적 마크가 그려져 있었다. 옷과 오토바이는 이 작은 강아지에게 독일산 셰퍼드라도 된 듯한 자신감을 준 것 같지만 어떻게 보면 녀석은 핵전쟁 이후에 태어난 돌연변이처럼 보이기도 했다. 들어가 있어야 할 두 눈은 앞으로 툭 튀어나왔고, 허풍스러우면서 종이처럼 얇게 늘어진 귀는 그렇지 않아도 낯선 녀석의 외모를 더 낯설게 하고 있었다.

　마마가 잠시 메가데스의 기를 꺾어 놓자 녀석은 마침내 슬그머니 할리 데이비슨 오토바이 양쪽에 매달린 가죽 안장주머니 중의 하나로 기어들어 갔다. 나중에 알았지만 안장주머니 안은 오토바이를 타고 다닐 때마다 메가데스가 차지하는 자리였다. 녀석이 안장주머니에 들어앉아서 고개를 빳빳이 세우고 있노라면 두 귀로 스쳐가는 바람을 만끽할 수 있었을 것이다. 그의 두 눈에는 검은색 고글이 씌워져 있었는데 마마가 쓰는 고글과 묘하게 어울렸다. 마마와 메가데스가 함께 오토바이를 타고 꼬불꼬불한 산길을 오르내리는 모습은 이곳 산골 동네에서는 흔히 볼 수 있는 광경이었다. 하지만 오늘 메가데스는 부상을 입는 바람에 주인과 함께 병원으로 왔고, 그들은 오토바이 여행을 잠시 미루어야 했다.

　마마의 설명에 따르면 여느 때처럼 메가데스를 안장주머니에 태운 채 오토바이를 타고 가고 있었다고 한다. 그런데 봄이 되어 땅이 녹은 탓인지 바위가 도로 위에 굴러떨어져 있었고, 이를 뒤늦게 발견한 마마는 오토바이의 핸들을 급히 돌려야 했다. 오토바이는 가까스로 바위를 피했지만 메가데스는 안장주머니에서 튕겨 나와 콘크리트 바닥에 부딪치고는 3미터가량을 쭉 미끄러져야 했다. 추락에 뒤이은 슬라이딩은 작은 강아지 한쪽의 털과 피부를 벗겨 놓았다.

　마마는 마치 이블 크니블_{오토바이 점프 묘기로 유명했던 미국의 전설적인 스턴트맨}처럼 병원까지 폭풍 같은 속도로 달려와서는 근육질의 팔에 강아지를 안은 채 문을 박차고 들어왔다. 치와와는 피로 범벅이 된 주인의 검정색 가죽 재킷에 둘러싸여 있었다. 마마는 조심스럽게 검사대 위에 강아지를 올려놓더니 눈물을 흘리기 시작했다. 내게는 물론 이러한 광경이 드문 것은 아니었다. 대개 주인들은 다친 애완동물을 수의사에게 데려오면 그것으로 자신의 임무를 일단 완수했다는 생각에 안도감을 느끼거나 수의사에게 책임을 넘겼다고 생각하게 된다. 그러고 나면 긴장과 두려움 때문에 억압되어 있던 감정이 복받쳐 오르는 것이다. 억세게만 보이던 이 여성도 지금은 노련한 바이커^{오토바이 운전자}가 아닌 겁에 질린 한 어린아이가 되어 나를 바라보고 있었다.

정밀 검사를 해 보니 이 강아지가 입은 심각한 부상은 포테이토칩만한 크기로 찢어진 엉덩이 상처뿐이었다. 아마도 찢긴 부분의 피부 조각은 길 위로 떨어져 나갔을 것이고, 남은 붉은 살 조각들은 미끄

러지면서 작은 돌멩이들에 섞였을 것이다. 나는 마마에게 메가데스의 상태가 앞으로 나아지겠지만 엉덩이의 상처는 다음 달이 지나도 많은 보살핌이 필요할 거라고 설명해 주었다. 봉합할 피부가 남아 있지 않았기 때문에 상처는 벌어진 채로 남겨 두더라도 가장자리는 치료해야 했다. 마마는 메가데스의 부상을 열심히 돌보겠다고 하였고, 우리는 바로 치료에 들어갔다.

내가 상처를 덮은 채 말라붙어 있는 피 속에서 돌멩이를 제거하는 동안 강철도 쉽게 구부릴 것 같은 마마의 손은 떨고 있는 강아지를 붙잡고 있었다. 다른 주인들과 마찬가지로 그녀 역시 부상을 당해서 치료를 받는 애완동물을 붙잡고 있는 일에 조금은 긴장하고 있었다. 내가 소독하는 것을 피하려고 메가데스가 몸부림을 치자 마마는 녀석의 목 주위를 더 세게 움켜잡았다. 내가 마마에게 힘을 좀 풀라고 두어 차례 말했지만 메가데스가 조금이라도 움직일 것 같으면 그녀의 단단한 손은 있는 힘을 다해 녀석을 움켜쥐었다. 불행히도 시츄나 보스턴테리어, 그리고 지금 치료를 받고 있는 치와와처럼 눈이 약간 돌출한 소형 품종들은 목 주위로 지나치게 힘을 받으면 머릿속 압력이 엄청나게 증가할 수 있다. 결국 더 이상 참을 수 없게 된 메가데스는 마지막으로 머리를 돌려 내 손을 물려는 시도를 하였다. 그런데 이에 놀란 마마가 손아귀에 힘을 더 주는 바람에 그만 일이 일어나고 말았다. 강아지의 오른쪽 눈알이 눈구멍에서 쏙 빠져 나온 것이다! 눈알이 작은 시신경과 근육에 대롱대롱 매달린 채 밖으로 나와 있었다. 할리우드의 어떤 특수 효과도 이보다 공포스러운 장면을 연출하기는 힘들 것이다.

마마는 튀어나온 눈알을 보자 입을 손으로 막더니 눈물을 뿌리면서 밖으로 뛰쳐나갔다. 나는 크리스티를 급히 소리쳐 불렀고, 그녀가 나를 돕기 위해 달려왔다. 크리스티와 나는 재빨리 치와와를 마취시키고 몇 분 동안 손을 놀려 눈알을 원래의 위치로 집어넣었다. 나는 안구 돌출증 때문에 싸움에서 패한 개가 눈알이 빠진 채로 병원을 찾아온 경우를 여러 번 경험하였다. 하지만 내 눈앞에서 직접 이런 일이 일어난 것은 처음이었다.

눈을 정상 상태로 돌려놓기 위해서는 눈알이 원래의 위치를 유지하도록 하면서 염증이 사라질 때까지 눈꺼풀이 닫힌 채로 봉합되어야 한다. 우리는 마취의 도움을 받아 강아지의 엉덩이 상처를 소독하는 일까지 끝낼 수 있었다.

크리스티가 마취 상태에 있는 메가데스가 깨어나기를 기다리는 동안에 나는 대기실에 있는 마마를 보러 갔다. 그녀는 자신이 사랑하는 강아지가 곧 회복될 것이고, 다시 제자리에 넣은 눈 역시 아마도 시력을 대부분 되찾을 것이라는 설명을 듣자 두려움이 이제 죄책감으로 바뀌었다. 마마는 강아지의 목을 너무 세게 붙잡았던 자신의 행위에 대해 진저리를 쳤는데 내가 이런 일이 흔하다고 다소 과장 섞인 위로를 건네자 기분이 조금 나아졌다. 우리는 그녀에게 항생제와 소염제를 챙겨서 메가데스와 함께 집으로 보냈다. 이번에는 오토바이가 매우 천천히 달렸음은 물론이다.

나는 이 일이 있은 지 일주일이 지나도록 마마와 메가데스를 여러 번 떠올리며 그들의 안부를 궁금하게 여겼다. 곧 그들의 안부를 확인할 기회가 왔는데 내가 다리를 절고 있는 말을 살피기 위해 고속도로를 달리고 있을 때였다. 나를 지나쳐 추월 금지선 위를 달리는 오토바이가 있었는데 바로 마마가 타고 있었고, 메가데스 역시 자기 자리인 안장주머니 안을 꿰차고 있었다. 터프 가이 폼을 하고 앉아 있는 녀석에게 달라진 점이라면 새로운 액세서리를 하고 있다는 것이었다. 메가데스가 쓴 검정색 플라스틱 바가지로 만든 헬멧은 머리에서 벗겨지지 않도록 턱 아래서 묶인 낡은 구두끈이 고정시켜 주고 있었고, 녀석의 오른쪽 눈을 가리고 있는 작은 가죽 안대는 메가데스를 험악하고 자부심 강한 해적으로 보이게 했다. 이후 눈이 완전히 치료되고 눈꺼풀을 봉합한 실이 제거된 뒤에도 명예의 훈장이라도 되는 양 가죽 안대를 하고 다니는 메가데스를 심심찮게 볼 수 있었다. 마마는 그것이 메가데스를 '진짜 강한 오토바이족 강아지'로 보이게 하는 것 같다고 말하였다. 결국 나중에는 어떤 눈에 가죽 안대를 해야 하는지 마마가 잊어버린 것 같았다. 이리하여 메가데스는 몇 달 동안은 번갈아 가며 한쪽 눈으로만 보아야 했는데 어느 쪽 눈이 되었든 해적처럼 보이게 하는 효과는 똑같았을 것이다. 메가데스에게나 다른 사람들에게나.

냉장고를 여는 돼지

애완동물은 실로 그 크기나 형태, 색 등이 다양하다. 포유류나 조류를 애완동물로 키우는가 하면 양서류 애완동물도 있다. 하지만 돼지, 그중에서도 집 안에서 기르는 돼지는 결코 평범하다고는 할 수 없는 애완동물 중의 하나다. 돼지의 고장으로 알려진 아이오와 시골 출신인 나로서도 미니 돼지'배불뚝이 돼지'로 불리기도 함가 집에서 기르는 애완동물로 인기가 많다는 것이 솔직히 좀 쉽게 이해가 가는 일은 아니다. 그럼에도 불구하고 미니 돼지를 기르는 일은 전 나라를 휩쓸며 유행하였고, 이 재미있는 짐승은 꽤 비싼 상품이 되었다. 돼지를 소유하는 것이 사회적 지위의 상징이 되다시피 했던 것이다.

미니 돼지는 지나치게 과식하지 않는 한 상대적으로 덩치가 작은 편에 속한다. 하지만 나를 포함하여 애완동물을 키우는 대부분의 사람들은 먹이 주는 것을 조절하는 일이 거의 불가능에 가깝기 때문에 그 결과 90킬로그램이 넘는 돼지 식구와 함께 소파를 나눠 써야 할 처지가 되기도 한다. 이는 녀석들이 과일과 야채를 먹으며 다이어트를 해야 한다는 말이지만 잘못된 식습관에 길들여진 미니 돼지들은 마시멜로 과자에서 콘플레이크까지 모든 것을 다 먹어 치우며 계속 몸집을 키운다. 그들의 검은 피부는 비늘 같은 것으로 덮여 있고, 호저의 가시 같은 긴 털이 듬성듬성 나 있다. 외양은 크지 않고, 배불뚝이라는 별칭이 잘 어울리게 녀석들은 거의 바닥까지 닿을 정도로 축 늘어진 배로 마룻바닥을 쓸며 힘들게 집 안을 돌아다니는 경우가 많다.

이런 기형적인 모습을 한 미니 돼지를 차에 싣고 데려오는 것은 쉬운 일이 아니다. 그래서 녀석들을 진찰하려면 우리가 그쪽으로 가는 일이 많았는데, 집에 도착해서 보면 녀석들은 대개 부엌 바닥이나 편안한 강아지 침대에 널브러져 있곤 하였다. 챈들러 부인이 기르는 애완용 돼지 베이컨 역시 예외는 아니었다. 내가 부인의 전화를 받고 그 집에 가 보니 녀석은 따뜻한 공기가 나오는 통풍구 옆에서 코를 골며 세상모르게 자고 있었다. 마치 그곳은 베이컨만이 차지할 수 있는 특권이 보장된 장소 같았다. 그 때문에 챈들러 부인은 아이들이 앉아서 아침을 먹고 있는 조리대 옆의 식탁이나 난로, 냉장고에 가기 위해 70킬로그램 가까이 되는 몸집을 넘어 다녀야 했다. 그렇지만 부인은 이러한 베이컨에 익숙해져서 마치 녀석이 부엌에 있는 가구들 중의 하나라도 되는 것처럼 박자를 놓치지 않고 돼지 위를 우아하게 건너뛰며 방을 돌아다니는 것이었다. 챈들러 부인의 가족은 그 장소가 베이컨이 가장 많은 시간을 보내는 장소이자 녀석이 권리를 주장하는 장소라는 것을 받아들인 것이다. 나는 1년에 한 번씩 베이컨에게 예방 주사를 놓고 발굽을 다듬어 주느라 그 집을 방문하면서 일상이 된 그 집의 이러한 풍경을 몇 번이나 목격할 수 있었다.

챈들러 부인의 집은 짙은 색 화강암으로 된 조리대와 스테인리스 주방용품을 갖춘 아름다운 현대식 부엌을 가지고 있었다. 그런데 그 집의 가전제품들에는 다른 집에서 전혀 볼 수 없는 몇몇 이상한 특징들이 있었다. 냉장고와 오븐의 문 쪽에 큰 금속 자물쇠가 나사로 고정된 채 달려 있었던 것이다. 지난번에 그 집을 방문했을 때 궁금증을 참을 수 없었던 나는 그 자물쇠에 대해 묻고 말았다. 가족들에 따르면 그 장치는 베이컨이 때문에 한 것이었다. 베이컨이 냉장고 등의 문을 열어서 안에 있는 음식물을 훔쳐 먹기 때문에 도난 방지용 자물쇠를 설치했다는 것이었다.

그날도 나는 1년에 한 번씩 있는 베이컨의 정기 검진을 위해 그 집을 방문하게 되었다. 만약 정기 검진을 매우 쉬운 일로 생각하는 사람이 있다면 그 사람은 틀림없이 돼지를 실제로 다루어 본 적이 거의 없는 사람일 것이다. 베이컨의 발굽을 정리하기 위해서는 늘 마취를 해야 했다. 하지만 주사를 극히 싫어하여 녀석은 주사를 맞기 전부터 온갖 비명을 질러 댔고 이와 같은 장면은 매번 반복되었다. 내가 한 손에 칼처럼 주사기를 꽉 움켜쥐

고 베이컨을 뒤쫓으면 녀석은 꽥 소리를 지르면서 매끄러운 부엌 바닥 위를 미끄럼을 타며 도망쳐 다녔다. 나는 살금살금 몰래 다가가기도 하고, 바닥에 두 무릎과 손을 댄 채 기어 다녀 보기도 했지만 녀석은 항상 마지막 순간에는 나를 발견하곤 하였다. 마침내 구석으로 몰아넣어 겨우 주사를 놓는 데 성공하면 베이컨은 귀를 찢는 비명으로 시련의 끝을 마무리하면서 잠이 들곤 하였다. 그러면 나는 많이 자란 발굽을 잘라 내고, 그때그때 적절한 예방 접종을 해 주곤 하였다. 일을 마칠 무렵이면 베이컨은 서서히 깨어나다가 밥 먹을 시간에는 어김없이 의식을 완전히 되찾곤 하였다. 이 날도 비슷한 상황이 벌어졌고, 한 시간 뒤쯤에는 여느 때처럼 챈들러 부인으로부터 수고에 대한 사과와 감사의 인사를 들으며 다른 환자를 보러 이동했다.

베이컨을 본 지 2주 후에 다시 챈들러 부인이 전화를 해 왔다. 이번에는 버릇 나쁜 돼지뿐만이 아니라 녀석의 가장 친한 친구인 벅도 함께 봐 줄 것을 부탁하는 전화였다. 벅은 노란 털을 가진 래브라도종 개였다. 그런데 두 놈이 함께 인비저블 펜스^{컴퓨터 칩이 내장된 목걸이를 개나 고양이 등}의 목에 걸어서 눈에 보이는 울타리는 없지만 미리 입력된 정보에 따라 정해진 안전 장소를 벗어나지 못하게 하는 장치를 통과하여 차고에 보관해 놓은 고양이 사료는 물론 그 자루까지 다 먹어 치우는 바람에 문제가 생겼다. 고양이 사료는 평소 녀석들이 먹는 사료에 비해 단백질이 지나치게 많이 함유되어 있었고, 결국 두 녀석은 모두 지금 쉴 새 없이 고약한 냄새가 나는 설사를 하고 있었다. 베이컨은 부엌에 있는 자기가 가장 좋아하는 장소로 와서 드러누워 있으려다가 챈들러 부인의 야단을 맞고는 결국 몇 분 만에 헛간으로 쫓겨

나고 말았다. 그것만으로 말썽을 부리는 것이 부족했던지 녀석은 마당으로 쫓겨 가면서 온 집 안에 배설물을 질질 흘려 놓았다. 일이 이렇게 되자 평소 단정하기만 했던 챈들러 부인의 머리 모양은 엉망이 되고 화장은 땀으로 범벅이 되었다. 내가 도착했을 때 부인은 인비저블 펜스에 대해 뭐라고 중얼거리면서 좌절감으로 거의 울기 직전이었다.

나는 과도하게 예민해진 베이컨의 장을 치료하기 위한 약을 가지고 마당에서 녀석을 구석으로 몰면서 그의 두꺼운 목에 걸린 매우 큰 목걸이를 발견했다. 목걸이는 네 겹으로 된 녀석의 턱살에 파묻혀 있어서 얼른 눈에 띄지 않았다. 목걸이에는 땅속에 묻혀 있는 전기 장벽을 넘는 동물에게 극소량의 전류를 흘려 보내는 끝이 두 갈래로 나뉜 금속이 부착된 평범하게 생긴 플라스틱 박스가 달려 있었다. 사실

은 나도 베이컨의 목에 달린 묘한 장치를 지금까지 본 적이 없었다. 베이컨의 목걸이는 원래 강아지의 목에 맞게 제작된 것이라서 나일론 줄이 추가로 덧대어져 있었다. 애완견인 벅 역시 탈출 방지용 목걸이를 하고 있었기 때문에 이 두 동물이 어떻게 전기 장벽이 있는 뒷마당을 탈출하여 고양이 사료가 있는 차고까지 갈 수 있었는지 이해할 수 없었다.

챈들러 부인은 어리둥절한 내 표정을 보

더니 내가 묻기도 전에, "여기서 무슨 일이 일어나는지 보여 드릴게요"라며 설명을 시작했다. "베이컨은 평범한 애완동물 그 이상이에요." 부인은 베이컨과 벅의 목에 목걸이를 건 채 뒷마당에 남겨 두었다. 인비저블 펜스가 작동하는 것을 확인한 후에 부인은 식사를 하고 남은 밥을 통에 담아 녀석들이 닿을 수 없는 인비저블 펜스 밖에 두었다. 그러고는 나는 부인과 함께 집 안으로 들어와서는 부엌 창문을 통해 마당에서 어떤 일이 벌어지는지 지켜보았다. 베이컨과 벅은 처음에는 평상시처럼 마당을 빙빙 돌며 일부러 미끼를 무시하는 척했다. 그러나 베이컨이 일단 자기 주인과 내가 밖으로 다시 나오지 않는다고 결론을 내렸는지 투지에 사로잡힌 눈길과 함께 자신의 코를 밥통을 향해 겨누기 시작했는데, 이때 녀석은 수풀 속에서 자신의 먹이를 공격할 준비를 마친 한 마리의 야생 멧돼지로 변신한 것 같았다. 곧 먹을 것을 차지하기 위해 출발하려는 것처럼 그의 주름진 몸이 씰룩거리면서 떨기 시작했다. 이어서 녀석은 입을 열고 소리를 점점 더 크게 지르더니 초라하게 달린 꼬리를 헬리콥터 날개처럼 돌리기 시작했다. 벅 역시 몇 발자국 뒤에서 비슷한 순서로 과정을 따라 하고 있었다. 마침내 준비를 마친 베이컨이 눈을 꼭 감더니 땅속에 묻힌 전선 위를 가로질러 돌격하기 시작했다. 물론 벅이 그 뒤를 따랐다. 이는 베이컨이 펜스를 지날 때의 전기 충격을 견디기로 작정하고 탈출하는 법을 알아냈다는 것이고, 벅에게도 이를 똑같이 가르쳐 준 것이다.

챈들러 부인은 두 녀석이 자신들의 전리품을 매우 행복하게 우적

우적 씹어 먹는 것을 지켜보고는 내게로 몸을 돌렸다. "돼지란 동물은 이런 장치로 가두기에는 너무 영리한 것 같아요." 부인의 말이 이어졌다. "이제 녀석을 어떻게 가둬야 할지 모르겠어요. 게다가 이제는 우리 개에게도 탈출하는 법을 가르쳐 줬네요." 시골에서 보낸 어린 시절의 경험으로 나는 이런 골칫거리 돼지가 사고를 치는 것을 막는 것은 거의 불가능하다는 것을 알고 있었다. 바깥세상에는 항상 무엇인가 더 재미있고 맛있는 게 있다고 생각하는 녀석들은 단단한 삽같은 코를 이용해서 울타리 밑을 파헤쳐 쉽게 돼지우리를 탈출한다. 시골 농장에서 돼지란 끊임없이 정원을 망가뜨리고 이웃과의 관계를 불편하게 만드는 동물인 것이다.

　몇 년의 시간이 흐르는 동안 챈들러 부부는 그들의 마당을 수도 없이 고쳤지만 베이컨은 함께 놀고 싶은 집 안의 다른 애완동물을 데리고 항상 어떻게 해서든지 탈출에 성공하였다. 그러고는 이웃집 정원에 있는 것들을 마구 먹어 치우는가 하면 쓰레기통을 습격하곤 하였다. 이처럼 멋대로 굴며 먹을 것을 탐하는 베이컨의 짓이 챈들러 부부의 평판에 도움이 될 리가 없었지만 부부가 녀석의 행동을 말리는 것은 불가능해 보였다. 그러나 마침내 베이컨도 나이가 들기 시작하면서 바깥에서 약탈하며 보내는 시간보다 집 안에서 보내는 시간이 많아졌다. 결국 그도 주로 앉거나 누워서 지낼 수밖에 없는 한 마리 늙은 돼지가 되었고 망나니짓도 마침표를 찍게 되었다. 이는 주위 모든 사람들에게 그러하겠지만 특히 챈들러 부부에게 다행스러운 일이었다.

그 이후로 여러 달 동안 베이컨의 소식을 듣지 못하던 나는 어느 날 아침에 챈들러 부인으로부터 잠깐 들러 베이컨을 살펴 달라는 전화를 받았다. 내가 그 집에 갔을 때 베이컨은 그날 아침도 잊은 채 오랫동안 녀석이 좋아하는 자리였던 부엌 한가운데에 누워 잠을 자고 있었다. "요즘 별로 움직이지 않아요. 물론 식욕은 여전히 좋지만요" 하고 부인이 말했다. "요즘은 쟤가 원하는 게 있으면 다 주고 있어요." 베이컨 옆에는 사과와 초콜릿 비스킷 등이 가득 담긴 밥그릇이 있었다. 사실 베이컨이 불쌍하다는 생각은 별로 들지 않았다.

베이컨을 검사해 보니 나이 든 사람이 그런 것처럼 늙은 돼지에게서 흔히 볼 수 있는 관절염 증세만 약간 있었다. "나이가 들어서 그럴 뿐입니다." 나는 이 말을 하면서 부인에게 관절에 좋은 식품을 먹일 것을 제안하였다. 그러고는 녀석의 불룩한 배를 쓰다듬며 "이제 베이컨이 이웃 사람들의 골치를 썩이지 않게 되었으니 다행이네요" 하는 말과 함께 "당신의 마지막 돼지가 되겠군요?"라는 물음을 덧붙였다.

챈들러 부인은 아무 대답이 없었다. 고개를 들어 부인을 보니 오히려 약간 당황한 표정이었다. "글쎄요. 사실 어린놈이 하나 있으면 베이컨이 좀 더 생기 있지 않을까 생각했답니다." 부인은 뒷문으로 가더니 문을 활짝 밀어젖혔다. 그러자 작고 배가 볼록 나온 작은 새끼 돼지 한 마리가 방으로 뛰어 들어왔다. 녀석의 두 눈은 반짝거렸고 코에는 이미 뒷마당의 진흙이 잔뜩 묻어 있었다. "애완 돼지들은 거부할 수 없는 매력이 있죠. 그렇지 않나요?"

삶의 동반자

흔히들 애완동물은 그 주인을 닮는다고 한다. 나 역시 그 말에 동의할 수밖에 없는 경험을 한 적이 많다. 나뿐만이 아니다. 대부분의 수의사들도 그 주인과 애완동물이 같은 질병을 지닌 경우가 많다는 것에 동의한다. 동물과 그 주인인 사람이 비만이든 갑상성 기능 항진증이든 같은 고통을 겪는다는 것은 참 묘한 일이라고 할 수 있다. 그런데 이런 상황이 되면 나로서도 곤란한 임무가 생기게 된다. 주인에게 애완동물의 상태를 설명하는 것이 힘든 일이 된다는 것이다. 주인 또한 몇 년 동안이나 그 질병을 앓다 보면 그의 애완동물이 앞으로 겪을 일을 잘 알게 된다. 이를테면 어떤 사람에게 몇 가지 분명한 이유를 들어 고양이가 과체중이라고 말해 주는 것은 고양이를 무척 실망시키는 것은 물론 고양이와 가까운 관계에 있는 사람에게도 다소 불편한 감정을 가지게 할 수 있다. 다이어트용 사료는 비록 제멋대로 과식을 일삼던 고양이에게 딱 필요한 사료라고는 하지만 그것은 차라리 톱밥에 가까운 음식이다. 그런 사료를 권하는 것은 고양이는 물론 비슷한 상황인 주인에게도 불편한 마음이 들게 하는 것이다. 또 다른 힘든 점은 예를 들어 나이 든 어르신에게 열여섯 살이 된 늙은 푸들이 고령으로 인해 겪고 있는 어려움을 설명하는 일이다. 어르신이야 알겠다며 고개를 끄덕이겠지만 마음속으로는 푸들에게 일어난 일을 자신과 관련시키며 언젠가는 다가올 자신의 죽음에 대해서도 생각하고 있을 것이다.

토머스 겔첸 씨는 오래된 나의 고객이었지만 자신의 질병에 대해서는 한 번도 밝힌 적이 없었다. 그는 자신의 애완동물에게 매우 성심을 다하며 사랑하는 고양이 앤드리를 위해서는 돈을 아끼지 않았다. 토머스 씨는 키가 작고 뚱뚱하였는데, 요즘 관자놀이 주변에 조금씩 흰머리가 나기 시작하였다. 그는 확고한 독신주의자로 사람들의 컴퓨터를 수리해 주는 일을 하고 있었다. 그런데 그의 고양이도 이러한 주인의 모습을 닮아 있었다. 앤드리 역시 땅딸막하고 다부진 체구를 하고, 코와 주둥이 부분에 은발이 돋기 시작한 노란 얼룩무늬 고양이였다.

앤드리는 보통 1년에 한 번 백신 접종과 치아 청소를 위해 병원에 왔는데, 그날은 몇 가지 이상한 행동을 한다는 이유로 토머스 씨가 직접 데리고 왔다. 평소에 비해 물을 많이 마시고 오줌도 훨씬 자주 눈다는 것이었는데 이는 체내에 문제가 있다는 신호였다. 앤드리의 오줌과 피가 당 수치가 매우 높다는 것을 알고 나자 나의 의심은 굳어졌다. 녀석은 당뇨를 앓고 있었고, 치료를 위해서는 매일매일 인슐린 주사를 맞아야 했다.

많은 주인들은 자신의 애완동물에 대한 의무를 귀찮게 여기며 피하려고 한다. 하지만 토머스 씨는 그가 감당해야 할 처치에 대한 나의 설명을 들은 후 고개를 끄덕이더니 기쁘게 그 책임을 받아들였다. 그리고는 주머니에 손을 집어넣어서 인슐린 주사기 두 개와 함께 혈당 측정기를 꺼내며, "전 20여 년 전부터 당뇨를 앓고 있어요. 그러니 집 안에 당뇨 환자가 하나 더 있다고 해서 그리 힘들 것은 없지요"라고 말했다. 나는 그의 말에 이의를 제기하고 싶은 마음이 전혀 없어서 그저 앤드리에게 주사를 놓는 방법을 보여 주기만 했다.

이후 토머스 씨는 자신의 고양이를 매달 병원에 데리고 왔고, 나는 혈당 수치를 검사해서 그에 맞춰 인슐린 양을 조절해 주었다. 토머스 씨는 매우 성실했으며 고양이 역시 주인의 치료를 매우 잘 따랐기 때문에 앤드리에 대한 정기 치료는 비교적 쉬운 일이 되었다. 2년 동안 이러한 일상이 반복되는 가운데 앤드리의 건강도 어느 정도 안정을 유지하였다.

그러던 어느 날 토머스 씨로부터 전화 한 통을 받았다. 이전과 다르게 환자의 체중이 줄고 또다시 물을 많이 마시며 오줌을 많이 눈다는, 내가 별로 듣고 싶지 않았던 소식이었다. 고양이가 진료실에 도착했을 때 녀석은 이미 심한 탈수 현상을 보이며 거의 혼수상태에 빠져 있었다. 앤드리의 아름다웠던 노란 털은 윤기를 잃었고, 녀석이 숨을 쉴 때마다 아세톤 비슷한 냄새가 조금씩 풍겼다. 나는 짐작이 가는 바가 있었지만 일단 혈액 검사를 해야 했다. 토머스 씨 역시 앤드리의 상태에 대해서는 알고 있었다. 그도 20여 년 전부터 당뇨를 앓으면서 그의 담당 내과 의사와 오랜 당뇨가 불러오는 합병증에 대해 충분히 대화를 나눠 왔던 것이다. 우리는 앤드리의 오른쪽 앞다리 피부 밑에 있는 정맥에 도관을 삽입하여 앤드리의 탈수 증세와 싸울 용액을 투입하였다. 그

리고 앤드리를 개집에 편안하게 눕힌 다음에 토머스 씨에게는 집에 가서 검사 결과를 기다리도록 했다.

몇 시간이 지나서 나온 검사 결과는 내가 가장 우려하던 내용이었다. 앤드리는 신부전콩팥이 제대로 기능을 못하는 병을 앓고 있었는데, 그것도 매우 심각한 상태였다. 마지막 세 시간 동안은 반 리터나 되는 용액을 작은 몸 안으로 투입했지만 가여운 고양이는 전혀 오줌을 누지 못했다. 내가 상황을 설명하는 동안 토머스 씨는 앤드리의 윤기 없는 털을 가만히 쓰다듬고만 있었다. 그는 눈물을 참으려고 애썼지만 결국 핼쑥한 볼 위로 눈물을 쏟아 내고 말았다. 내가 그의 친구를 고통에서 건져 주어야 한다고 말했을 때 그는 알겠다는 듯이 고개를 끄덕였다. 나는 토머스 씨가 앤드리에게 마지막 작별 인사를 할 시간을 충분히 주고자 진료실에 그들을 두고 나왔다.

어떤 말로도 그 슬픔을 위로할 수 없는 이런 상황에서 나는 참으로

무기력함을 느낀다. 나는 그저 인간과 동물 모두에게 내가 할 수 있는 최선의 것을 하고자 하는 수의사에 불과한 것이다. 5분쯤 지나자 토머스 씨가 문을 열고 나와서 보낼 준비가 되었다는 신호를 했다. 그는 마지막 순간까지 앤드리와 함께 있기를 원했고, 내가 조금 전에 앤드리의 몸에 삽입한 도관을 통해 안락 주사를 놓는 동안 고양이를 잡고 있으려고 크리스티가 진료실로 들어왔다. 앤드리는 우리가 조용히 지켜보는 가운데 금방 잠이 들었다. 토머스 씨가 고맙다는 말을 했지만 크리스티와 나는 그저 고개만 끄덕일 뿐 다른 말을 할 수 없었다. 우리 역시 말을 하는 순간에 감정을 참을 수 없게 된다는 것을 알고 있었다.

안락사는 수의사로서 가장 하기 힘든 일 중의 하나이지만 또한 가장 중요한 일 중의 하나다. 많은 예비 수의사 학생들이 이 과제를 수행하면서 자신의 미래 직업에 대한 열정을 잃어버린다. 어떤 사람들은 시간이 가면 익숙해지지 않겠느냐고 생각하겠지만 그건 결단코 틀린 생각이다.

눈물을 흘리며 홀로 병원을 떠나는 토머스 씨를 지켜보는 것은 무척 힘든 일이었다. 그는 텅 빈 고양이 케이지를 그의 자동차 뒷좌석에 싣더니 마침내 우리 시야에서 사라졌다. 그날 남은 시간 내내 우리의 마음은 너무 침울하였다. 앤드리의 죽음은 우리 모두에게 슬픔을 안겨 주었고, 그날 저녁에 집에 우두커니 혼자 있을 토머스 씨의 모습이 자꾸만 마음속에 그려졌다.

말 진료를 끝낸 원장이 전화를 한 것은 하루 일이 거의 마무리되며

어둑어둑해질 때였다. 집으로 가는데 자갈길이 갈라지는 교차로에서 작은 새끼 고양이 두 마리를 발견했다는 것이었다. 녀석들의 어미는 어떻게 되었는지 알 수 없고, 새끼 고양이들은 춥고 배고픈 상태라고 하였다. 원장은 고양이들을 차에 태우고는 밤중에 병원으로 데리고 왔다. 그러고는 "이 두 마리로 누군가를 도울 수 있을 것 같지 않아요?"라고 묻더니, "당신 생각에는 토머스 겔첸 씨가 오늘 밤에 무얼 하고 있을 것 같소?"라고 다시 물었다.

나는 먼저 우리가 녀석들을 키우기에는 너무 바쁘다고 동의한 뒤에 토머스 씨의 전화번호를 찾아서 다이얼을 돌렸다. 벨이 여러 차례 울리고 나자 조용한 목소리가 수화기 저편에서 들려왔다. "토머스 씨, 저는 동물 병원의 제프입니다. 이 시간에 전화를 드려서 미안합니다"라고 양해를 구한 나는 재빨리 다음 말을 이어 나갔다. "그런데 지금 약간의 문제가 생겼는데 저는 토머스 씨가 우릴 도와줄 수 있을 것 같아서 전화를 드렸어요. 우리가 버려진 새끼 고양이들을 발견했거든요. 녀석들에게는 오늘 밤에 인공 수유가 필요한데 우리가 하기에는 일이 좀 많아서요."

수화기 저쪽에서는 오랜 침묵이 이어졌다. 그러나 마침내 토머스 씨의 목소리가 들려왔다. "지금은 딱히 좋은 때는 아닌 것 같아요. 저는 지금 아직 ……. 하지만 앤드리는 제가 그들을 돕기를 바라겠지요. 오늘 밤만 제가 데리고 있겠습니다." 나는 그 말이 끝나자마자 내 뜻을 전했다. "그럼 제가 퇴근하는 길에 들르겠습니다. 도와주셔서 감사합니다."

고양이에게 먹일 우유 등을 챙겨서 차에 실은 나는 그의 집으로 향했다. 토머스 씨는 산 아래에 있는 1층짜리의 소박한 집에서 살고 있었다. 그러나 그날 밤은 집조차도 우울해 보였다. 그 집은 거실에만 불이 켜 있었는데, 토머스 씨가 우리가 오는 소리를 듣고는 소파에서 몸을 일으키는 것이 창문 너머로 보였다. 나는 현관 앞에 서서 푹신푹신한 목욕 수건 위로 새끼 고양이들이 앉아 있는 작은 마분지 박스를 든 채 현관 앞에서 그를 만났다. 토머스 씨는 눈물로 벌겋게 충혈된 눈을 숨기려고 자신의 발치만 내려다보고 있었다.

나는 급한 일이 있는 것처럼 서둘러 박스를 그에게 들이밀었다. 토머스 씨는 박스 안을 들여다보며 애써 작은 미소를 참으려 했지만 그의 눈에 피어나는 행복감마저 감출 수는 없었다. "다시 한 번 더 감사드립니다, 토머스 씨. 내일 아침에 병원으로 데리고 오시겠어요?" 나는 우유병을 시멘트 계단 아래에 놓으며 물었다. 그는 알겠다는 듯이 고개를 끄덕였고, 나는 서둘러 그 집을 나왔다. 내가 떠날 때 그 집 전체에 불이 켜지는 것이 보였다.

다음 날 아침, 토머스 씨는 새끼 고양이들을 병원으로 데리고 오지 않았다. 그는 11시 30분쯤에 전화를 걸어와 새끼 중의 한 마리가 밤새 잘 먹지 않았다고 하면서 하루는 더 녀석들과 함께 지내보겠다고 하였다. 그렇지만 다음 날 아침에는 꼭 데리고 오겠다고 말했다. 그러나 그 다음 날이 되어서도 토머스 씨는 물론 새끼 고양이도 병원에 나타나지 않았다. 마침내 사흘째가 되는 날, 토머스 씨가 병원으로 전화를 해서 나를 찾았다. "녀석들을 데리고 가려고 했어요. 하지만 이놈들이 가려고 하지를 않아요. 당신이 괜찮다면 제가 이 녀석들을 키워야 할 것 같아요." 나는 그 문제로 이미 병원 사람들과 이야기를 나누었고 내 생각에는 괜찮을 것 같다고 말했다. 내가 전화를 끊자 원장이 물었다. "그래, 어떻게 되었어요?" 나는 대답했다. "아마 몇 주 뒤에는 새끼 고양이들을 데리고 백신을 맞으러 올 겁니다" 자, 임무 완성!

물고기, 물 밖을 나오다

아직 결혼하지 않은 젊은 수의사가 누군가를 만나 연애를 한다는 것은 쉬운 일만은 아니다. 일단 젊은 여성들에게 시골은 그렇게 매력적인 곳이 아니다. 거기에 바뀔 여지가 거의 없는 장시간 근무와 근무 시간 이후에도 수시로 일어나는 응급 상황 등도 여성과의 만남을 힘들게 하는 아쉬운 점들이다. 이곳 콜로라도 시골 역시 클럽이 즐비하고 즐거운 시간이 가득한 도시의 밤 문화와는 거리가 먼 곳이었음은 물론이다. 친구들은 항상 '정말 괜찮은 여자'라고 하며 내게 누군가를 소개시켜 주곤 했으나 그런 여성들과는 늘 단 한 번의 근사한 만남으로 끝나곤 했다. 때때로 미혼의 딸을 둔 고객들이 관심을 가지기도 했지만 내가 월세 오두막에 살며 골동품 지프차를 몰고 다닌다는 것을 알고는 곧 그들의 열의도 시들해지고 말았다. 나의 이름 앞에 '닥터'가 붙는다고 해서 사람을 치료하는 의사들처럼 수입이 많은 것도 아니었다.

그런데 내가 이에 대한 기대를 막 접으려고 할 무렵에 진료를 나가던 전원 목장들 한 곳에 새로 일자리를 얻은 직원들이 있었다. 해마다 미국 전역에서는 젊은 여성들이 임시직을 찾아 여기저기를 옮겨다니는데 바로 그 전원 목장에서 일자리를 구한 여성들이었다. 이들은 여름 서너 달 동안 화장실 청소에서 손님들을 기차역으로 안내하는 일까지 온갖 일을 다 한다. 보통 나는 그 임시직 여성들과 잘 알고지낸 경우가 별로 없었다. 그런데 어느 특별했던 여름의 그 목장에서는 달랐다. 전염병인 호흡기 관련 질병이 급속도로 퍼지면서 그 목장의 말들 전부가 감염되는 바람에 나는 일주일에 두세 번은 그 목장에가서 진료를 해야 했다.

'선역腺疫, strangles'이라고 불리는 이 급성 전염병은 세균 때문에 발병한다. 대개는 새로 들어온 말에 의해 전파되는데 한번 퍼지기 시작하면들불이 번지듯이 주변 말들에게로 전염된다. 이처럼 믿을 수 없을 만큼 전염 속도가 빠른 선역은 주로 턱 아래쪽에 있는 림프샘을 공격하여 고름이 차게 해서 호흡기에 압박을 가한다. 이 병에 걸린 말들을대개 공기를 조금이라도 더 쉽게 마시기 위해 목을 쭉 뻗은 채 울타리 주변에 서 있다. 그나마 다행인 점은 이 병에 걸린 말들을 치료하기가 꽤 쉽다는 것인데, 그렇다고 하더라도 치료 과정은 무척 비위를상하게 하는 일이다. 고름이 가득 찬 림프샘을 치료하기 위해서는 악취를 풍기는 어마어마한 양의 흰 액체를 빼내야 하는 것이다. 심각한경우에는 항생제를 쓰기도 한다.

나는 그 여름에 목장을 자주 방문하면서 다른 때보다 목장 직원들

을 많이 만났는데 특히 한 여자 카우보이에게 관심이 갔다. 매리언이
라는 이름의 그 여성은 아름다운 금발 머리에 큰 갈색 눈 그리고 따
뜻한 미소를 지니고 있었다. 매우 짧은 머리를 한 그녀가 지난해 간
이식을 받아 암을 극복했다는 것을 그때는 몰랐지만 시간이 조금 지
나서 알게 되었다. 그녀가 겨우 스물한 살일 때의 일이었다. 삶을 송
두리째 바꿔 놓은 경험을 한 매리언은 뉴욕에서의 은행 일을 그만두
고 콜로라도로 향했다. 그녀의 건강 회복에 도움이 될 전혀 다른 일
을 찾아 나선 셈인데, 결론적으로 내게는 행운이었다.

　우리는 여름이 깊어 가면서 친구가 되었고, 다른 임시직 직원들 대
부분이 대학으로 돌아간 뒤에도 그녀는 가을까지 남아 있기로 하였
다. 매리언은 이미 학교를 졸업하였고, 따라서 나는 부담을 줄 수도
있는 과도한 관심을 숨긴 채 자연스럽게 관계를 발전시킬 계획을 짤
시간이 생겼다. 솔직히 이야기하면 나는 그때 매리언을 보기 위해 그
럴싸한 이유를 만들어 전원 목장에 가곤 하였다. 나는 내 속마음을
들키지 않도록 아슬아슬한 줄타기를 하고 있었던 것이다. 서른이 넘
은 미혼 남자의 이점은 때가 올 때까지 기다릴 수 있는 인내심이 있
다는 것이다. 어느 가을 저녁, 지나치게 노골적으로 매리언을 따라다
니던 사람이 목장에 나타나 매리언에게 저녁 식사를 하자고 하면서
마침내 내게도 기회가 찾아왔다. 그날 나는 우연히 그 목장에 있었는
데 매리언은 그날 이미 우리가 약속이 있었던 사이처럼 행동해 줄 것
을 원하였다. 하지만 나는 평소처럼 행동하였다. "글쎄요, 그게 도움
이 된다면 ……, 저녁 식사에 제가 당신을 초대하죠." 이런 무관심한

듯한 태도는 지금 생각하면 역효과를 낼 수도 있었지만 어쨌든 그날은 생각대로 일이 잘 풀렸다. 그리고 몇 주 지나지 않아 우리는 실제로 데이트를 했다. 하지만 관광 시즌이 끝나가면서 그녀가 목장에 머물 수 있는 시간도 너무 빨리 지나가고 있었다. 매리언은 한 달 동안의 휴가를 얻어 고향으로 돌아갔고, 그동안 나는 매 순간을 그녀에 대한 그리움으로 보내야 했다. 그러나 1월이 되어 그녀가 다시 콜로라도로 돌아왔을 때 우리는 어느새 연인 사이가 되어 있었다.

이전에 만났던 몇몇 여자 친구들을 떠올려 보면 그녀들을 만나면서 단점들도 눈에 들어오곤 하였다. 그런데 이번에는 싫은 점이 전혀 보이지 않았고, 나는 그녀를 만날 때마다 가슴이 무척 두근거리곤 하였다. 매리언이 살아온 과정을 보면 분명 매우 특별한 여인이었으며 삶에 대해서도 무척 훌륭한 태도를 지니고 있었다. 우리는 또한 관심사가 아주 비슷했고, 그녀 역시 나처럼 동물을 사랑하였다. 이는 수의사와 많은 시간을 보내야 하는 사람에게는 아주 중요한 성격이었다.

대부분의 관계가 그렇듯이 만남이 계속되다 보면 서로의 가족과 친구들을 만나야 할 때가 다가온다. 우리에게도 그런 '때'가 찾아왔는데 매리언의 오랜 친구가 코네티컷미국 동북부 대서양 연안에 있는 지역으로 예일 대학이 있음에서 결혼식을 올리게 된 것이다. 매리언은 원래 남부 코네티컷 출신이었기 때문에 우리의 첫 여행은 그녀의 부모님과 일가친척을 만나며 시간을 보내게 되었다. 처음으로 인사를 올리는 상견례가 끝나고 긴장이 조금 풀리자 이곳이 여성 기업가로 유명한 마사 스튜어트가 태어난 땅이라는 사실이 머리에 들어왔다. 아름다운 옛 식민 시대의 집들의 정원은 잘 손질되어 있었고, 예스러운 큰 도로는 대형 상점과 각종 식당들이 즐비한 번화가로부터 놀랍도록 잘 보호받고 있었다. 도로 곳곳에서는 짧은 머리를 한 아름다운 여성들이 골든리트리버^{노란 털이 많은 큰 개}를 태운 스포츠 유틸리티 차량^{SUV}을 운전하고 있었다. 내가 자란 아이오와의 작은 시골과는 멀리 떨어진 무척 다른 동네였다. 그러나 다행스럽게도 매리언이 이번 여행을 위해 내게 새 옷 몇 벌을 가져다주어서 나는 파란색 블레이저^{주로 운동선수가 제복으로 입는 밝고 화려한 윗옷}와 카키색 옷의 북동쪽 스타일로 차려입을 수 있었다. 내가 보통 입던 개털로 범벅이 된 플란넬 셔츠와 더러운 면바지는 이곳에서 어울리지 않는다는 것을 알았기 때문에 나는 매리언의 배려에 고마운 마음이 들었다.

로마에 가면 로마의 법을 따르라는 말이 있다. 나는 새로운 환경을 관찰하며 그 분위기는 어느 정도 파악하고 있었다. 그러나 매리언 친구의 결혼식이 솔직히 내게 편하지만은 않았다. 신부의 아버지는 어떤 국제 기업의 경영인으로 집도 여러 채를 소유하고 있었는데 결혼식이 열리는 곳은 그 집들 중의 한 곳이었다. 검은색 덧문들에, 드라이브를 할 수 있는 순환 도로까지 갖추고 있는 식민 시대에 지어진 고풍스러운 흰색 저택이었다. '특별한 오늘'을 위해 정원 곳곳에 잘 심어져 있는 많은 꽃들은 원래부터 그곳에서 자라고 있었던 것 같이 자연스러운 인상을 주었다.

청석돌이 깔끔하게 깔린 인도^{人道}를 따라가면 건물 뒤의 정원으로 이어진다. 그곳 정원에는 작고 하얀 등이 가득 밝히고 있는 큰 텐트가 설치되어 있었는데 텐트 아래에서는 이미 파티가 시작되고 있었다. 신부의 아버지는 잔뜩 흥분해 있었다. 각 코너에는 말끔하게 차려입은 세 명의 바텐더들이 온갖 술을 준비한 채 세심하게 서비스를 제공하고 있었다. 다른 테이블에서는 직원들이 동그란 모양의 분홍빛 쇠고기 안심이 접시에서 끓어 넘치는 끔찍한 사태가 일어나지 않도록 신선로 냄비_{음식이 식지 않게 열을 제공하는 장치가 딸린 냄비}에서 신선로 냄비로 옮기느라 분주하게 일하고 있었다. 나는 하객들보다는 일하는 사람들에게 마음이 가며 편안함을 느꼈다.

타지마할_{인도에 있는 아름답고 거대한 무덤 건축물}처럼 꾸며 놓은 곳에는 주름 하나 없이 빳빳한 흰 식탁보가 깔린 둥근 식탁들이 놓여 있었다. 이처럼 정성을 들여 준비해 놓은 여덟 개의 식탁들 위에는 여러 다양한 포크들이 접시와 함께 놓여 있었다. 이것은 내가 각 접시의 용도가 무엇인지 고민해야 하는 곤혹스러운 순간이 다가왔다는 것을 의미했다. 이미 차려 놓은 그릇들만으로도 넘칠 것 같은 각 식탁의 중앙에는 한창 만발한 장미꽃을 빽빽하게 꽂아 잔뜩 배가 부른 꽃병까지 놓여 있었다. 텐트 한쪽 끝에는 더욱 화려한 꽃들로 장식된 긴 식탁이 놓여 있었는데 결혼식 파티를 위해 특별히 준비된 것이 확실해 보였다. 그 반대편 끝에는 크고 검은 스피커들이 그날 밤의 여흥을 위해 준비되어 있었다.

호화롭게 꾸민 식장을 보자 나는 내가 낯선 곳에 와 있다는 느낌이 더 강하게 들었다. 중서부의 결혼 피로연은 보통 교회 지하에서 열린다. 교회에 약간의 기부를 하면 교회 여신도들이 손님들을 위해 샌드

위치나 젤리 샐러드, 펀치 등을 만들어 내놓았고 그 사이에 가족들은 모여서 케이크를 준비하였다. 감리교 전통이 강한 지역에서 자란 나로서는 크랜베리 즙이 든 펀치의 강한 향에 익숙해 있었고, 춤은 그렇게 반기는 정서가 아니었다. 하지만 이곳은 완전히 다른 세상이었고 이곳 분위기에, 그것도 빨리 적응해야만 했다. 내가 좋은 인상을 주는 것은 매리언을 흡족하게 할 뿐만 아니라 전에는 한 번도 본 적이 없는 그녀의 친구들이 나를 동료로 받아들일 가능성을 높이는 일이기도 했다. 이것은 매우 중요한 점으로 남자들 역시 잘 아는 사실인데 애인의 여자 친구들이 받아들이지 않는 남자는 애인과의 관계도 발전시키기 힘든 것이다. 그래서 내가 받아야 하는 압박감은 계속되었다. 이번 여행은 내게 다시 오지 않을 기회일 수 있었고, 그렇다고 내가 홈경기의 이점을 갖고 있는 것도 아니었기 때문이다.

결혼식 파티에서 매리언이 내 옆에 앉을 수 없다는 것은 아쉬운 일이었다. 그녀의 자리는 텐트 앞쪽의 신부 들러리들 자리에 있었다. 물론 이는 큰일이 아닐 수 있지만 이곳은 내가 알던 세상과는 너무 다른 곳이었기 때문에 매리언 없이 두 시간 동안 식사를 한다는 것은 몹시 두려운 일이었다. 하객들은 텐트 안으로 서서히 이동하더니 자신들의 좌석표를 찾았다. 나는 자리를 금방 찾았지만 그 식탁에는 세련되게 차려 입은 남녀 둘이 먼저 와서 앉아 있었다. 그렇다고 그 자리를 피할 수는 없어서 나는 숨을 한 번 깊이 들이마신 다음에 지정된 자리로 갔다. 의자를 식탁으로 당겨 앉고 냅킨을 찾느라 손으로 식탁 위를 더듬거리는 동안 주위의 낯선 사람들은 침묵을 지키고 있었다.

나는 곧 그들이 이미 안면이 있는 사이들로, 신부와 함께 뉴욕에서 일한다는 것을 알게 되었다. 내가 왜 맨해튼_{뉴욕에 있는 금융과 상업의 세계적인 중심지} 사람들이 모여 있는 곳에 앉게 되었는지 의문이 들었지만 어차피 매리언 외에는 아는 사람이 없는 나로서는 이 식탁이라고 나쁠 것은 없겠다는 생각이 들었다. 그들은 내가 사는 곳이나 하는 일 등을 물으면서 큰 흥미를 갖고 나를 관찰했다. 아마도 그들은 나를 그리즐리 애덤스_{유명한 소설 속의 주인공으로 서부 개척 시대에 억울한 누명을 쓰고 평생을 산속에서 곰을 키우며 보냈다. 거친 야생에서 살아가는 남자를 상징하는 인물이기도 함}나 제임스 헤리엇_{영국의 시골 마을에서 평생을 순박한 사람들, 동물들과 함께 보낸 수의사로 유명 작가이기도 함} 같은 사람이라고 판단했을 것이다. 다시 말해 내가 그들이 잘 아는 전형적인 사람, 즉 월 스트리트_{뉴욕 맨해튼 섬 남쪽에 있는 세계 금융시장의 중심가}에서 일하는 사람이 아니라는 것을 분명히 알게 된 것이다.

대화가 끊기고 불편한 침묵이 흐르더니 마침내 어떤 남자가 내가 화제를 이끌 수 있는 주제로 질문을 해 왔다. 그는 중년의 남자였는데, 대머리를 감추려고 머리를 올려 빗었으나 강한 바람이 그의 의도를 방해하곤 하였다. "우리 가족이 지난주에 햄튼스에 가 있는 동안 애견 호텔에 맡겨 놓았던 불도그를 찾아왔어요. 그런데 녀석이 지금 기침을 심하게 해요. 사실 그놈 때문에 밤새 잠을 잘 수 없었거든요. 어쩌면 좋지요?" 그의 말이 떨어지자 주위 모든 사람들이 기대 어린 표정으로 나의 대답을 기다렸다. 고맙게도 이것은 쉽게 진단할 수 있는 문제여서 나는 그것을 설명하기 위해 어느새 허리를 펴고 있었다. "불도그가 애견 호텔에 있는 동안 몸이 안 좋아진 것이 분명합니다. 애견 호텔에서 비용을 아끼느라 그곳 환경을 열악하게 관리했고요. 강아지들이 좁은 곳에서 오가면서 흔히 걸리는 질병이죠. 2주일 쯤 항생제를 먹이시면 정상으로 돌아올 겁니다." 그 남자는 나의 설명에 안도하는 듯 보였고 다시 편안한 자세로 바닷가재 수프를 먹기 시작했다.

그때 같은 식탁에 앉아 있던 사람들이 웅성거리기 시작했는데, 그들 역시 자신의 애완동물에 대해 궁금했던 점이 조금씩 있었던 것이다. 그들은 내게로 몸을 돌리더니 고양이 방광염에서 개의 귀 진드기에 이르는 그 모든 것들에 대해 수의사의 충고를 듣고 싶어 했다. 어떤 의사들은 이러한 공짜 상담을 불쾌하게 생각할 수 있겠지만 나는 대화의 주제가 내가 잘 알고 있는 것으로 바뀐 것이 마냥 좋았다. '주식시장에서의 특이점'과 같은 말은 내가 이해하기에는 너무 어려운 주제였다. 그들의 궁금증을 풀어 주자 모두들 만족한 것처럼 보였고 나는 이방인 신세를 면할 수 있게 되었다. 사실 그들은 그 이후로 나를 진심으로 받아들였다. 우리 식탁에서는 왁자지껄한 소리와 웃음이 떠나지 않았고, 나는 그날 파티에서 꽤 괜찮은 남자 친구라는 평을 들을 수 있었다. 하지만 그렇다고 그들로부터 완전히 신뢰를 얻었다고까지 할 수는 없었다. 물론 방금 식탁에서 있었던 대화들이 조금은 기여를 했겠지만 말이다.

안심 스테이크와 결혼 케이크가 있는 곳 사이에서 밴드가 연주를 시작하면서 춤추는 시간도 시작되었다. 밴드의 리드 보컬은 라스베이거스에서 인기가 많은 가수였는데 뒤에서 노래를 받쳐 줄 합창단

원과 몇 명의 연주자들까지 동반하고 있었다. 그들은 제임스 브라운의 대표곡을 비롯해서 사람들이 그 노래를 처음 들었던 시절을 떠올리게 해 주는 다양한 곡들을 연주하고 있었다. 음악이 낯익은 장면과 소리, 심지어 냄새까지 포함해서 갖가지 추억들을 어떻게 그토록 강렬하게 되살릴 수 있는 것인지 참으로 놀라웠다. 나는 불이 밝히고 있는 텐트에서 춤을 추는 사람들을 보면서, 결혼이 사람들 내면에 숨어 있던 낭만을 끌어낸다는 것을 다시 한 번 느꼈다.

결혼한 지 수십 년이 된 사람들도 서로 부둥켜안은 채 마치 그곳에 자기들만 있는 양 키스를 나누고 있었다. 결혼하지 않은 여자들은 왜 함께 춤추자는 청을 하지 않는지 의아하다는 듯한 표정으로 함께 온 남자 친구를 바라보기 시작했고, 혼자 온 사람들은 밤이 깊어 갈수록 술만 마셔 댔다. 밴드가 '오직 바보만이 사랑을 하지'라는 노래를 연주하기 시작했을 때 어떤 남자 둘이 나의 데이트 상대를 물끄러미 쳐다보는 장면이 눈에 들어왔다. 그것은 이제 내가 그녀에게 춤을 신청할 때가 되었다는 것을 알리는 신호이기도 했다.

결혼은 전염성이 있는 것 같다. 1년 후에 나는 매리언과 함께 결혼식장의 카펫 위를 걸어갔는데, 그로부터 10년이 지난 지금까지도 집에 가서 그녀를 볼 저녁 시간이 마냥 기다려진다는 것은 참으로 행복한 일이다.

저는 노출증 환자가 아니에요

작은 개들이 그레이트데인사냥용이나 호신용으로 사육하는 세계에서 가장 큰 종류에 속하는 개 품종이나 세인트버나드성질이 온순하고 영리한 몸집이 큰 개 품종라도 되는 것처럼 착각하며 살아가는 경우는 흔한 일이다. 몸집이 작은데도 불구하고 큰 개처럼 행동하는 것이다. 그런데 이런 착각이 불행히도 그 대가를 치러야 하는 경우가 있다. 이러한 작은 개들 중에 데이비드라는 이름을 가진, 덩치는 작지만 사나운 요크셔테리어가 있었다. 녀석은 1년에 한 번씩 예방 접종과 검진을 받기 위해 우리 병원에 오곤 하였다. 그때마다 데이비드는 자신의 열렬한 팬 둘을 거느리고 왔는데, 다름 아닌 주인인 데이비스 씨와 녀석의 보호자인 50킬로그램이 넘는 독일산 셰퍼드 골리앗이었다. 골리앗은 데이비드를 다른 개들로부터 안전하게 지키는 것이 자신의 존재 이유라도 되는 것처럼 행동하였다.

데이비스 씨는 매력적인 중년의 독신 여성으로, 우리가 자신의 애

239

완동물을 위해 일한다는 사실에 매우 만족했다. 그녀는 우리를 보면 즐겁고 감사를 느끼기 때문에 우리도 그녀를 보면 늘 기뻐할 것이라고 생각하는 손님들 중의 한 사람이었다. 데이비스 씨에 따르면 개들을 키우기 위해 마당 전체에 울타리를 쳤는데, 데이비드만은 울타리 밑 땅에 바깥으로 나가는 굴을 파서 자기 맘대로 나갔다가 들어오곤 한다는 것이었다. 그녀가 굴을 메우면 고집이 센 작은 강아지 데이비드는 또다시 다른 곳에 굴을 뚫었다. 문제는 굴을 통해 나가서는 이웃집의 다 자란 맬러뮤트^{알래스카에서 원주민의 썰매를 끌던 몸집이 큰 개 품종} 두 마리를 괴롭히길 좋아한다는 것이었다. 녀석은 탈출로를 파고 나와서는 바로 옆집의 큰 개 두 마리를 그들이 더 이상 견딜 수 없을 때까지 놀리고 괴롭혔다. 그러고는 종종걸음을 쳐서 녀석의 안전한 마당으로 되돌아왔다. 데이비드를 쫓아온 추적자가 있더라도 녀석이 골리앗 뒤에 숨어서 깽깽거리면 추적자들은 울타리 앞에서 좌절감을 느끼며 돌아가야 했다. 데이비드는 그 덩치 큰 두 녀석이 자신의 보디가드와 겨루고 싶어 하지 않는다는 것을 잘 알고 있었던 것이다.

그 놀이는 산악 지대에 눈이 내리던 3월의 그날까지 데이비드의 뜻

대로 이루어졌다. 데이비드는 여느 때와 마찬가지로 이웃집 개들의 화를 돋우고는 집으로 돌아오고 있었다. 그런데 막 울타리를 지나서 안마당으로 들어오려고 할 때 녀석이 나가고 없는 사이에 근처 나무에 쌓여 있던 눈 뭉치가 떨어져 굴을 막아 버린 것을 뒤늦게 깨달았다. 데이비드는 몸을 피할 곳을 빨리 찾지 못했고, 슬프게도 울타리 안쪽에 있는 골리앗은 밖에 있는 작은 친구를 도와 줄 수 없었다. 그 독일산 세퍼드는 으르렁거리며 철제 우리를 물고 늘어졌지만 친구가 공격을 당하는 것을 막을 수 없었다. 작은 데이비드는 달아날 방법이 없었다. 개들의 시끄러운 소리에 집에서 뛰쳐나온 데이비스 씨가 삽을 휘둘러 공격자들을 물리치고 녀석들의 무시무시한 턱으로부터 데이비드를 구해 낼 수 있었다.

하얀 눈 위에서는 빨간 핏자국이 조금만 있어도 끔찍한 살육이 일어난 것 같은 인상을 준다. 그 때문인지 데이비스 씨가 병원으로 오면서 우리에게 전화했을 때는 거의 공황 상태였다. 크리스티와 나는 대기실의 환자들을 계속 진료하고 있었는데 10여 분쯤이 지나자 병원 문을 열어젖히며 데이비스 씨가 나타났다. 그녀의 팔에는 피에 젖은 솜털 뭉치 같은 것이 안겨 있었다. 다른 환자들을 뒤로하고 진료실로 뛰어 들어온 그녀의 두 눈은 눈물을 많이 흘린 탓인지 빨갛게 충혈된 채 부어 있었다. 데이비스 씨는 녀석을 검사대 위에 조심스럽게 내려놓더니 나를 바라보며 매우 작은 목소리로 말했다. "제발 도와주세요. 당신이라면 데이비드를 구할 수 있어요." 그동안 이 작은 테리어를 보살피며 인연을 맺어 왔던 나로서도 무척 가슴 아픈 일이었다.

　나는 먼저 가장 심각한 부상을 입은 부위부터 찾기 시작했다. 불쌍한 작은 강아지는 온통 겁에 질려 있어서 검사를 받지 않고 무조건 다시 주인의 품으로 기어 올라가려고만 했다. 데이비스 씨가 검사대 위로 몸을 구부린 채 녀석을 붙잡으려고 하는 동안 녀석의 발톱이 달린 작은 발은 앞뒤로 발버둥을 쳤다. 그런데 하필이면 데이비스 씨는 가슴이 깊게 파인 헐렁한 블라우스를 속옷도 없이 입고 있었다. 데이비드를 구해야 한다는 급한 마음에 옷을 제대로 골라 입을 여유가 없었던 것이다. 그녀는 겁에 질린 데이비드가 계속 자신의 블라우스를 할퀴고 있다는 것을 모르고 있었다. 결국 잠시 후에 나는 거의 상반신을 드러낸 여성과 마주하게 되었다. 그 사이에는 피를 흘리고 있는 테리어 한 마리만 있을 뿐이었다. 내 얼굴이 어찌나 화끈거렸는지 내 볼 위에 계란을 익혀도 될 정도였

다. 나는 뭐라고 말을 할 수도 없어서 그저 데이비드의 상처만 계속 치료하고 있었다. 오로지 강아지에게만 집중하려고 무진 애를 썼다. 수의과 대학 강의에서는 이런 상황에 어떻게 대처해야 하는지 단 한 마디도 언급한 적이 없었다. 나는 데이비드에게 진정제를 놓았고, 잠시 후에 녀석은 내

가 치료실로 데려갈 수 있을 정도로 안정되었다. 데이비스 씨 역시 멍한 얼굴로 대기실로 가서 우리가 데이비드의 상태에 대해 더 자세한 것을 알려 주기를 기다렸다. 그녀는 강아지에 대한 걱정 때문에 너무 당황하고 있었다.

크리스티와 내가 상처 주변의 털을 깎고 소독을 한 다음에 보니 데이비드가 생명을 위협받을 정도로 부상을 입지는 않았다는 판단이 들었다. 녀석은 피를 좀 흘리긴 했으나 수혈을 받을 만큼 심각하지는 않았다. 치료가 모두 끝나고 진정제의 약효도 사라지자 데이비드는 어느새 자신의 본래 성격대로 행동하기 시작했다. 녀석은 치료실 안의 개집에 있던 근처 다른 강아지에게 으르렁대며 예전의 자만심을 이미 회복하고 있었다. 데이비드를 밤새 지켜보는 것이 좋겠다는 결론을 내리긴 했지만 혹시라도 아까와 같은 비극적인 상황이 다시 일어날까 봐서 녀석을 다른 강아지들로부터 멀리 떨어진 곳에 두기로 했다.

데이비스 씨는 여전히 대기실에서 치료 결과를 기다리고 있었다. 나는 비록 좋은 소식이긴 했지만 솔직히 그 결과를 내가 직접 그녀에게 말해 주고 싶지는 않았다. 진료실에서 우연찮게 일어난 일이긴 했지만 그 일이 있고 나서 다시 그녀를 대면하기는 쉽지 않을 것 같았다. 망설이다가 결국 그녀에게 다가가서 데이비드의 상태에 대해 혼자 중얼대듯이 빨리 말했다. "단지 심하지 않은 피부 손상이 있었을 뿐입니다. 곧 좋아질 거예요, 금방요." 나는 깊이 숨을 들이마시고는 그녀의 반응을 초조하게 기다렸다.

데이비스 씨의 얼굴에는 함박웃음이 번졌다. "오, 정말 고마워요." 그녀가 말했다. "저는 녀석을 잃을까 봐 걱정했어요. 피를 너무 많이 흘렸거든요." 그녀는 내 뺨에 가벼운 입맞춤을 하고는 집으로 돌아갔다.

집으로 돌아간 뒤에야 사태를 짐작한 데이비스 씨는 다음 날 데이비드를 데리러 병원에 와서 계산을 하고는 자신이 절대 노출증 환자가 아니라고 농담 삼아 해명 아닌 해명을 했다. 이후 그녀와 나는 그날 있었던 일을 놓고 여러 번 웃기도 했으나 그럼에도 동네 가게 계산대 등에서 우연히 그녀를 만나면 뭔지 모를 어색함이 조금 남아 있는 것은 사실이었다.

수의사의 또 다른 즐거움과 괴로움

내가 수의사가 되어 실제로 동물들을 치료하면서 뒤늦게 깨달은 것이 있다. 그것은 수의사가 지녀야 할 많은 책임감들에 대해 학교에서는 배운 적이 없다는 것이었다. 이러한 책임감은 결국 각자가 알아서 터득해야 할 사항이 된 것이다. 하지만 지난 경험으로 보면 수의사는 상담사나 심리학자로서의 역할도 매우 중요하다는 생각이다. 신참 수의사가 이 말을 들으면 애완동물이 죽거나 심각한 질병에 걸린 동물의 치료 방법을 결정해야 할 상황에서 주인과 상의하기 위해 이런 능력이 필요할 거라고 생각할 것이다. 하지만 사람들이 끊임없이 나를 난처하게 만들었던 문제는 정작 수의사의 능력과는 전혀 관계없는 것들이었다. 학교에 다닐 때 화학 공부 시간을 줄이는 대신에 심리학 수업을 더 받았으면 좋았을 것 같다는 생각이 뒤늦게 들 정도였다. 원소 주기율표는 지금의 내 삶과 그다지 관련이 없는 것 같지만 사람들과의 상담을 필요로 하는 상황은 거의 매일매일 일어났던 것이다. 그중에서 몇몇의 경우는 내 기억 속에 오래 남아 있다. 평소 걱정이 늘 많았던 어느 아버지의 일도 그런 기억들 중의 하나다.

나는 몇 년 전부터 스탠리 씨 목장의 모든 애완동물을 돌보고 있었다. 그러던 어느 날, 그의 말들 중에서 한 마리가 호흡기 질환에 걸리는 바람에 스탠리 씨의 목장에 들르게 되었다. 로키 산맥의 가을 풍경이 무척 아름다운 날이었는데 나는 병원 사무실을 나와 가을 정취를 만끽할 수 있다는 사실에 무척 기뻤다. 사시나무는 황금빛으로 물들기 시작했고, 하늘은 푸른색보다는 코발트블루에 가까웠다. 스탠리 씨가 깊은 배리 화이트^{1970년대의 디스코 음악을 이끌었던 미국의 유명한 흑인 가수}와 같은 굵은 저음의 목소리로 말을 건네기 전까지 나는 두 번 다시 경험하기는 힘들 그날의 아름다운 정취에 푹 빠져 있었다. 그러나 "선생님, 우리가 해결해야 할 일이 있는데 이야기 좀 나눕시다" 하는 말을 듣는 순간 내 가슴은 철렁하고 말았다. 그가 우리 직원들이나 내가 했던 치료, 혹은 나의 말 때문에 뭔가 불만이 있는 것이 틀림없다는 생각이 든 것이다.

스탠리 씨는 40대 중반의 키가 큰 남자로, 긴 턱수염과 헝클어진 긴 금발 머리를 하고 있었다. 조금은 위압적인 표정을 하고 있어서 마치 새로운 땅을 정복하기 위해 방금 바이킹의 배에서 내린 사람처럼 보이기도 하였다. 그런 그가 내게 이야기하고 싶은 것이 있었다. 나는 그 이야기가 무엇일까 생각하려고 머리를 쥐어짰다. 우리가 그의 동물들을 치료할 때 동물이 죽는 불상사가 일어났던 적은 한 번도 없었다. 오히려 그는 우리의 치료에 대해 만족하는 편이었다. 나는 최선을 다해 아픈 말을 치료하느라 녹초가 되었지만 그와의 대화를 더 이상 미룰 수만은 없었다. 나는 항생제 병에 주의 사항이 적힌 라벨을 붙이고는 트럭에 기대어 나를 방어할 준비를 했다. 팔짱을 끼고 입을 다문 채 그의 공격에 대비했다.

스탠리 씨는 나무 그루터기에 걸터앉아 어린 강아지였을 때 내가 녀석의 위장에서 몇 번이나 여러 개의 돌멩이를 꺼내 준 적이 있는 아일랜드산 울프하운드^{늑대 사냥에 쓰던 개로 스피드가 좋고 힘이 좋아 경주용으로도 많이 기르며 몸집이 크다}의 머리를 쓰다듬고 있었다. 스탠리 씨는 담배에 불을 붙이고 다리를 꼬더니 드디어 말을 꺼냈다.

"선생님, 전 요즘 딸아이가 만나는 녀석 때문에 머리가 아픕니다."

나는 스탠리 씨가 원한 것이 딸의 연애 문제에 대한 조언이라는 것을 깨닫자 안도의 한숨이 절로 나왔다. 그는 키가 크고 금발 머리를 한 매우 매력적인 딸 셋을 두고 있었는데 가장 큰딸이 이제 갓 열일곱이었다. 그의 근심에 찬 얼굴 표정에서 그가 딸의 행복에 대해 매우 걱정하고 있으며 내게 진지하게 조언을 구하고 있다는 것을 알 수 있었다. 그가 왜 나를 선택했는지는 알 수 없지만 아마도 가슴속에 담아 둔 말을 꺼내고 싶을 때 내가 가장 가까이 있었던 사람이 아니었을까 싶다.

스탠리 씨의 고민은 딸의 남자 친구가 자신이 만들어 놓은 데이트 규칙을 지키지 않는 등 그에게 매우 무례하게 군다는 것이었다. 스탠리 씨는 그 젊은 친구에게 정해 놓은 시간까지는 딸을 집에 데려다 달라고 말했는데, 그 친구는 자기가 그러고 싶으면 하는 것이고, 스탠리 씨가 강요할 수 없으며, 자기 기분이 좋고 그럴 준비가 되었을 때 집까지 데려다 줄 수 있다고 했다는 것이다. 그 말을 듣고 먼저 들었던 생각은, 내가 어렸을 때는 이런 보수적인 북유럽 출신의 아버지와 논쟁을 벌이는 것은 꿈도 꾸지 못했다는 것이다. 사실 내가 스탠리 씨를 호칭할 때는 항상 깍듯한 존칭을 썼고, 그는 자신의 딸이 항상 집에 일찍 들어와 있어야 한다고 생각하는 완고한 사람이었다. 하지만 고등학교에 다니는 아이가 이런 상황에서 가만히 입을 다물고 있다는 것이 오히려 이해하기 힘든 일이었다.

우리는 그 소년을 뒷마당에 끌고 가서 혼낼 것도 이야기하긴 했지만 그건 경찰서에 갈 이야기였기에 결국 전혀 다른 결론을 내렸다. 여러 생각을 쥐어짠 후에 마침내 스탠리 씨가 그 남자 친구의 부모들부터 먼저 만나보는 것이 최선이라는 결론을 내린 것이다. 나는 스탠리 씨가 혼자 그의 집에 가서 문을 두드릴 수 있다면 효과는 더욱 클 것이라고 제안했고, 그 역시 이 계획에 만족한 것처럼 보였다. 스탠리 씨가 내 손을 잡고 팔꿈치가 아플 정도로 세게 흔드는 동안 갈색

콧수염 아래로는 미소가 번지고 있었다. "고맙소, 의사 선생." 그가 말했다. "시간을 내줘서 정말 고마워요. 오늘 저녁에 당장 그의 부모들을 만나러 가야겠소." "그럼요. 언제든 괜찮죠." 나 역시 웃으며 대답했다. 그 순간, 나는 내가 그 소년의 부모가 아니어서 참으로 다행이라는 생각이 들었다.

사시나무가 빛을 받아 아른거리는 스탠리 씨 목장의 구불구불한 진입로를 빠른 속도로 빠져나오면서 나는 아픈 말은 물론 걱정이 많은 아버지와도 함께해 줄 수 있었다는 것에 큰 기쁨을 느꼈다. 사실 그는 자기 방식으로 문제를 해결한 것이었고, 그에게는 단지 그 문제로 이야기를 나눌 사람이 필요했을 뿐이었다.

이처럼 고객과 마음을 열고 지내는 관계는 수의사로서 내가 누리는 즐거움의 많은 부분을 차지했다. 나의 고객들은 어떤 생각을 하거나 결정을 내릴 때 종종 나를 찾아와 상의하며 나의 반응을 떠보곤 하였다. 많은 의사와 환자는 보험회사나 의료보험 관리기구, 법적 책임을 둘러싼 소송 문제 때문에 의료 활동에서 인간적인 부분이 제외되어 버렸다고 불만을 털어놓는다. 그런데 나의 아내 매리언은 의료 보조자로서의 업무를 수행하며 매일매일 의사와 고객, 의료 행위와 인간적인 관계 사이에서 균형을 잡아 주는 역할을 하였다. 그녀는 환자들과 충분한 시간을 보내려고 애쓰면서도 그날 돌봐야 할 사람들은 빠뜨리지 않고 업무에 충실하였다. 그래서 일이 끝날 때가 되면 그녀는 정신적으로나 육체적으로 녹초가 되었다. 아마도 수의사의 일이라고 해도 그만큼 힘들지는 않았을 것이다.

나는 고객들은 물론 그 가족의 행복한 시절과 힘든 시절, 또 그들의 아이들이 자라는 모습도 모두 지켜보았다. 그의 가족들이 애타게 기다리고 있을 강아지를 데려다 주려고 강아지 주인과 함께 늦은 밤에 집까지 가면서 인생 이야기를 나누기도 하였다. 하지만 이 모든 경험들에도 불구하고 사람들이 수의사인 내게 하는 말을 듣다 보면 여전히 놀랄 때가 많다. 때때로 대화가 엉뚱한 방향으로 치닫는 것을 깨닫고 주제를 필사적으로 바꾸어 보려고 노력하지만 나의 노력은 결국 수포로 돌아가고 만다. 어떤 사람들은 상대방이 좋아하든 그렇지 않든 유혈이 낭자한 이야기의 세부적인 장면까지 고집스럽게 들려주고 싶어 한다. 흔히 이런 이야기는 고객 자신의 건강상 문제와 관련되는 것이지만 내가 그것을 듣는 것은 부적절한 일인 경우가 많다. 그런데 매리언에게는 그 반대의 일이 일어난다. 사람들은 매리언이 수의사와 결혼했다는 말을 듣고는 애완동물에게 생긴 문제를 그녀에게 묻는 경우가 아주 흔하다. "저, 제가 무료로 진료 상담을 받겠다는 것은 아니에요. 그런데, 우리 고양이가 ……." 적어도 동물들에 관한 이야기는 상대를 아주 곤란하게 만들거나 지나치게 사적인 이야기라고 생각하지 않는다는 것이다.

특별한 경우이긴 한데 어떤 암말을 불임 문제로 진료했을 때의 이야기다. 나는 큰 검경_{신체 내부를 들여다보기 위한 기구}으로 그 말의 임신 가능 여부를 검사하고 있었다. 그런데 그때 암말의 주인이 자신의 경험담을 꺼내며 이야기를 걸어왔다. 조니 메이 씨는 작은 체구에 불타는 듯한 붉은 머리와 연한 푸른색 눈을 가진 30대 후반의 여성이었다. 나는 그 이전에 그녀를 두어 번 정도 본 적이 있는데, 한 번은 그녀의 바셋하운드다리가 짧고 귀가 늘어진 사냥개로 우리나라에서는 허시 퍼피로 부르기도 함가 어느 부활절 아침에 토끼 모양의 크고 딱딱한 초콜릿을 삼켰을 때였다. 그녀는 내가 초콜릿 때문에 거의 죽을 뻔했던 강아지를 살려 놓자 무척 기뻐하였고, 그때부터 나를 매우 신뢰하게 되었다. 강아지가 초콜릿을 너무 많이 먹으면 그 속에 들어 있는 다량의 카페인 때문에 실제로 심장마비가 일어날 수 있다. 이후 그녀와 나는 초콜릿을 좋아하는 강아지를 함께 보살피면서 좋은 관계를 유지하였다.

하지만 오늘은 내가 암말의 건강 문제 때문에 이곳에 왔다는 사실을 그녀가 잠시 잊은 듯했다. 그녀는 아이를 갖기 위해 그녀의 남편과 함께 오랫동안 고생해야 했던 이야기들을 하기 시작했다. 이어서 그녀가 병원에서 받아야 했던 갖가지 검사들을 이야기한 다음에는 병원에 갔을 때 겪었던 자세한 상황까지 생생하게 그리고 장황하게

늘어놓았다. 그러고는 산부인과 의사들이 아직 시도하지 않은 방법들이 더 있는지 의견을 구하는 표정으로 나를 쳐다보는 것이었다. 나는 솔직히 손으로 귀를 막은 채 더 이상 아무 이야기도 듣고 싶지 않았다. 결국 나의 불편한 마음이 표정에 드러났던 것 같다. 그녀는, "저, 당신은 의사잖

아요, 네?" 그러더니 내가 이야기를 끊기도 전에 다시 자기 남편의 생
식 능력에 대한 긴 이야기를 시작했다. 나는 이 대화를 그녀의 남편
이 듣는다면 얼마나 당황스러울까 하는 생각이 들었다. 드디어 그녀
는 잠시 숨을 쉼으로써 내가 이야기를 중단시킬 수 있는 시간을 주었
다. 나는 단지 동물들 치료 경험만 있을 뿐이며 사람에 대해서는 조
언할 자격이 없다고 설명하였다. 재판정에서 판사에게 위법 행위에
대해 해명하면서, "하지만 재판장님, 이건 말에게는 아주 좋은 방법
입니다" 하고 설명하는 것을 상상할 수 있겠는가?

　다행히 이러한 논리가 그녀를 납득시켰는지, 그녀는 집의 정화조
문제 등 편안한 주제로 화제를 바꾸었다. 마침내 나는 암말의 자궁에
서 균을 추출했고, 암말에게 불임 문제가 생긴 원인을 찾았다. 한편
으로 메이 씨에게는 산부인과 의사를 추천해 주었다. 그녀가 그 의사
와도 자기 암말의 불임 문제를 놓고 상의하는지 정말 궁금하다.

달빛 아래의 수술

내가 동물에게 행하는 수술을 인간 의학과 관련시킨다면 산과産科 수술과 유사한 점이 많다. 일과 시간이 아니더라도 자주 수술을 하고, 특히 대형 동물에게 그 필요성이 더 높다는 점에서 그렇다. 나 역시 거슴츠레한 눈으로 따뜻한 침대에서 힘들게 빠져나와 극심한 출산의 고통을 겪는 산모 옆에서 대기하고 있는 의사를 보면 위로하고 싶은 마음이 든다. 하지만 최소한 그들은 아이가 산모의 몸을 빠져나올 시간에 맞춰 병원 분만실의 환한 불빛 속에서 소독한 장갑을 끼고 일을 한다. 산과 간호사가 마취과 의사를 부르고 나면 무통 분만을 위해 산모에게 투여한 하반신 마취제를 체크하고 소독한 천을 덮는데, 제왕절개 수술을 할 경우에는 환자를 재빨리 수술실로 옮겨서 대기하도록 한다. 모든 일이 별일 없이 잘 진행되면 산모는 분만실의 다른 한쪽에서 아기와 곧 만나 얼굴을 마주할 수 있을 것이다.

그러나 다양한 동물을 돌봐야 하는 수의사의 경우에는 수술을 바람대로 깔끔하게 할 수 없다. 나는 텔레비전에 등장하는 병원의 의사들처럼 "메스!" 하고 소리치면 미소 띤 간호사가 수술칼을 건네주는 가운데 말이나 소를 수술하는 것을 늘 상상해 왔다. 매우 실망스럽게도 수의사들이 하는 수술에서 그것은 환상에 불과했다. 당장 적절한 도구라도 찾을 수 있다면 그나마 다행이었다. 나는 어둑어둑한 마구간에서 지저분한 손전등을 이로 물고 소독한 수술용 팩을 뒤지는 일에 익숙해져야 했다. 어미 몸의 절개한 부위를 통해 송아지를 세상 밖으로 끄집어내거나 말의 절개 부위를 봉합하는 동안 추위 때문에 내 손의 감각조차 느낄 수 없는 경우는 몇 번인지 셀 수도 없을 정도였다.

이런 상황에서 마취는 수의사가 전적으로 책임을 지고 할 수밖에 없지만 마취약을 알맞게 투여하지 못했다고 하더라도 수의사를 비난할 수는 없다. 그 양이 너무 적을 때는 여차하면 말이 머리 쪽으로 발길질을 할 것이고, 양이 너무 많으면 동물에게 위험한 결과를 초래하여 주인을 매우 실망시킬 수 있다. 내가 가능하면 동물에게 제왕절개 수술을 하지 않고 새끼가 자연분만으로 태어나도록 유도하는 것에는 이런 이유도 있다.

콜로라도 산악 지대에 추위가 찾아오고 별일 없이 하루가 지나가고 있던 1월의 어느 밤이었다. 나는 한 작은 목장으로부터 걸려 온 전화를 받았는데, 그 목장은 에번스 산의 기슭 아래로 그림같이 펼쳐진 계곡에 위치하고 있었다. 그쪽으로 진료를 나가기 시작한 것은 겨우

1년 정도 되었지만 내가 만나 본 커닝엄 씨 가족은 매우 좋은 사람들이었다. 그들은 말 몇 마리와 크기가 제각각 다른 여러 마리의 개들, 그리고 10여 마리의 암소를 키우고 있었다. 그중에서도 소 사육은 커닝엄 씨가 중요하게 생각하는 일이었는데, 그는 그것만으로도 자신이 어엿한 목장 경영인으로 불릴 만하다고 생각하는 사람이었다. 그러나 실제 생활을 보면 그는 여러 곳을 다니며 자문을 해 주는 기술자였다. 그는 큰 키에 피부가 검고, 조용한 성격의 사람으로, 누군가와 신나게 이야기를 나누기보다는 안경 너머로 세상을 의심스럽게 바라보기를 더 좋아할 것 같은 사람이었다. 그에게 계산서를 내밀 때마다 이리저리 곁눈질을 하는 것을 보며 그가 나의 치료를 완전히 수긍하지 않는다는 느낌이 들곤 하였다. 그가 일 때문에 집을 떠나면 동물들을 돌보며 여섯 아이들과 씨름하는 일은 그의 아내의 몫이 되었다. 다행히 그들에게는 강아지와 아이들을 기를 수 있는 아름다운 통나무집이 있었는데, 마치 애스펀콜로라도 주에 있는 음악 명소이자 스키장이 있는 유명한 관광 휴양지의 멋진 리조트 타운에 있는 집 같았다.

커닝엄 부인의 이름은 리지였는데, 부인은 마치 캘리포니아 사람들 전체가 콜로라도로 옮겨 오는 것 같던 바로 그 시기에 남부 캘리포니아에서 온 이주자였다. 그녀는 로키 산맥에서의 삶을 사랑하는 듯했고 남편과는 달리 매사를 쉽고 능숙하게 처리하였다. 부인은 나를 항상 반갑게 맞아 주었으며 하루하루 주어진 일에 최선을 다하며 살았다. 또한 리지 부인은 남편의 동반자로 궂은일을 마다하지 않았고 더러 말이나 소의 꼬리가 얼굴을 스치거나 자신의 손이 더러워지는 것에도 개의치 않았다.

부인에게는 그 어느 순간에도 결코 흔들리지 않는, 캘리포니아에서 살 때부터 지켜 온 재미있는 습관이 하나 있었다. 그건 바로 옷 입는 습관이었다. 부인은 날씨가 어떠하든, 축사 안에 진흙이 많든 적든, 늘 유명 디자이너가 만든 옷을 입었다. 옷장에 있는 바지, 상의, 샌들도 대개 유명 브랜드의 제품이었다. 난 가끔 부인이 밖을 나갈 때는 어떤 옷을 입는지 궁금할 정도였다. 리지 부인은 요즘 들어 말이나 암소와 씨름하기 위해 외양간으로 자주 내려오곤 하였다. 부인은 나와 함께 동물을 치료하다가 어려운 상황에 처해도 녀석들로부터 절대 물러서지 않는 훌륭한 도우미였다. 그런데 신기한 것은 그 와중에도 옷차림을 늘 깨끗하게 유지한다는 것이었다. 동물을 치료하다 보면 내 옷은 피와 배설물로 범벅이 되곤 하였지만 부인은 퍼스트레이디와 함께 차를 마셔도 될 정도로 옷이 늘 깔끔했다.

이처럼 리지 부인과 나는 일을 할 때 서로 마음이 잘 맞았다. 그래서 아까 부인이 전화로, 이번에 암소가 송아지를 분만하는 일은 남편 커닝엄 씨가 도와준다고 이야기했을 때 나는 다소 실망하였다. 커닝엄 씨는 판더로사 소나무 숲 근처에서 나를 맞아 주었다. 그에 따르면 암소가 눈 위에 누워서 온 힘을 다하고 있지만 상황은 나아지지 않고 있다는 것이었다. 가서 보니 보통보다 조금 커 보이는 송아지의 발굽 두 개가 암소 뒤로 보였으나 머리와 코는 전혀 보이지 않았다. 커닝엄 씨는 안경이 코밑으로 미끄러지도록 내버려 둔 채 나를 보며 고개를 끄덕였다. 나는 윤곽이 분명한 그의 얼굴을 잠시 바라본 후

일을 시작하였다.

　나는 먼저 이런 경우에 흔히 사용하는 목이 긴 라텍스 장갑을 착용하고는 장갑에 윤활유를 듬뿍 발랐다. 이어서 내가 가장 싫어하는 일이 기다리고 있었는데 바로 눈밭에 무릎을 꿇고 앉는 일이었다. 얼마의 시간이 지나야 다시 마른 바지를 입을 수 있을지 나로선 알 수 없었다. 몇 초도 안 되어 녹은 눈이 바지로 스며들며 추위가 엄습해 왔다. 손을 암소 뒤로 밀어 넣자 산도^{새끼가 어미 몸 밖으로 나오기 위해 지나는 길}의 저쪽 끝에서 송아지의 촉촉한 코가 만져졌고, 송아지는 내 손가락을 빨려고 하였다. 나는 이 순간이 되면 늘 심장이 마구 뛰곤 하였는데 지금도 그랬다. 다행스럽게도 송아지는 살아 있었지만 세상 밖으로 나오려면 아직도 길고 긴 길이 남아 있었다.

　애꿎은 눈을 발로 차던 커닝엄 씨는 드디어 인내심이 바닥을 드러내기 시작했다. 나는 "누가 이 남자 좀 대기실로 데려가 주실래요?" 하는 말이 목구멍까지 차올랐다. 커닝엄 씨가 목기침을 시작할 때까지 난 눈 위에 무릎을 꿇고 앉은 채 일을 계속하고 있었다. 마침내 그가 말했다. "저, 같이 해 봅시다. 송아지를 끌어내면 안 되겠소?" 나는 바로 대답하지 않았다. 송아지의 머리와 암소의 골반 사이에 팔이 끼어 있다 보니 다른 때와 달리 다른 사람의 조언이나 충고에 신경 쓸 겨를이 없었다. 바지는 이미 딱딱하게 얼고 있었다. 소 옆에서 안간힘을 쓰고 있던 나는 도대체 내가 무슨 생각으로 수의사가 되겠다고 결심했을까 하는 회의가 들었다. 나와 대학을 같이 다니던 경영학 전공자들은 아마도 이 시간이면 따뜻한 침대에 파묻혀서 나처럼 커닝엄 씨를 바라보며 무슨 답을 할 것인지 고민하지 않아도 될 것이다. 나만의 책상을 가지고, 깨끗한 구두를 신은 채, 퇴직연금에서 회사가 부담하는 분담금의 비율을 계산하는 광경을 상상하다 보니 차가운 눈이 무릎에 안겨 주는 고통을 잠시나마 잊어버릴 수 있었다.

그러나 곧 청명한 콜로라도의 밤하늘을 수놓는 별과 에번스 산을 덮고 있는 눈 위로 미끄러지는 달빛을 보며 지금 하고 있는 이 일도 그리 나쁜 것만은 아니라는 생각을 하였다. 그때 상쾌한 밤공기를 가르는 커닝엄 씨의 목기침 소리가 정신을 번뜩 들게 하였다. 나는 당장 눈앞의 과제를 해결해야 했다. "송아지가 너무 커요. 옆으로 나오도록 하는 수밖에 없어요"라고 나는 말했다.

커닝엄 씨는 충격을 받은 듯했다. "도대체 그게 무슨 말이요?" 그가 눈을 크게 뜨면서 물었다. 지금까지 그의 이런 격한 반응을 본 적이 없었다. 그는 사실 가축에 대해 아는 것이 별로 없더라도 많은 지식이 있는 것처럼 말하는 사람이었다. 이 작은 목장을 경영하는 것은

그에게 취미 생활에 불과했지만 오랜 시간 동안 비행기를 탄다든지 대화거리가 없을 때 목장 주인으로 행세하며 많은 이야기를 할 수 있는 거리가 되었다.

"우리는 소의 오른쪽 여기에 제왕절개 수술을 해야 됩니다. 그렇지 않으면 둘 다 잃을 수 있어요." 이 말을 하는 동안 내 머릿속에는 앞으로 해야 할 많은 일들이 떠오르고 있었다. 눈으로 덮인 벌판에서 소의 옆구리를 열어 송아지를 꺼내야 한다는 계획은 커닝엄 씨의 입을 다물게 했다. 내가 말한 '우리는'이란 말의 의미가 나를 도와야 한다는 뜻임을 그가 알아차린 것이 틀림없었다.

"모르겠어요, 난 정말 모르겠어요." 그는 되뇌었다. 나는 그가 지금의 상황을 외면하려고 하고 있다는 생각이 들었다. 이제 그의 목소리나 표정에서 거만함이나 잰 척하는 태도는 사라지고 없었다.

"글쎄요, 우리에겐 다른 선택이 없어요. 그렇지 않습니까? 수술을 하지 않으면 둘 다 죽을 거예요." 마침내 그는 상황을 내게 맡긴다는 뜻으로 어깨를 한 번 움찔거렸다.

나는 트럭에서 수술용 팩을 힘들게 꺼낸 뒤에 소를 한결 편하게 해줄 진정제를 주사기에 가득 채웠다. 진정제를 주사하자 바늘의 자극 때문에 소는 일어서려고 했고, 우리는 수술을 위해 밧줄로 암소를 나무에 묶어 두어야 했다. 눈밭에 솟은 오래된 나무 그루터기는 수술 도구 등을 놓는 작업대가 되었고, 달빛은 트럭의 전조등과 함께 수술실의 전등을 대신했다. 소의 옆구리에 국소 마취제를 놓고는 수술할 부위의 털을 정리했다. 풀밭 한가운데서 수술을 받을 수 있는 가축은 별로 없는데 다행히도 암소는 인내심이 매우 강한 동물이었다. 나를 가르쳤던 교수 중의 한 사람은 암소의 뱃속에 침을 뱉더라도 괜찮을 거라는 농담을 곧잘 하곤 했는데 물론 그렇다고 우리들 중에서 실제로 그렇게 해 본 사람이 있다는 것은 아니었다. 나는 베타딘액^{살균과 소독에 쓰는 약}을 듬뿍 묻힌 거즈로 수술할 부위를 깨끗하게 닦은 다음에 절개할 준비를 하는데, 그때 커닝엄 씨가 지저분한 손으로 방금 소독한 부위를 문지르면서 이렇게 묻는 것이었다. "여기가 우리가 자를 곳인가요?" 이젠 내가 그를 흘겨볼 차례였다. 나는 나지막한 소리로 "그렇죠. 하지만 거기에 다시는 손대지 맙시다"라고 하였다. 그는 불빛을 가리지 않도록 뒤로 물러났고, 나는 그곳을 다시 깨끗이 닦은 후에 수술을 시작하였다.

먼저 추위로 딱딱해진 수술용 장갑을 끼고 절개에 들어갔다. 따뜻한 피가 흘러나와 내 손을 적시면서 얼어붙은 손끝을 잠시나마 녹여주는 듯했다. 근육을 재빨리 절개하자 자궁이 드러났다. 그동안 암소는 눈을 파헤쳐서 그 밑에 있던 죽은 풀들을 우적우적 씹고 있었다. 마취제 효과가 나타나자 암소는 수술을 받고 있다는 사실을 전혀 의식하지 못하고 있었던 것이다.

저만치 떨어져서 지켜보던 커닝엄 씨는 이제 적극적으로 일을 도와주려고 하였다. 나는 "트럭 뒷문 끝에 여분의 장갑들이 있는데, 그걸 갖다 줘요"라고 말했다. 그는 자신의 감정을 드러내고 싶었지만 자제하는 것 같았다. 커닝엄 씨도 장갑을 낀 채 송아지가 나오는 과정에서 액체가 암소의 복부로 흘러들지 않도록 절개한 부위를 통해 암소의 자궁을 당기는 것을 도와주었다. 그리고 그는 내가 자궁을 절개해 송아지를 꺼내는 동안에도 옆에서 잘 붙잡아 주고 있었다. 송아지의 털은 끈적끈적한 채 몸에 엉겨 붙어 있었다. 귀 역시 머리에 찰싹 달라붙어 있었다. 그런데 녀석이 살아 있다는 기색은 없었다.

나는 송아지를 얼른 트럭으로 옮겨 녀석이 첫 숨을 쉴 수 있도록 부지런히 자극을 주기 시작했다. 보통은 암소가 새끼를 낳으면 거친 혓바닥으로 송아지를 열심히 닦아 주면서 자극을 준다. 그러나 지금은 어미가 마취제 때문에 자연의 본능을 잊어버린 채 멍한 상태에 있었다.

수건으로 열심히 마사지를 하고, 솔잎들로 녀석의 콧구멍을 건드리자 생기 없던 몸뚱이가 마침내 고개를 흔들더니 숨을 쉬기 시작했다. 이는 기념하고 싶을 정도로 기쁜 사건이었지만 어느새 눈이 내리기 시작하고 있었다. 빨리 암소의 옆구리를 봉합해야 했는데, 차가운 손으로 차가워진 자궁을 붙들고 있던 커닝엄 씨도 점점 불평이 많아지고 있었다. 나는 자궁을 닫아 암소의 따뜻한 배 안으로 다시 집어넣고, 커닝엄 씨에게는 송아지를 계속 말려 주는 일을 시켰다. 내가 학생 신분이었을 때 함께 일했던 어떤 수의사가 아주 현명한 조언을 준 적이 있었다. "투덜대는 사람에게는 당신 옆에서 떨어져 입을 다물 수 있도록 계속 일을 줘라!" 커닝엄 씨는 이제 드라이어로 송아지의 털을 말리는 일에 열중하기 시작했다.

내가 암소의 절개 부위를 봉합하는 동안 짓궂은 장난이라도 치는 것처럼 눈발은 점점 더 굵어지고 있었다. 일이 끝날 무렵에는 매 바늘땀마다 쌓이는 눈을 입으로 불어 날리면서 봉합해야 했고, 수술 도구를 찾을 때는 8센티미터쯤 되는 눈 속을 더듬어야 했다. 마침내 나는 암소의 발굽에 걸어차이지 않은 채 마지막 봉합 작업을 끝냈다. 참으로 고맙게도 마지막 순간까지 마취 효과가 남아 있었던 것이다.

나는 갓 태어난 생명에게 좋은 선물을 주기 위해 어미의 젖을 짜서 커다란 주사기에 담았다. 때맞추어 마취에서 깨기 시작한 어미가 피스톤 같은 뒷발로 나의 머리 근처를 걸어차려고 했다. 이 암소는 우유를 얻기 위해 사육하는 젖소가 아니었기 때문에 젖을 짜는 일에 민감하게 반응했던 것이다.

어떤 동물이든 새끼에게 주기 위해 만드는 첫 우유는 탄수화물과 단백질 등이 가득하다. 초유라고 불리는 이 액체는 내 생각에는 마법의 음식 같은 것이다. 초유를 먹이는 것은 너무나 약한 어린 송아지에게 생명력을 불어넣는 일인데 물론 이 녀석에게도 그랬다. 생명의 선물을 받은 송아지는 1분도 채 안 되어 몸을 털고 일어서더니 더 달라는 듯이 두리번거렸다.

우리는 어미와 새끼가 함께 시간을 보내도록 풀어 놓았다. 나는 도구들에 쌓인 눈을 털고 챙겨서 트럭에 싣고는 내일 아침에 따뜻한 병원 안에서 소독해야겠다고 생각했다. 커닝엄 씨에게 봉합사^{상처 등을 꿰매는데 쓰는 실}는 2주일 후에야 풀 수 있다고 말하고는 트럭에 올라탔다. 바로 그때 그의 목기침 소리가 다시 들려왔다. 그러나 이번에는 짜증의 의미가 아니라 내게 고마움을 표시하는 뜻이라는 생각이 들었다. "이걸 빠뜨리셨네요." 그는 내게 피에 흠뻑 젖은 수건을 건네주더니 어둠

속으로 사라졌다.

　나는 물기에 젖은 채 추위로 얼어붙은 몸을 얼른 트럭의 따뜻한 바람으로 녹였으면 싶었다. 그러나 내가 눈밭에 무릎을 꿇고 앉아 다른 직업을 알아볼까 생각하던 순간이야말로 몸은 물론 가슴마저 얼어붙어 있던 시간이라는 생각이 들었다. 그런데 트럭 문을 여는 순간, 컵홀더 안에 있는, 김이 모락모락 나는 머그잔이 시선을 사로잡았다. 거기엔 뜨거운 코코아가 가득 담겨 있었고, 조수석에는 아직도 온기가 남은 초콜릿 쿠키가 종이봉투에 가득 담겨 있었다. 내가 수술을 마치는 동안 커닝엄 부인이 조용히 갖다 놓고 간 것이다. 나는 쿠키를 먹으며 코코아도 홀짝거렸다. 그리고 마침내 집에 도착하여 주차장에 들어서는데 매리언이 집에 밝혀 놓은 불빛이 보였다. 그때 나의 몸은 이미 커닝엄 부인이 준 코코아 때문에 정상 체온으로 돌아와 있었다. 결국 나는 또다시 수의사가 그리 나쁜 직업은 아니라는 생각이 들었는데 이러한 작은 마음들이야말로 아직까지 나를 지탱하는 힘일 것이다.

바셋하운드와 로트와일러의 피가 섞인다면

내가 처음 보슬리와 에이츨러 씨를 보았을 때 굉장히 놀랐다. 주인과 그의 애완동물이 닮는다는 이야기는 들어봤지만 내 눈으로 직접 이와 같이 인상적인 장면을 본 적은 없었다. 에이츨러 씨와 그의 바셋하운드 다리가 짧고 귀가 늘어진 사냥개로 우리나라에서는 허시 퍼피로 부르기도 함 품종의 보슬리는 너무나 서로 닮아 있었다. 에이츨러 씨는 보슬리처럼 처진 눈에 슬픈 표정을 하고 있었다. 나이 든 그의 볼도 축 처지고 코는 보통보다 컸다. 다른 사람들보다 유난히 큰 그의 귀가 얼굴 아래로 쳐져 있지 않다는 것이 보슬리와 달랐다. 에이츨러 씨는 은퇴한 대학 교수였는데 그가 입는 옷은 그런 그의 분위기에 어울렸다. 그는 벗겨진 머리에 납작한 모자를 썼고, 체크무늬의 나비넥타이를 맸으며, 꼭 필요한 경우에만 말을 하는 말수 적은 사람이었다.

그날은 보슬리의 발톱 정리를 위해 병원 예약을 한 날이었다. 하지만 바셋하운드는 발톱 정리에 그다지 인내심 많은 녀석들이 아니었고 보슬리 또한 예외는 아니었다. 보슬리를 마룻바닥에서 검사대까지 옮기는 일도 나와 크리스티 둘이 해야 했다. 녀석의 다리는 짧을지 모르지만 체격이 두툼하고 단단하여 우리는 긴장할 수밖에 없었는데, 그를 검사대 위로 올려놓느라고 나는 숨을 헉헉거리면서 거의 탈장이 일어날 지경이 되었다.

그러나 보슬리를 일단 올려놓자 녀석은 매우 온순해져서 우리의 처치에 매우 협조적이었다. 하지만 그것도 잠시, 크리스티가 옆에서 녀석의 허리를 밀어서 돌리려고 할 때는 축 처진 입을 동그랗게 말면서 큰 송곳니를 드러냈다. 나는 녀석의 오른쪽 앞다리를 단단히 붙든 채 발톱을 다듬으려고 했다. 다른 바셋하운드의 발톱과 마찬가지로 쥐 같은 설치류를 찾을 때 구멍 파는 역할을 하는 녀석의 발톱은 묵직하고 두툼했다. 발톱 뒤를 계속 건드리자 보슬리의 반항은 거세지기 시작했다. 그는 진주같이 하얀 이로 내 손을 물려고 하는가 하면 다리를 손아귀에서 빼내려고 하였다.

크리스티는 검사대 위로 몸을 구부리며 녀석을 붙잡고 있는 손에 힘을 더 주었고, 그러다 보니 그녀 몸의 무게를 녀석의 가슴에 싣게 되었다. 보슬리는 등이 보일 정도로 몸을 꼬며 저항했다. 이 움직임은 우리를 곤란하게 만들었다. 크리스티는 녀석을 놓쳐 버렸고, 보슬리는 그 기회를 이용했다. 녀석은 크리스티를 물더니 땅에 구멍을 파던 발톱으로는 내 팔과 손을 할퀴었다. 거꾸로 떨어진 보슬리는 뒤집힌 악어처럼 배를 훤히 드러냈다. 에이슬러 씨가 처음에 코웃음을 치더니 나중에는 좀 당황해하는 듯이 보였다. "죄송합니다. 저 녀석은 늘 이런 식이죠. 보슬리는 제가 기른 강아지들 중에서 최고지만 발톱을 다듬을 때는 작은 괴물로 변해 버립니다." 이 싸움에서는 누구도 승자가 아니었다. 우리는 뒤로 물러섰고, 보슬리는 몸을 바로 일으켰다. 에이틀러 씨가 다시 정중하게 사과를 했다. "제가 좀 더 솔직하게 말씀 드렸어야 했나 봅니다. 보슬리와 저는 발톱 다듬는 문제 때문에 이미 여러 동물 병원을 들렀지만 실패했어요. 심지어 나가 달라고 하는 요구도 들었지요." 이 말에 크리스티는 눈썹을 움직이며 내게 신호를 보냈다. 그 신호의 의미는 더 심각한 일이 생기기 전에 이들을 돌려보낼 방안을 찾아보자는 것이었다. 하지만 에이틀러 씨는 무척 좋은 사람으로 보였고, 보슬리 역시 발톱을 다듬는 문제를 빼면 멋진 강아지였다.

어떤 주인들은 매우 사소하다고 생각되는 치료에 마취제를 사용하는 것을 꺼리는데 물론 충분히 이해할 수 있는 일이다. 어떤 약이라도 부작용의 가능성이 조금이나마 있는 것은 사실이다. 하지만 이번 경우에는 다른 대안이 없었다. 나는 잠시 생각하다가 마취제 쓰는 방안을 꺼내 들었다. "제 생각에 보슬리나 우리를 위해서 마취제를 조금 사용하는 것이 가장 좋은 방법입니다." 이제 공은 에이틀러 씨에게 넘어갔다. 그는 웃고 있는 자신의 개를 잠시 물끄러미 바라보더니 입을 일그러뜨렸다. "글쎄요. 이전에는 약을 사용하는 것은 제가 반대했습니다. 하지만 보슬리의 긴 발톱은 이제 마루를 할퀴기 시작했네요." 그는 자신의 모자를 집어 들더니 손으로 머리를 문질렀다. "아주 조금만 써도 된다면 한번 해 봅시다." 나는 고개를 끄덕이고는 보

슬리의 기분을 바꿀 약을 찾으러 옆방으로 가는데 크리스티가 나를 보며 얼굴을 찌푸렸다. 약간의 마취제로는 보슬리에게 효과가 없음에도 불구하고 내가 애써 모르는 척하고 있다는 것을 그녀는 알고 있었다. 마취제를 주사기 끝부분까지 가득 채워야 했지만 에이츨러 씨의 신뢰를 저버릴 수 없었던 나는 조금만 채웠다.

진료실로 돌아오니 크리스티가 여전히 나를 쏘아보고 있었다. 초조한 에이츨러 씨는 가만히 앉아 있질 못했고, 보슬리는 우리가 다른 무슨 방법을 쓸 것인지 궁금해하는 듯했다. "정말로 소량만 놓을 거죠?" 에이츨러 씨는 마지막으로 한 번 더 확인을 받고자 하였다. 나는, "녀석의 몸집에 비해 가장 소량만을 투여할 겁니다. 약속드리죠"라며 그를 안심시켰다. 내가 주사기를 들어 보이자 그는 안에 무엇이 들었는지 확인하려는 듯이 눈을 가늘게 뜨고 바라보았다. 크리스티는 마지못해 보슬리의 정맥을 잡았고 나는 바로 약을 주사했다. 간혹 매우 운이 좋다면 부족한 양의 마취제로도 흥분한 동물을 진정시킬 수 있을 것이다. 물론 이 역시 어느 정도 통제가 필요하겠지만 어쨌든 당장 동물과 진흙탕 씨름을 하는 것은 피할 수 있을 것이다. 크리스티는 마땅찮게 생각했을지 몰라도 나는 나름대로 기대했던 효과가 있었다.

세 사람이 함께 보슬리를 지켜본 지 2분쯤 지났을까, 보슬리가 조금 비틀대기 시작했다. 녀석의 눈이 살짝 게슴츠레해지더니 숨소리도 조금 느려졌다. 기대 이상으로 보슬리에게 마취 효과가 나타났는지 에이틀러 씨는 "괜찮겠죠?"라고 묻기까지 했다. 크리스티와 생각을 나눈 끝에, 내가 보슬리를 잡고 있는 동안 그녀가 발톱을 자르기로 했다. 나는 왼쪽 팔뚝을 보슬리의 목 너머로 두른 채 왼손으로 녀석의 왼쪽 앞다리를 붙잡고는 보슬리를 어르고 있었다. 크리스티는 발톱을 자르기 시작했고, 나는 보슬리의 목 부분을 감싼 팔에 살며시 힘을 더 주었다. 녀석은 아주 잠시 몸부림치더니 곧 몸에서 힘이 빠졌다. 발톱을 깎는 동안 녀석의 저항은 조금씩 약해졌고 두 번째 발톱 정리까지 완벽하게 끝났다. 나의 '진정시키기' 작전은 성공을 거두었다. 보슬리는 긴장이 풀어진 채 멍한 상태가 되어 바셋 품종답지 않은 굴욕적인 모습을 보인 것이다.

에이틀러 씨는 마냥 기뻐하며 문을 나서는 순간까지 계속 감사를 표했다. 마지막으로 그가 남긴 말은 이런 것이었다. "선생님은 이제 새로운 고객 한 사람을 얻으셨어요." 그런데 이게 과연 좋은 일일까? 크리스티는 그렇게 생각하지 않는 듯했다. "선생님이 이번에는 운이 좋으신 겁니다. 다음에도 잘될 거라는 보장은 없답니다." 그녀가 내게 한 말이었다.

그러나 다행히도 그녀의 생각은 틀렸다. 보슬리는 두 달에 한 번꼴로 발톱을 자르러 왔다. 우리는 매번 같은 방법을 사용하였는데 그때마다 보슬리는 조금씩 더 빨리 진정되곤 하였다. 마침내 보슬리의 방문이 우리에게 전혀 두렵지 않은 날이 왔다. 나와 크리스티는 이제 그 말썽꾼이 에이슬러 씨의 손에 이끌려 문을 열고 들어오는 것을 보며 즐거워하고, 녀석이 마구 흔들어 대는 꼬리를 반가워하기 시작했다.

나는 검사대 옆에서 에이슬러 씨와 이야기를 나누며 그에 대해 꽤 많이 알게 되었다. 그는 북동부 지역의 어느 대학에서 영어를 가르쳤던 시절에 대해 이야기했는데 그가 그때를 무척 그리워한다는 것을 알 수 있었다. 그는, "지금도 학생들을 가르칠 수만 있으면 좋겠다는 생각을 종종 해요"라고 말하곤 했다. "사람들은 아침에 일어나면 가야 할 목표와 장소가 필요해요." 그는 자신의 직업에 충실한 사람으로, 그 외의 다른 일로 보낸 시간은 거의 없는 사람이었다. 에이슬러 씨처럼 자신의 직업에 헌신적이었던 사람은 은퇴한 뒤의 삶에 적응하는 것이 쉽지 않은 듯하다. 그는 자신의 부인에 대해 언급한 적이 없었지만 손가락에 늘 금반지를 끼고 있어 그가 부인과 사별했을 거라는 생각이 들게 하였다. 에이슬러 씨는 또한 보슬리와 함께 병원에 오는 것을 좋아하는 것 같았다. 가끔은 진료가 끝난 뒤에도 대기실에 앉아서 접수를 담당하는 로레인과 함께 요즘 세태가 너무 빨리 변하고, 영어를 제대로 구사하는 사람들이 많지 않다는 것 등을 한탄하는 이야기를 나누곤 하였다.

한동안 에이슬러 씨와 보슬리의 일은 잘 풀려 가는 듯했다. 그러던 어느 서늘한 가을 오후, 우리는 보슬리의 건강이 좋지 않다는 전화를 받았다. 녀석이 무기력하고 잘 먹지 않는다는 것이었다. 이전에 에이슬러 씨는 보슬리가 바닥에 딱 붙어 어떤 것도 놓치지 않는 네발 달린 청소기라고 말했는데, 그런 보슬리로서는 분명 정상적이지 않은 행동이었다. 차가 병원에 들어오더니 에이슬러 씨가 먼저 내려서 보슬리가 차에서 내리는 것을 도와주었다. 녀석은 제대로 걷는 것도 힘들어 보였다. 그런데 에이슬러 씨는 다시 반대편으로 가더니 어떤 사람을 위해 문을 열어 주는 것이었다. 바로 에이슬러 씨의 부인이었다! 60대 후반의 매우 잘 차려 입은 한 여성이 차에서 내리고 있었다. 에이슬러 씨는 부인을 위해 문을 잡아 주었는데 평생을 그렇게 해 온 듯했다. 보슬리는 안중에도 없다는 듯이 병원 사무실로 향한 부인은 난폭하게 문을 열어젖히더니 다짜고짜 자리를 잡고 앉았다. "저이는 도대체 늙은 개가 뭐가 좋다는 것인지 모르겠어. 난 오늘 훨씬 급한 일이 많은데 말이야."

에이슬러 씨가 문을 열자 보슬리가 먼저 비틀거리며 들어왔다. "전 무척 걱정이 됩니다, 선생님. 녀석은 벌써 내리막길을 가는 듯 보입니다. 참, 여긴 제 아냅니다." 그가 아내 쪽으로 머리를 끄덕이며 말했다. "우린 방금 인사를 나누었습니다." 나는 대답했다. "이제 보슬리를 보죠." 우리는 녀석을 테이블 위로 옮기고는 검사를 시작했다. "그런데 문제가 뭐죠?" 에이슬러 씨 부인이 물었다. 에이슬러 씨는 머리를 한층 낮게 떨구었고, 나는 검사를 계속했다. 보슬리의 호흡은 평소보다 빨랐으며 잇몸은 무척이나 창백했다. 녀석의 흰색 눈자위 역시 평소보다 훨씬 창백했다. 그러나 체온은 나의 추측을 비웃기라도 하는 듯 정상이었다. 보슬리는 전형적인 빈혈 증세를 보이고 있었지만 빈혈을 유발하는 원인이 무엇인지는 전혀 짐작되지 않았다.

"보슬리는 빈혈이 조금 있어요." 나는 에이츨러 씨에게 바로 말해 주었다. 그러고는 많은 애완동물 주인들이, 쓸데없이 시간만 버리기 위해 의사들이 하는 것이라고 생각하는 일을 해야 된다고 말했다. "더 검사를 해 볼 필요가 있어요." 에이츨러 씨 부인이 바로 "비용은 얼마나 되죠?"라고 물었다. 나를 가만히 바라보던 에이츨러 씨는 수긍한다는 뜻으로 고개를 끄덕였다. 우리는 보슬리의 혈액을 채취한 다음 녀석을 풀어 주었다. "일단 혈액 검사 결과가 나오면 내일 오전 중으로 무엇인가 말씀드릴 수 있겠네요." 나는 문까지 함께 걸어가며 에이츨러 씨에게 말했다. "오늘 밤에 먹을 것을 줘 보세요. 녀석이 제일 좋아하는 걸로요." 나는 그를 안심시키기 위해 어깨를 토닥여 주고는 집으로 보냈다.

다음 날, 병원 사무실에 도착하니 이미 혈액 검사 결과가 팩스로 도착해 있었다. 보슬리는 분명 빈혈이었다. 녀석의 적혈구는 눈에 띄게 줄어 있었다. 그러나 그 외의 모든 검사 결과는 정상이었다. 장기 기능 검사 결과도 정상이었고, 보슬리가 뭔가에 감염되었음을 의미하는 백혈구 수의 변화도 없었다. 심지어 혈액 응고나 지혈에 관여하는 혈소판 역시 완전히 정상 수치를 기록하고 있었다.

나는 에이츨러 씨에게 전화를 걸어 결과를 설명했다. "선생님, 막 전화를 걸려던 참이었어요. 보슬리가 오늘 아침에 매우 진한 색의 똥을 누더니 지금은 더 기운이 없습니다." "글쎄요, 일단 데리고 오셔서 보도록 합시다." 나는 대답했다. "지금 바로 오시고, 오실 때 대변을 조금 가져오세요." 이제는 혈액 검사처럼 아픈 원인을 손쉽게 진단할 수 있는 방법의 도움도 없이 무엇이 잘못되었는지 찾아내야 했다.

보슬리와 에이츨러 씨는 30분도 채 안 되어 병원으로 왔다. 에이츨러 씨는 직접 투명한 플라스틱 통에 지난 열두 시간 동안 보슬리의 대장을 빠져나온 모든 것을 담아 왔다. 크리스티가 그 샘플에 혈액이 섞였는지 검사해 보니 역시 예상대로였다. 보슬리는 장에서 많은 양의 피를 흘리고 있었다. 뿐만 아니라 녀석은 잇몸에서도 약간의 피를 흘리고 있었다. 보슬리의 상황은 점점 나빠지고 있었고, 내게는 피를 멈추게 할 방법이 없었다. 하필 원장마저 그날 산에 간다고 병원을 비우는 바람에 난 누구에게도 조언을 구할 수 없었다. 무엇이 병을 일으키고 있는지 그 실마리를 찾지 못한 젊은 수의사로서는 환자를 덴버 시에 있는 큰 병원으로 가게 하는 것이 책임 있는 행동이라는 생각이 점점 강해지고 있었다. 내가 뭔가를 놓친 것이 분명한데 그것이 무엇인지는 꼭 집어 말할 수 없었다.

나는 에이츨러 씨에게 보슬리를 데리고는 대기실에서 몇 분 정도만 기다려 달라고 하고는 사무실로 돌아왔다. 그러고는 책장에서 '작은 동물 치료법'이라고 적힌, 5킬로그램 되는 두꺼운 책을 꺼내 먼지를 털었다. '개의 빈혈'이라는 항목을 훑으며 혈액 검사에서 제외시켰던 몇 가지 질병을 살피다가 막 책장을 덮으려고 할 때였다. 그 순간, 어떤 단어가 내 눈에 확 들어오며 머리를 쳤다. 와파린^{쥐약이나 몸의 혈액이 굳는 병 치료제로 쓰는 물질} 중독! 왜 진작 쥐약 생각을 하지 못했을까? 대기실로 돌아온 나는 에이츨러 씨에게 물었다. "혹시 최근에 쥐약을 놓은 적이 있나요? 보슬리가 쥐약을 조금 먹은 것 같습니다." "2주 전쯤에요. 처음으로 추위가 닥쳤을 때 아내가 집에서 쥐를 봤거든요. 그래서 쥐가 기어 다닐 만한 곳에 쥐약을 놓았는데.”

보슬리는 땅파기와 구석 뒤지는 것을 좋아하는 습성을 유전적으로 지니고 있는 품종이다. 녀석이 구석진 곳을 코로 킁킁거리며 뒤지고 다니다가 간식거리로 쥐약을 먹은 것을 추측하기란 쉬운 일이었다. 에이슬러 씨는 아내에게 전화를 걸어 쥐약을 놓은 곳을 확인해 보라고 하였다. 부인도 여러 정황으로 볼 때 보슬리가 쥐약을 먹은 것 같다고 마지못해 동의하였다. 아니나 다를까 공기나 전선 등이 지나는 좁은 공간으로 통하는 나무 문이 누군가에 의해 열려 있었다. “보슬리가 며칠 전에 땅을 파고 우리 밖으로 나온 적이 있어요. 그날 쥐약을 먹은 것이 분명해요.” 에이슬러 씨는 상기된 표정으로 확실하다는 듯이 말했다.

독약에 든 와파린은 혈액을 응고시킬 때 매우 중요한 역할을 하는 ‘비타민 K’의 결핍을 초래한다. 따라서 치료는 비타민 K를 보충해 주면 된다. 보슬리는 많은 양의 비타민 K가 든 주사를 맞은 것은 물론 비타민 K 알약을 한 달 치를 받았다. 에이슬러 씨는 머리를 끄덕이며 나의 설명을 열심히 들었다. 내가 알기로 에이슬러 씨처럼 설명해 준 것을 충실히 따르는 사람은 없었다. 나는 그에게, “이틀 뒤에 다시 와서 적혈구의 양이 여전히 줄어들고 있는지 확인해 봐야 합니다. 수치가 너무 낮으면 수혈을 해야 할지도 모릅니다”라고 알려 주었다. “괜찮다면 로레인에게 예약 시간을 알아보고 가셔도 됩니다.” 그런데 에이슬러 씨의 얼굴 표정이 내가 무슨 잘못을 했나 하는 생각이 들게 하였다. 잠시 망설이던 그는, "집에 도착해서 다시 전화를 드리겠습니다"라고 말한 뒤에 보슬리와 함께 병원을 떠났다. 그들이 나가고 나자 로레인이 빙그레 웃었다. "아마도 아내에게 허락을 얻으러 갔을 거예요." 아니나 다를까, 한 시간이 채 안 되어 에이츨러 씨는 전화를 걸어 와 예약 시간을 정했다.

　이틀 후에 에이츨러 씨와 보슬리는 다시 병원에 들러서 녀석의 혈액 검사를 하였다. 보슬리는 발톱을 정리하러 오지 않았다는 것에 행복해하는 듯했다. 적혈구 수치는 더 이상 내려가지 않았다. "그러면 안 되는데, 보슬리가 꽤 많이 쥐약을 먹었던 것 같군요. 그렇지만 이제는 거의 안정을 찾은 듯합니다." 나 역시 좋은 결과를 받고는 기쁜 마음으로 에이츨러 씨에게 말했다. "확실하게 하려면 두어 번 정도 더 체크를 받아야 할 겁니다. 하지만 녀석은 곧 좋아질 겁니다." "오, 정말 감사합니다, 선생님." 그는 이제껏 내가 본 가장 행복한 표정을 지으며 말했다. "이 녀석 없이는 내가 아무것도 할 수 없더군요. 보슬리는 세상에서 저의 가장 좋은 친구랍니다." 그는 내 손을 힘차게 잡고 흔들었다. 우리는 이후로도 몇 번 더 보슬리의 혈액 검사를 하였고, 녀석은 건강을 회복해 갔다.

　거의 석 달쯤 뒤에 보슬리와 에이츨러 씨, 그리고 그의 아내가 병원 대기실에 있었다. 보슬리는 확실히 건강해 보였다. 나는 보슬리가 정기적으로 받는 발톱 정리를 위해 온 것으로 생각하였다. 그런데 에이츨러 씨 부인은 왜 온 걸까? 나는 궁금했다. 부인은 웬만하면 병원에 오지 않는데, 부인 옆에는 중간 크기의 애완동물 캐리어가 놓여 있었다. 부인이 캐리어를 질질 끌면서 부부가 가두 행진을 하듯이 진료실로 들어왔다. "선생님!" 에이슬러 씨가 입을 열었다. "우리는 오늘 발톱 깎는 것 말고도 다른 용무가 있어 왔어요. 보슬리가 우리를 탈출하고 나가서 쥐약을 먹은 날 있죠? 그날 옆집에도 들렀나 봅니다." 에이슬러 부인이 남편의 말을 이었다. "그런데 그 이웃집에 암컷 로트와일러^{경비견, 경찰견으로 사육하는 검정색의 사나운 대형견}가 있었거든요." 에이슬러 씨 부인은 말이 끝나기도 전에 캐리어 안으로 손을 넣더니 새끼를 꺼냈다. 강아지는 바셋하운드들처럼 확실히 기다란 몸과 짤막하고 주름 많은 다리를 가지고 있었고, 몸 전체는 로트와일러의 검은색과 갈색 무늬가 덮고 있었다.

캐리어 안에는 모두 다섯 마리의 강아지가 있었다. 모든 강아지가

귀엽지만 이 다섯 녀석들은 정말이지 유전적으로 새로운 종이 탄생했다고 할 만큼 너무도 예뻤다. "오늘 보슬리는 중성화 수술을 하러 왔고, 강아지들은 비싼 예방 접종을 받으러 왔답니다." 에이슬러 부인이 말했다. "보슬리가 아빠가 되었는데 이 상황을 정리해야만 해요." 에이슬러 씨 부부는 강아지들에게 예방 접종을 놓은 뒤에 새 주인을 찾아 주

기로 이웃집 로트와일러 주인과 합의를 한 것 같았다. 그리고 또 다른 합의 하나는 다름 아닌 보슬리가 또다시 이런 일을 저지르지 않도록 나름의 '조치'를 취하는 것이었다. 에이츨러 씨는 마치 자신이 수술을 받는 것처럼 보였다. 보슬리의 등을 계속 어루만지며 모든 것이 잘될 거라고 말하고 있었다. 그러더니 다른 때처럼 승낙의 의미로 고개를 끄덕였다. 나는, "괜찮을 겁니다"라는 말로 그를 안심시켰다. "그 사이에 발톱도 같이 자르면 되겠네요."

수술은 잘 끝났고, 다음 날 아침 8시가 되자 에이츨러 씨가 보슬리를 데려가려고 대기실에서 기다리고 있었다. 보슬리에게 걱정할 만한 징후가 없음을 알고 마냥 행복해하던 에이츨러 씨는 감사를 표한 뒤에 녀석에게 햄버거를 사 줘야겠다며 병원을 떠났다.

보슬리의 새끼들은 모두 좋은 주인들을 만났고, 그중 몇몇은 다시 우리 병원을 드나들며 보살핌을 받았다. 그러던 어느 날, 그 녀석들 중에서 한 마리를 데리고 갔던 여성이 강아지 발톱을 잘라야 한다면서 병원으로 왔다. "제가 한번은 직접 발톱을 자르려고 했는데, 녀석이 진짜 괴물로 변하더군요" 하며 하소연을 했다. 크리스티와 나는 그 순간 너무 놀라서 입이 얼어붙고 말았다. 우리 둘 중 누구도 이럴 가능성을 미처 생각하지 못했던 것이다. 발톱 깎기를 죽기만큼 싫어하는 보슬리의 성향에 로트와일러의 힘마저 가진 개! 이건 정말 웃을 일이 아니었다.

총을 담보로 잡다

수의과 대학을 다니는 학생들은 아프고 상처 입은 동물을 도와주고 싶다는 강한 열망 때문에 진로를 선택한 경우가 대부분이다. 처음부터 어느 정도의 보수를 받고, 대출은 어떻게 갚을 것인가를 따져 가며 진로를 선택하지 않았다는 것이다. 많은 고객은 진료에 대한 지불을 정확히 하는 편이지만 그럼에도 불구하고 계산 과정에서 불편한 상황은 곧잘 일어나곤 한다. 여기저기서 처리되지 않은 계산서들이 그리 큰 금액은 아닌 것처럼 보일 수 있겠지만 문제는 그것들이 시간이 갈수록 쌓여 간다는 사실이다. 사람들이 흔히 깜박하는 것은 수의사들이 자신들의 애완동물이나 가축의 목숨을 구하기 위해 열심히 일하는 것은 물론 그 과정에서 그때그때 비싼 의약품을 사용하기도 한다는 점이다. 뿐만 아니라 수의사와 함께 일하는 직원들 역시 월급을 받아야 하는 사람들이다. 무료 진료가 예외가 아니라 일상이 되어 버린다면 곧 파산이나 압류를 당할 것이고, 이는 수의사가 더 이상 동물들의 건강을 돌볼 수 없게 된다는 것을 의미한다. 그 때문에 많은 수의사들이 이러한 문제를 해결할 수 있는 좋은 방법을 찾느라고 애쓴다. 어떤 수의사는 미수금을 처리해 주는 전문 대행사에 의지하기도 한다.

나 역시 이 문제를 해결할 좋은 방법을 필사적으로 찾은 끝에 발견한 나름의 유용한 방법이 있었는데 그것은 담보물을 잡는 것이었다. 반드시 찾아야 할 물건을 맡기고 간 고객은 돈을 가지고 나타나기 마련이다. 담보물은 고사하고 지불 문제조차 꺼내기가 힘든 사람들이 있긴 했지만 아무튼 담보물을 잡는 것은 필요악처럼 되었다. 흥미로운 것은 사람들이 소중히 여기는 것이 무엇인지를 바로 그들이 돌려받을 생각으로 맡긴 담보물이 보여 준다는 것이다. 시간이 지나며 가죽 재킷에서부터 다이아몬드 브로치까지 온갖 물건이 담보로 들어왔는데 그나마 다행인 것은 고객들 대부분이 지불 계산서와 함께 교환해 갔다는 것이다.

어느 여름 아침, 매리언과 나는 텔레비전을 보고 있었는데 자신을 고든 부인이라고 밝힌 한 여자로터 긴급 전화가 걸려 왔다. "제게 곤란한 일이 생겼어요. 우리 고양이 톰이 한 시간 전쯤에 새끼를 낳았는데 뱃속에 새끼가 더 있는지 아직도 안간힘을 쓰고 있어요. 우린 그저 톰이 살이 좀 찌는 줄 알았죠. 이름도 여자 이름으로 다시 지어야겠어요." 이어서 부인은 우리 병원의 고객은 아니었고, 치료가 끝나더라도 당장은 돈을 지불할 수 없다는 말을 덧붙였다. 부인의 남편이 지금 직장에 있는데 그가 집에 오면 지불할 수 있다는 것이었다.

전화로 이런 이야기를 적어도 두어 번 이상 듣고 나면 사람에 대해 조금 회의적으로 된다. 나는 잠깐 생각하고는 치료비를 보다 확실히 받을 수 있는 방법을 쓰기로 했다. "남편이 지불하러 오실 때까지 혹시 담보물로 맡길 만한 것이 있으신지요?"

이제는 고든 부인이 잠시 생각할 차례였다. "글쎄요. 가지고 갈 만한 것이 …… 있긴 있어요. 네, 적당한 것이 있어요." "잘되었군요." 나는 희망적이 되어 대답했다. "병원으로 오시면 저희가 톰을 보도록 하죠." 전화기를 내려놓은 나는 부인이 가지고 나올 '적당한' 것이 무엇인지 궁금해지기 시작했다. 조금 감상적이긴 하지만 그날 아침은 단지 살아 있다는 것만으로도 기쁨을 느낄 만큼 아름다운 날 중의 하나였다. 콜로라도의 전형적인 날씨처럼 하늘은 구름 한 점 없이 청명하고 푸르렀다. 나는 병원에 한 시간 전쯤 미리 도착하여 병원 현관의 카운터 뒤에 있는 의자에 앉아서 고든 부인을 기다렸다. 부인의 승합차가 소리를 내며 진입로로 들어서더니 병원 앞에 미끄러지듯 멈추었을 때 나는 머리를 조금씩 까닥거리며 지루함을 떨치고 있었다. 부인은 서둘러 조수석 문을 열더니 왼쪽 팔에는 아기를, 왼손에는 고양이 캐리어를, 그리고 오른손에는 30구경의 고성능 사냥총을 들고 있었는데, 담보물로는 참으로 흥미로운 선택이었다. 양손에 짐을 든 채 낑낑거리는 부인을 본 보통 사람이라면 으레 그렇게 하는 것처럼 나는 얼른 부인이 들어올 수 있도록 문을 잡아 주었다. 부인은 끙끙거리고 있는 고양이를 검사대 위에 얹더니 그 옆에 총을 내려놓았다. 나는 혹시라도 만약의 일이 일어날까 봐 얼른 무기를 뒤쪽 사무실로 옮겨 놓았다.

톰이 먼저 낳은 한 마리는 이미 혼자서 우유를 맛있게 먹고 있었지만 다른 형제들은 감감 무소식이었다. 녀석들의 머리나 꼬리가 보이면 세상 밖으로 나올 수 있도록 잡아당기기 위해 산도를 검사해 보았으나 더 이상의 행운은 없었다. 이런 상황에서는 두 가지 선택이 있는데, 제왕절개 수술을 하거나 고양이가 자연분만을 하도록 도와주는 유도 주사를 놓는 것이었다. 대부분의 수의사들은 일단 보수적인 방법을 택하기 때문에 나 역시 옥시토신출산할 때 분만을 촉진시키고, 분만 후에는 자궁 출혈을 방지하며 모유 분비를 촉진하는 호르몬 병을 집어 들었다. 옥시토신의 합성물인 피토신은 인간 의약품으로도 많이 알려져 있는데 오랜 고통으로 무기력해진 자궁이 다시 수축할 수 있도록 도와준다.

마침내 옥시토신을 주사하자 톰이 진통으로 다시 몸을 뒤틀었다. 이번에는 작고 하얀 꼬리와 마치 생쥐 같은 한 쌍의 분홍색 뒷발이 보였다. 얼른 소독한 장갑을 낀 나는 집게손가락과 가운뎃손가락을 이용해서 발 하나를 잡고 세상에 나오기를 주저하는 작은 녀석을 잡아당기기 시작했다. 두 손가락만을 사용해 지루할 정도로 계속 발을 당기며 씨름하자 녀석은 그때마다 조금씩 세상 밖으로 나오는 것처럼 보였다. 그리고 손가락에서 경련이 일어나려고 할 무렵, 마침내 와인 병에서 코르크 마개가 쏙 빠지듯이 새끼 한 마리가 나왔다. "아직 살아 있나요?" 고든 부인이 작은 목소리로 물었다. 이는 두 번째 새끼가 세상으로 나올 때마다 듣곤 하는 질문이다.

나는 종에 상관없이 동물이 태어날 때 늘 기적을 보는 듯한 경이

로움을 느낀다. 그러나 지금처럼 생사가 불확실한 상황에서는 그 기쁨을 누릴 겨를이 없었다. 작은 새끼 고양이는 움직임이 없었고 혓바닥은 살짝 푸른색마저 띠고 있었다. 나는 녀석을 옆으로 돌려 눕히고 입 밖의 점액을 깨끗이 닦은 다음에 가슴을 손가락으로 부드럽게 눌러 댔다. 그렇게 몇 번을 누르자 산소를 머금은 피가 혀에 이르렀고, 새끼 고양이는 조금씩 몸을 꿈틀대기 시작했다. 두어 번 기침을 하고 솜털이 난 머리를 흔들더니 우유가 있는 곳으로 몸을 움직이기 시작했다. 새끼 고양이 한 마리를 소생시키는 동안 다른 네 마리나 되는 털 뭉치 같은 녀석들이 검사대 위에 차례로 모습을 드러냈다. 자세가 잘못되었던 녀석이 길을 막고 있다가 밖으로 나오자 나머지 녀석들은 스스로 알아서 나온 것이다. 이제 고든 부인은 정말이지 아기를 포함하여 새 일곱 생명들로 양손이 가득하게 되었다.

나는 부인이 아이와 새 고양이 식구들을 챙겨서 승합차에 싣는 것을 도와주었다. 다른 손님이 올 때가 되었고, 다시 진료실을 깨끗하게 정리해야 했는데 병원 문을 여는 시간에 맞춰 겨우 일을 끝낼 수 있었다. 녹이 슨 승합차 문을 쾅 닫으면서 부인이 소리쳤다. "남편이 저녁에 와서 계산할 거예요." 문이 안전하게 닫힌 후 나는 중얼거리듯이 말했다. "그러길 바랍니다."

고든 부인 일행이 고속도로를 향해 차를 몰고 떠나자 접수처 직원인 로레인이 출근하였다. 그녀는 코를 벌름거리며 냄새를 맡더니 검사대를 치우기 시작했다. "오늘은 일찍 시작하셨네요." 그녀는 나를 놀리는 것처럼 웃으며 말했다. 그녀는 늘 나의 긴 노동 시간을 크게 반기는 듯했다. 사실 그녀는 나 같은 풋내기 수의사에게는 진료에 많은 도움이 되었고, 그녀 역시 이 사실을 알았다. 콜로라도에 열정적인 젊은 수의사는 많지만 일 잘하는 좋은 접수 담당자를 찾기란 쉽지 않았다.

그날 남은 시간은 다리를 저는 라마 치료와 두어 건의 급하지 않은 수술이 있었을 뿐 별다른 일 없이 지나갔다. 우리는 일과 후에만 병원을 방문할 수 있는 고객들의 편의를 위해 오후 7시에 문을 닫아 왔는데, 이제 그 시간도 다 되어 가고 있었다. 크리스티는 중요한 데이트 약속 때문에 퇴근을 서두르고 있었고, 로레인은 집으로 가면서 무엇을 사 가야 하는지 전화로 물어보고 있었다.

뒤쪽 사무실에 보관하고 있는 총의 가치가 어느 정도 되는지 궁금해지기 시작할 무렵, 병원 진입로에서는 픽업트럭 한 대가 요란한 소리를 내며 달려왔다. 트럭은 아주 큰 타이어들을 장착하고 성능을 높인 차로 바퀴 뒤의 흙받기에는 도발적인 여성의 그림이 그려져 있었다. 트럭 뒤쪽 창문에는 총을 올리고 쏠 수 있는 받침대가 달려 있었지만 총은 보이지 않았다. 그때 갑자기 병원 문이 열리더니 큰 체구의 남자가 조금 초조한 표정으로 들어섰다. 앞과 옆은 좀 짧고 뒷머리는 긴 남자는 모자챙에 수사슴이 그려진 오렌지색 야구 모자를 쓰고 있었다. 겉모습을 보면 그는 면도기 구입에 돈을 낭비하기보다는 그 돈으로 맥주를 더 즐길 것 같은 인상이었다.

"아내가 여기에 내 총을 두고 갔다고 해서 찾으러 왔소." 그는 인사 한마디 없이 다짜고짜 본론부터 꺼냈다. 나는 마음 같아서는 얼른 뒤쪽 사무실에서 소총을 가지고 와서 치료비 청구는 하지도 않은 채 소총을 내주며 사과를 하고는 그가 떠날 때까지 책상 뒤에 숨어 있고 싶었다. 하지만 흔들리는 마음을 가까스로 다잡으며 말했다. "와 주셔서 감사합니다, 고든 씨." 나는 태연한 척하며 밝은 표정으로 말을 하려고 애썼다. "우리는 톰과 톰의 새끼들을 무사히 구했답니다." 그는 흠칫 주저하더니 다시 말했다. "하지만 우리는 톰이 ……." "네, 압니다. 흔히 하는 실수지요. 여기 병원에서도 어린 고양이 새끼의 성별을 헷갈리는 일이 종종 있으니까요." 그의 표정이 조금 부드러워지기 시작했다. 아마도 자신의 어린 딸이 갓 태어난 새끼 고양이들과 집에서 꼼지락거리며 노는 모습을 생각했을지 모른다. "우리는 늙은 톰에게 무슨 일이 생기면 녀석을 ……, 아니 그 암컷을 잃을 수도 있겠다고 생각했소. 그리고 그 소총은 내 아버지의 유품이오. 작년에 돌아가셨는데 내게 남겨 준 유일한 거요."

나는 고든 씨의 말에 고개를 끄덕였고, 그가 수표에 서명을 하고 그것을 로레인에게 건네는 동안 소총을 가지러 갔다. 그러나 총을 담보로 맡았던 것에 뭔가 후회스러운 마음이 드는 건 어쩔 수 없었다. 고객을 좀 더 신뢰했어야 했다. 그는 우리에게 진심으로 감사를 표하며 아버지가 남긴 유품을 되찾아서 집으로 돌아갔다.

나는 로레인을 먼저 퇴근시켰다. 그러고는 병원 문을 잠근 채 생각에 잠겼다. 정직하지 못한 몇몇 사람들 때문에 다른 사람들마저 오늘처럼 이럴 수도 없고, 저럴 수도 없는 곤란한 상황에 빠져야 하는 것이 안타까웠다.

전염병이 찾아온 후

"도대체 이 사람이 무슨 말을 하는지 모르겠어요." 접수처 직원이 홀드 버튼에 불이 켜 있는 전화기를 가리키며 말했다. "고양이 이야긴데 털이 빠진다고 하는 것 같아요. 한번 받아 보세요." 전화기를 들자 외국 말 같은 굉장히 감상적인 어조의 남부 억양 목소리가 들려왔다. "안녀엉 하세에요?" 내가 거의 암호를 해독하다시피 하여 알아들은 말이었다. 그 뒤로 전혀 알아들을 수 없는 말들이 이어졌고, 그나마 그가 고양이 문제 때문에 전화했다는 것만 겨우 알 수 있었다. 나는 접수처 직원에게 전화를 되돌려 주면서 3시에 그 애완동물을 데려오면 좋겠다는 말을 전해 달라고 하였다.

원장은 그 주에 휴가를 떠났고, 병원에서는 그동안 일을 대신 봐줄 사람을 막 구한 참이었다. 최근 몇 년 사이에 임시직 의사들을 필요로 하는 일이 많아지면서 여러 병원을 옮겨 다니며 일하는 방식으로 생업을 삼는 의사가 많아졌고, 그 때문에 한 병원에 붙박이로 있는 의사들도 얼마간의 휴식을 취할 수 있는 기회가 늘어났다. 휴가는 모든 수의사들에게도 귀중한 시간인 것이다.

이처럼 임시직으로 들어온 닥터 샐리는 작은 애완동물들에게 좋은 의사였던 것은 물론, 그 주인들에게는 최고의 의사였다. 그녀는 매우 열정적으로 일했고 환자들을 정성을 다해 돌보았다. 다만 유머와는 관계가 먼 진지한 태도 때문에 닥터 샐리에게 가끔이라도 장난스러운 농담을 건네기가 힘들었다. 내가 크리스티에게 그날 오후 3시에 예약한 '털이 빠진다는 고양이'를 닥터 샐리가 진료할 수 있도록 하자고 제안하자 그녀는 낄낄거리며 웃었다. 크리스티는, 진한 남부 억양을 구사하는 고객이 아무리 고양이 증세를 열심히 이야기하더라도 북부 뉴저지 출신인 닥터 샐리로서는 이해하려고 애만 쓰다가 결국 좌절할 것이라고 생각한 것이다.

나는 마침 팔에 작은 개를 안고 진료실을 나오던 닥터 샐리와 마주쳤다. 닥터 샐리는 개 주인에게 소중한 작은 푸들이 구강 검진과 치료를 받으러 밤새 병원에 머무른다고 해도 죽는 일은 없다고 30분 넘게 설득하고 나온 참이었다. 내가 아까의 상황을 설명하면서 대신 고양이를 진료해 줄 것을 부탁하자 그녀는 마지못해 고개를 끄덕였다. "그런데 그 남자의 말을 전혀 알아들을 수 없었다는 것이 무슨 뜻이죠? 그 고객이 고양이에게 무슨 문제가 있는지 설명하지 않았나요?" 나는, "그가 시골 출신인 것 같습니다. 사투리가 좀 있어요. 전 안타깝게도 같은 시간에 다른 예약이 있고요"라고 대답했다. 그녀는 한숨을 쉬더니 고양이를 진료하겠다고 했다.

몇 시간이 지난 뒤, 30대로 보이는 부부가 대기실에서 참을성 있게 기다리고 있었다. 남편은 회색 작업 셔츠와 그에 어울리는 바지를 입고 있었고, 왼쪽 가슴 주머니에는 지역의 어떤 화물 운송 회사 배지가 달려 있었다. 무릎에는 셔츠와 어울리는 회색 모자를 얹어 놓고 있었는데 챙이 땀으로 얼룩져 있었다. 원기 왕성한 그의 아내는 페이즐리 무늬^{깃털, 솔방울, 깃털 등을 변형하거나 기하학적인 느낌을 가미한 무늬}가 있는 깨끗한 드레스를 입고, 그 위로는 요새 유명 대형 매장에서 많이 판매하는 푸른색 조끼를 입고 있었다. 그런데 두 부부 사이에 놓여 있는 입구가 묶인 흰색의 베갯잇이 마치 오래전에 상영했던 만화 영화에 등장하는 유령처럼 가끔씩 꿈틀거리고 있었다.

사람들이 고양이를 동물 병원에 데려오는 방식은 참으로 다양하다. 고양이 운반용으로 정교하게 만든 더플백^{천으로 만든 원통형 가방}을 비롯해 갖가지 운반 도구들을 봤지만 내가 가장 좋아하는 것 중의 하나는 간단한 베갯잇이다. 미국 수의사 협회가 인정했는지는 모르겠지만 개조한 베개 주머니는 흥분한 고양이들을 부드럽게 만들어 주고, 또 공기가 드나들 만큼의 구멍도 충분하다. 나는 이들 부부가 아까 통화를 했던 사람들이라는 생각이 들었다. 아니나 다를까 그들은 닥터 샐리를 보더니 "안녀엉 하세에요?"라고 말을 건네는 것이었다.

헨리 씨와 그의 아내 맥코이 부인은 닥터 샐리가 고양이 상태를 묻는 질문에 꽤 대답을 잘하는 것 같았다. 그들이 나누는 대화가 진료실 밖으로도 들려왔다. 닥터 샐리는 병원에서 보통 하는 질문부터 시작했다. "미스터 비스킷^{고양이 이름}이 이렇게 군데군데 털이 빠지기 시작한 지는 얼마나 되었죠? 거길 긁나요?" 문 한쪽 편으로 선 부부는 더 듬거리며 "다, 다시 말씀을 …… 해 주시겠어요?"라는 말을 계속했다. 맥코이 부인은, 닥터 샐리가 지구를 들썩이게 할 매우 중요한 과학적 발견이라도 발표하는 것처럼 그녀의 말 한마디, 한마디에 온통 주의를 기울이고 있었다.

　잠시 후, 샐리는 검사대 아래의 서랍을 살짝 열더니 블랙 라이트를 꺼냈다. 이 도구는 오래된 잡지의 희미한 글씨를 환하게 비춰 주는 등이 아니다. 대신 곰팡이 등이 있는 곳으로 의심되는 고양이 피부를 비추면 형광을 발산하는, 일반 사람들이 보고는 신기해하는 그런 도구이다. 블랙 라이트가 비춘 부위가 형광을 내는 장면은 매우 인상적인데 닥터 샐리는 미스터 비스킷의 주인들에게 이 물건에 대해 미처

설명해 주지 않은 것 같았다. 마침내 궁금증이 머리끝까지 차오른 부인을 대신해 헨리 씨가 말을 꺼냈다. "선생님, 그걸로 무얼 하나요?" 닥터 샐리는, "그러니까 녀석은 지금 '백선'이라는 전염성 피부병에 걸렸는데 상태가 썩 좋진 않아요"라며 재빨리 대꾸했다. 자신의 진단은 의심의 여지가 없다는 자부심에 찬 말이 들려왔고, 결국 나는 뻔뻔하게도 그들의 대화를 엿듣고 있는 꼴이 되어 버렸다.

맥코이 부인이 헉 하고 숨을 내쉬었다. "도대체 어떻게 피부에 벌레들이 생겼을까요?" 닥터 샐리는 이 피부병이 벌레가 아니라 대개 곰팡이에 의해 생긴다는 것을 다시 설명해 주었다. 닥터 샐리는 치료하기 쉽도록 감염 부위의 털을 깎으면서, 이 병은 사람도 감염시키기 때문에 부부가 이 녀석을 만진 후에는 반드시 손을 씻어야 한다고 말해 주었다.

부부는 닥터 샐리의 이 말에 놀란 것 같았다. 맥코이 부인이 닥터 샐리에게 무슨 질문을 하려고 했지만 그녀의 길게 늘어지는 남부 지방의 말투에 나긋나긋하기까지 한 말소리는 곧 이발기의 윙 하는 소리에 파묻혀 버렸다. 결국 닥터 샐리가 들을 수 있을 만큼 더 큰 소리가 난 후에야 이발기가 멈췄다. 이제 맥코이 부인은 당황한 것 같은 목소리로 마구 질문을 하고 있었다. "그, 그러면 헨리도 같은 병을 아를, 앓을 수 있나요? 어서요, 헨리. 다, 당신을 귀찮게 하던 데를 의사 선생님께 보여 봐요." 다음 순간 허리띠 버클을 푸는 소리가 들리더니 이어서 닥터 샐리가 당황하여 외치는 소리가 들려왔다. "아뇨, 아뇨. 이건 당신 주치의에게 진찰을 받으셔야 해요!" 평소에 닥터 샐리가 보이던 자신감과 평정심은 어느새 사라지고 없었다. 평소 내가 그러하듯이 그녀는 지금 거의 기진맥진한 상태였다. 닥터 샐리가 창백한 얼굴로 문을 밀치고 나와 내 옆을 빠른 걸음으로 지나면서 고개를 절레절레 흔드는 모습이 왠지 친밀하게 느껴졌다. 헨리에게 피부병이 생긴 곳은 그의 아내나 담당 전문의가 아니면 봐서는 안 될 부위였던 것이다. 어쨌든 맥코이 부부는 한 번의 수고로 두 마리 토끼를 잡으면서 추가로 들 병원비를 절약하려고 하였던 것이다.

나는 크리스티를 불러서 함께 미스터 비스킷 치료를 마저 끝냈다. 그리고 그들 부부는 주치의에게로 보냈다. 그런데 몇 분 후, 사무실 밖으로 나온 닥터 샐리가 맥코이 부부를 보자 얼른 몸을 숨기는 것이었다. 그때 마침 크리스티와 나는 진료실을 정리하고 검사대 등을 살균하고 있었다. 우리 두 사람은 웃음을 참느라 얼마나 애썼는지 나중에는 눈물에 콧물까지 나올 지경이었다. 그런데 놀랍게도 닥터 샐리도 슬며시 웃음을 터뜨리며 들어오자 우리는 허락이라도 얻은 듯 사무실이 떠나갈 정도로 함께 큰소리로 웃었다.

맥코이 부부는 우리가 하지 못했던 것을 해냈는데, 그것은 바로 닥터 샐리를 웃게 만드는 것이었다. 그날 이후 우리는 물론 다른 사람들도 닥터 샐리와 함께하는 시간이 보다 즐거워졌고, 결국 샐리에게도 백선은 또 다른 의미로 기억에 남게 되었다.

이상한 동물들의 행성

콜로라도 산악 지대에서는 예상하지 않았던 상황에 빠지거나 미처 생각지도 못했던 사람을 만나는 일이 흔하다. 이곳 산악 지대에 사는 사람들 중에서 토착민들은 많지 않고, 대부분은 다른 고장에서 이곳으로 들어와 사는 사람들이다. 그 나름의 사정이 있어서 들어온 경우가 있는가 하면 심지어 법을 피해 들어온 경우도 있다. 아름답고 바위투성이에 기복이 심한 이곳에서 보낸 시간들은 눈 덮인 산봉우리가 많은 사람들을 매혹시키며 불러들인다는 것을 내게 가르쳐 주었다. 나는 그곳에서 수의사를 하며 흥미로운 사람들을 많이 만나는 행운을 누릴 수 있었고, 이러한 만남 속에서 하루하루를 재미있게 보낼 수 있었다. 어떤 때는 내가 현실의 일보다는 영화나 꿈 같은 장면 속에 있는 것을 더 좋아한다는 생각이 들 정도였다. 그날 하루도 아주 이상한 경험을 했던 특별한 날로 기억된다.

사실 우리와 같은 수의사들에게는 매일매일 뜻밖의 사건이 일어난

다. 그러나 그날은 대부분의 수의사들이 바라는 것처럼 평범한 여름 아침으로 시작했다. 치과 치료가 필요한 고양이 한 마리와 아래턱에 고기 뼈가 걸린 셸티'세틀랜드 시프도그'의 애칭으로 몸집이 작은 콜리처럼 생겼으며 양치기 용도로 기르던 개 한 마리로 하루를 시작했다. 그다지 힘든 일은 없었지만 별일 없이 하루가 지날 거라고 판단하기에는 아직은 이른 시간이었다.

내가 점심을 막 끝내고 들어오자, 크리스티는 누군가가 그날 중으로 앤더슨 목장에 가서 밧줄 때문에 피부가 벗겨진 말 한 마리를 치료해야 한다고 알려 주었다. 원장은 수술실에서 고양이 난소를 제거하는 수술을 하면서 우리의 대화를 듣는 것 같았는데 여전히 얼굴은 환자를 향한 채 일에 집중하고 있었다. 그러더니 고개를 돌려 나를 쳐다보지도 않은 채 내가 이미 예상하고 있던 질문을 했다. "제프, 오후에는 뭘 해요?" 나는 이 말이 '웬만하면 당신이 가라'는 뜻임을 바로 알아들었다. 나는 빙그레 웃으며 "저더러 가라는 말로 들리네요" 라고 하였다. 선뜻 가겠다고는 했지만 원장이 왜 가지 않으려고 하는지는 내심 궁금했다. 먼 길이라 운전을 좀 오래 해야 하지만 그 말고도 다른 무엇이 있다는 생각이 들었다.

나는 앤더슨 씨를 딱 한 번 보았다. 그는 자신이 기르는 말의 대변 샘플을 병원이 한창 바쁘던 어느 오후에 직접 가져왔다. 벌레 때문에 말의 체중이 준다고 걱정을 하던 그는 우리에게 대변 검사를 바로 해줄 것을 요구했다. 숱이 많은 흰색 머리에 헝클어진 흰색 턱수염을 한 그는 나이가 65세쯤 되어 보였다. 다채로운 색들로 된 멜빵이 그의 때 묻은 바지를 팽팽하게 당기고 있었고, 낡을 대로 낡은 플란넬 셔츠는 무척이나 오래되어 보였다. 검사를 위해서는 아주 작은 양으로도 충분했지만 그는 다 자란 말의 창자에 있던 것 전부를 피자 박스에 넣어 온 듯 보였다. 그러고는 다른 애완동물 주인들이 잔뜩 기다리고 있는 대기실 앞에 자랑스럽게 펼쳐 놓았다. 괜히 어깨를 움츠리게 하는 병원이란 공간에서 어두운 표정과 들창코를 한 채 앉아 있는 고객들에게 일부러 웃음을 주려는 행동처럼 보였다. 나는 얼른 그것을 들고 와서 검사에 필요한 아주 작은 양만 남기고 나머지를 밖에 있는 쓰레기통에 버렸지만 이미 병원 안은 외양간처럼 냄새가 진동하고 있었다. 이렇게 앤더슨 씨와의 첫 만남을 치렀고, 이제 두 번째 만남이 기다리고 있었다.

크리스티와 나는 목장으로 가는 길에 대해 안내를 받았지만 제대로 찾아갈 수 있을지 조금은 걱정하면서 출발하였다. 콜로라도의 대목장들이 사라지면서 작은 목장들로 나뉘고 있는 시기에 최소한 이곳은 아직도 운영되고 있다는 것은 그나마 다행한 일이었다. 우리의 목적지는 이 근방에서 가장 아름다운 곳 중의 하나로, 리지라고 불리는 매우 높은 고원에 위치하고 있었다. 사방이 매우 아름다운 산봉우리들로 둘러싸인 고원은 폭이 60킬로미터가 넘었고, 길이는 족히 80킬로미터쯤 되었다. 이 산길을 따라 꼭대기에 오르면 사방으로 탁 트인 멋진 전경이 펼쳐진다. 리지에서 오랫동안 살았던 사람에 따르면 자신의 증조할아버지께서 고원에 정착할 때만 해도 이곳에 살던 원주민 부족인 우트족의 티피tepee, 인디언의 원뿔형 천막집가 곳곳에 있었다고 한다. 그러나 지금은 많은 소들을 기르던 대목장의 폐허만이 남아 있고, 지난 세기의 중반쯤에는 대목장의 소유주들 대부분이 물을 이용할 수 있는 용수권마저 덴버 시와 그 교외 지역에 팔아 버렸다고 한다. 목초지에 댈 물이 사라지자 겨우 살아남은 목장들은 적은 수의 소들만 키우게 되었고, 엘크^{북미, 시베리아 등에 서식하는 큰 사슴} 떼 역시 드물게 나는 귀한 풀을 찾아 헤매야 했다.

리지의 날씨는 매우 혹독하고 예측하기 힘들다. 심지어 여름에도 우박을 동반한 폭풍이 몰아치면서 30여 분 만에 기온이 15도 가까이 떨어지기도 한다. 겨울에는 맹렬한 바람 덕분에 눈이 거의 수평으로 날아온다고 보면 되는데 도로 주변은 고사하고 차의 보닛조차 보이지 않을 때가 많다. 그 때문인지 이곳 사람들과 동물들 역시 강인하고 독립적이어서 이방인을 잘 받아들이려 하지 않는다. 나중에 알게 되었지만 앤더슨 씨네 가족 역시 예외는 아니었다.

집은 사방으로 수 킬로미터쯤 되어 보이는 광활한 목장의 가운데 자리하고 있었기 때문에 그곳으로 가는 진입로 역시 무척 길었다. 우편함 옆에서 비바람에 낡아 가고 있던 '출입금지' 표지판이 우리가 앞으로 맞닥뜨릴 상황을 암시해 주고 있었다. 크리스티는 내 쪽으로 몸을 돌리더니 눈썹을 치켜세우며 불안해하는 눈빛을 보냈다. 그러고는 우리가 가는 방향을 힐끔 내려다보면서 "이 길이 맞으면 좋겠어요"라고 중얼거렸다. 나 역시 트럭이 향하고 있는 진입로를 내려다보며 같은 마음으로 고개를 끄덕였다. 우리는 5킬로미터 정도 더 들어가 목장의 본채를 찾았지만 기분은 50킬로미터쯤 달린 것 같았다. 바람을 맞고 있는 집은 전형적인 목장 농가로 약간의 흰색 페인트칠이 그나마 삶의 온기를 붙잡고 있었다.

먼저 우리를 환영하러 나온 단체가 있었는데 40마리쯤 되는 염소 떼였다. 녀석들이 트럭 주위로 몰려들더니 울음소리를 내며 먹을 것을 찾았다. 염소들의 시선이 차바퀴로 향하기 시작하자 나는 녀석들을 쫓아냈다. 주위에 사람이라고는 현관 계단에서 아이스크림을 핥고 있는 체격 좋은 남자와 초등학생 소녀가 전부였다. 그들이 고개를 숙인 채 아이스크림만 먹고 있는 것으로 봐서는 우리를 못 본 척하고 있거나 우리의 등장을 알아채지 못한 듯했다. 나는 종이 수건과 말의 상처를 소독할 살균 비누를 꺼내 챙기면서 크리스티에게 그들과 이야기를 해 보라고 했다. 뭔가 조금이라도 준비된 모습이 늘 더 좋은 인상을 주기 마련이다.

내가 집을 향해 막 발걸음을 옮기려고 할 때였다. 잔뜩 겁에 질린 크리스티가 트럭 쪽으로 거의 뛰다시피 걸어오는 것이 보였다. 그녀는 그 와중에도 계속 뒤를 가리키고 있었다. 처음에는 그녀가 왜 그러는지 도대체 알 수 없었다. 크리스티 주변을 더 자세히 보려고 조금 몸을 움직이자 그녀가 놀라서 입을 열지 못했던 이유가 밝혀졌다. 오래된 철문에 가는 나일론 줄로 묶여 있는 것은 다 자란 아프리카 사자였다. 사방에는 햇살에 하얗게 표백된 뼈 무더기가 널려 있는데 가축들 것으로는 보이지 않았다. 참으로 믿을 수 없는 장면이어서, 나는 그것이 '생쥐와 인간'이나 '아웃 오브 아프리카'와 같은 영화들에 나오는 장면이 아니라는 것을 확인하기 위해 눈을 몇 번이나 깜박거려야 했다. 아주 잠시나마 금방이라도 '아웃 오브 아프리카'에 등장하는 메릴 스트립이 머리를 문 밖으로 내밀고 파이를 먹으라고 나를 초대할 것 같다는 생각이 들었다. 그러나 불행히도 메릴 스트립은 없었고, 크리스티는 순식간에 트럭 안으로 몸을 숨겼다. 이제는 내가 누군가에게 우리가 여기에 왔다는 것을 알리고 환자가 어디에 있는지 알아봐야 했다.

나는 계단 위의 두 사람에게 소리쳤다. "앤더슨 씨가 어디에 있는지 아세요?" 덩치 큰 남자가 손으로 집 안을 가리키더니 얼마 남지 않은 아이스크림으로 다시 얼굴을 돌렸다. 나는 사자를 피해 문으로 향했다. 안에는 갖가지 행색을 한 10여 명의 카우보이들이 식탁 주위로 빙 둘러앉아 있었고, 식탁에는 고기와 감자가 가득했다. 다양한 피부색과 문화적 배경을 지닌 사람들이 뒤엉켜 있었지만 모두들 험상궂은 얼굴을 하고 있었다. 그들 중 몇몇은 우체국 벽에 붙은 수배 전단에서 본 적이 있다고 맹세할 수 있을 정도였다.

앤더슨 씨는 식탁의 맨 끝에 권위적인 자세로 앉아 카우보이들의 식사를 감독하고 있었다. 그의 아내는 부엌에서 음식을 그릇에 담아와 거칠게 식탁에 내려놓고 있었다. 부인은 은발 머리를 한 60대 초반의 덩치 큰 여인이었다. 정신없이 요리하고, 나르고, 설거지하느라 부인의 표정은 그다지 밝아 보이지 않았다. 부인은 너무 오래 식탁에 앉아 있지 말라고 경고하려는 듯이 가끔 일꾼들을 노려보곤 했다. 근처 맥도널드 가게만 해도 어느 길로 가더라도 차로 적어도 세 시간은 걸리기 때문에 부인의 지시를 따르는 것이 낫긴 했다.

나는 누군가가 말을 걸어오기를 기다리며 몇 분 정도 가만히 서 있었다. 마침내 앤더슨 씨가 천천히 머리를 들면서 말했다. "말은 제일 천장이 높은 세 번째 마구간에 있는 놈이오. 식사가 끝나는 대로 그쪽으로 도울 사람을 보내 주겠소." 말을 마친 앤더슨 씨의 눈이 다시 소스가 담긴 병으로 향하며 나는 곧 그의 관심사에서 멀어졌고, 앤더슨 부인이 고개를 끄덕이면서 남편의 말을 확인해 주었다. 나는 트럭에 숨었던 크리스티가 어떤지 살피고는 말을 찾아보러 밖으로 나왔다.

작은 소녀와 덩치 큰 남자, 그리고 사자가 모두 계단 근처에서 오후의 낮잠을 즐기고 있는 덕분에 나는 그들에게 들키지 않고 그 자리를 살금살금 빠져나올 수 있었다. 필요한 장비들을 손에 꽉 움켜쥔 나는 크리스티와 함께 반쯤은 허물어진 여러 건물들 가운데 지붕이 높은 곳으로 향했다. 우리는 낯선 곳에서 모험을 하는 사람들처럼 천천히 건물 안으로 들어갔는데 그곳은 오래되어 구멍이 뚫린 지붕 사이로 빛이 환하게 들어오고 있었다. 미지의 땅에서 온 무서운 포식자를 더이상 만나지 않기를 빌며 조심스럽게 발걸음을 내딛는데 건물 중앙에 임시로 적당히 만들어 놓은 마구간에 말 한 마리가 있는 것이 살짝 보였다.

말은 겨우 1년 반쯤 되어 보였고 길들이지 않은 것이 분명했다. 낯선 관객에게 자신의 힘을 자랑하고 싶었는지 녀석은 막 날뛰면서 발로 벽을 걸어찼다. 나는 이 나이의 말을 곧잘 10대 아이들에 비유하곤 하는데 이들을 잘 타일러서 설득한다는 것은 거의 불가능하다. 우리는 부상의 위험을 무릅쓰는 것보다는 도움의 손길을 기다리기로 했다. 크리스티와 나는 앤더슨 부인이 식사를 하던 일꾼들을 곧 그 집에서 내보내리라 기대하며 건초 더미 위에 앉아서 그들을 기다렸다. 마치 우리와 한판 겨루자는 듯이 계속 날뛰는 젊은 암갈색 말 앞에서 우리는 다른 방법이 없었다.

그런데 갑자기 뭔가가 서까래에서 우리가 있는 곳 바로 앞에 툭 떨어졌다. 깜짝 놀라서 몸을 움츠리며 두 발을 재빨리 바닥에서 뗀 우리는 그것이 무엇인지 살펴보았다. 그것은 우리 둘 다 한 번도 본 적이 없는 외래종 새 같았다. 새 치고는 좀 커서 길이가 50센티미터쯤 되었고, 머리 꼭대기에는 톱니 모양의 연한 빨간색 뿔이 있으며, 여러 색깔의 길고 뾰족한 부리를 가지고 있었다. 나머지 다른 곳은 온통 새까맸다. 이 지역에서 흔히 볼 수 있는 텃새는 아니었다. 이 새가 왜 우리 앞에 떨어져 죽어 있는 것일까?

눈을 가늘게 뜨고 주위를 살피던 우리는 위층 서까래 근처에서 생

명체 비슷한 어둑어둑한 것들이 움직이고 있다는 것을 알아차렸다. 그 순간, 크리스티와 나의 인내심은 한계에 도달했다. 깜짝 놀란 우리는 갑자기 솟아오른 아드레날린호르몬의 하나로 신경을 흥분시킨다의 힘으로 젊은 말이 있는 우리로 뛰어 들어가 말고삐를 꽉 틀어잡았다. 말은 자기가 아무리 반항하더라도 우리가 이 일을 할 것이라는 것을 깨달은 듯이 순순히 자리에 앉더니 우리의 치료에 몸을 맡겼다. 내가 상처 주변의 털을 제거하자 크리스티는 살균 비누로 상처를 소독했다. 최대한 빨리 이 목장에서 벗어나려는 마음에 우리는 정신없이 일했는데, 마치 윤활유를 잘 바른 기계처럼 서로 손발이 척척 맞았다. 크리스티와 나는 연고를 상처 주위에 바르고, 항생제 가루가 담긴 플라스틱 용기에 처치 요령을 휘갈겨 쓴 다음에 그것을 건초 더미 뒤에 남겨 두고 재빨리 마구간을 나왔다.

여기저기에 흩어져 있던 장비를 주워 챙긴 우리는 사자가 근처에 있는 집을 멀리 피해서 트럭으로 내달렸다. 대낮의 목장 탈출극은 트럭에 도착하면서 끝날 것처럼 보였지만 차 앞에 도착한 우리는 걸음을 멈추고 말았다. 최소한 15마리는 되어 보이는 염소들이 차 보닛과 트럭 뒤에 있는 유리 섬유로 된 진료 상자 위에서 어슬렁거리고 있었다. 트럭 곳곳은 페인트칠이 벗겨진 채 흠집이 났고, 앞 유리창에는 염소들이 일주일치의 대변을 다 눈 것 같았다. 아직 땅에 있는 25마리 정도의 염소가 트럭에 올라가려고 애쓰고 있었지만 트럭 위에는 더 이상 남은 공간이 없었다. 게다가 녀석들의 작지만 날카로운 발굽은 문짝과 범퍼까지 망가뜨려 놓았다. 염소는 덩치가 아주 작은 녀석일지라도 몸이 무척 탄탄하다.
내 트럭 위에 있는 염소들은 집
에서 키우는 가축이라기보다는
이곳 로키 산맥에 사는 거친 산
양들 같았다. 다른 때 같으면 무
척 속상했겠지만 크리스티와 나
는 얼른 이곳을 떠나고 싶다는
마음뿐이어서 염소 패거리들을
마구 쫓아낸 다음에 문명 세계를 향해 바로 출발했다.

병원에 돌아오자마자 나는 약간의 트럭 수리비까지 추가한 계산서
를 앤더슨 씨에게 보냈다. 물론 그는 이를 받아들이지 않았고 단지
말 치료비에 해당하는 금액만 보내왔다. 그 봉투에는 앞으로는 차를
주차할 곳을 주의해서 잘 선택하라는 짧은 메모도 들어 있었다. 다행
히도 이후로 그가 다시 우리를 부르는 일은 없었다. 그리고 이웃 사
람들이 들려 준 이야기에 따르면 말은 잘 회복되었다고 한다. 그것
역시 매우 잘된 일이었는데, 우리에게는 차를 또 수리할 만한 여유가
없었기 때문이다.

그 시절의 끝

"소밀 걸치라고 하는 곳에 배가 아픈 말이 있답니다. 누가 갈래요?" 8월 중순, 응급 연락이 가장 많은 금요일 오후 4시 55분에 걸려 온 전화였다. 이 말은 결국 우리 병원의 말단 수의사가 누구인지를 묻는 것이었고, 그것은 당연히 나를 의미했다. 병원 직원은, 전화를 건 사람의 이름은 미처 알아듣지 못했지만 근처 주유소에서 그 사람과 만나 함께 말이 있는 곳으로 가면 된다고 했다. 나는 직접 찾아갈 수 있도록 길을 가르쳐 주지 않고 왜 귀찮은 방법을 쓰는지 조금 이상했지만 집을 찾아가기 힘든 새 고객이라서 그랬을 거라고 생각하기로 했다.

주유소에 도착해 나를 기다리던 차를 찾는 것은 별로 어렵지 않았다. 20년쯤 된 녹슨 트럭이 트레일러를 매단 채 주차장 바깥에 주차해 있었던 것이다. 건성으로 보면 핸들 위에 있는 좀이 슨 검은 카우보이모자만 겨우 보일 뿐 차에 아무도 없는 줄 알았겠지만 나는 모자

아래로 약간 드러난 남자 얼굴을 볼 수 있었다. 그는 콜로라도의 햇볕을 너무 많이 쐬는 바람에 실제보다 나이가 더 들어 보이는 것 같았다. 내가 트레일러 옆에 차를 세우자 그가 고개를 끄덕여 신호를 보냈고, 나는 곧 그 차를 따라 도로로 나섰다. 트럭은 굉음과 함께 검은 연기를 마구 토하며 고속도로를 질주했다. 설령 그를 놓친다고 하더라도 트럭이 내는 굉음과 냄새만으로도 따라갈 수 있을 정도였다.

그 길은 내가 이전에 여러 번 가 본 길이었다. 그러나 트럭이 계속 속력을 올리면서 뒤쫓아가기가 점점 힘들어졌다. 마침내 트럭이 내는 소음과 연기에도 불구하고 이제는 정말로 그 차를 놓쳤다는 생각이 들었을 때 도로를 벗어나 포장되지 않은 흙길로 향하는 트럭이 보였다. 그 길의 이름은 '소밀 걸치'였는데, 그 길 근처에서 인가를 본 적은 없었다. 좁고 울퉁불퉁한 길은 도로라기보다는 오솔길에 가까웠다. 그러나 그 길은 이곳 국유림 지역으로 들어가는 유일한 길이기도 했다. 예전에 이 일대를 걸어서 여행한 적이 있었기 때문에 지금 이 길 끝에 주차장이 있고, 그 주차장이 머지않다는 것을 알고 있었다. 아픈 말이 아마도 그쯤에 있을 거라고 생각했다.

드디어 길이 끝나는가 싶더니 말 두 마리가 낡은 트레일러에 묶여 있는 것이 보였다. 트레일러의 타이어는 다 닳았고 차의 페인트칠도 그 흔적만 남아 있었다. 말들은 안장이나 고삐 등을 다 갖추고 있었지만 둘 다 건강해 보였다. 그런데 카우보이모자를 쓴 고객은 내 앞에 서 있는 트럭에서 펄쩍 뛰어내리더니 말을 타기 시작하는 것이었다.

"저, 그런데요." 나는 의아해서 입을 열었다. "말들이 무척 건강해 보이는데 어느 녀석이 문제가 있나요?" 남자는 크게 웃더니 모자를 밀어 올리며 말했다. "이 말들은 우리 말입니다. 아픈 녀석은 저 산길 위에 있고요. 이제 말안장 주머니에 약이나 장비들을 챙겨서 말을 타야 해요. 제 아내가 아픈 놈을 데리고 기다리는데 얼른 가야 됩니다."

그의 말을 듣고 처음 든 생각은 이 친구가 말도 안 되는 농담을 하고 있다는 것이었다. 하지만 어쨌든 불쌍한 동물을 돌봐야 했고, 나는 트럭에서 장비를 꺼내 말에다 싣기 시작했다. 그러나 다음으로 내가 할 일은 아픈 말을 치료하기 위해 말을 타고 숲으로 가는 것이었다. 아마도 이 사람은 내가 수의사니까 당연히 말도 탈 줄 알 거라고 생각하는 것 같았다. 내 동창들이 지금의 내 모습을 본다면 아마도 놀라서 고개를 절레절레 흔들었을 것이다. 지금쯤이면 그들 중 대부분은 멋진 주말을 보내기 위해 병원에서 퇴근해 어쩌면 멋진 식당에서 훌륭한 식사를 하고 있을지 모른다. 그 순간, 어디선가 우아하게 식사하는 소리가 들려오는 듯했다.

나는 함께 말을 타고 가면서 그의 이름이 레저라는 것과 함께 그에 대해 조금씩 알아 가기 시작했다. 그와 그의 아내는 주말을 맞아 말을 타려고 덴버에서 왔다. 그런데 짐 나르는 말인 슈가 갑자기 주저앉더니 뒹굴면서 전형적인 복통 증세를 보이기 시작한 것이다. 말과 같은 짐승은 구토를 하지 못하기 때문에 장이 막히면 엄청난 고통을 겪는다. 이는 변비나 장이 꼬이는 일로 인해 일어나는데 나는 후자의 일이 아니기를 간절히 바랐다.

15분쯤 갔을까, 조금씩 불안해지기 시작한 나는 레저 씨에게 물었다. "얼마나 더 가야 합니까?" 레저 씨가 잠시 망설이더니 조심스럽게 대답했다. "아, 저기 모퉁이 근처요. 이제 멀지 않네요." 그의 말을 완전히 믿지는 않았지만 지금 와서는 내게 별 도리가 없었다. 말을 타기에는 참으로 아름다운 밤이었다.

45분쯤 더 가자, 산길 저편에서 무슨 소리가 들리기 시작했다. 숲속의 빈터에서 몸집이 작은 중년 여자가 땀투성이가 되어 몸부림치는 회색 말을 일으켜 세우려고 밧줄을 열심히 잡아당기고 있었다. 그러나 말은 도저히 일어설 수 없는 상황이었다. 녀석의 배는 잔뜩 부풀어 올랐고, 고통이 얼마나 심한지 옆에서 폭탄이 터지더라도 말이 겪고 있는 고통을 잊게 할 수는 없을 것 같았다. 서둘러 나를 소개하자 레저 부인이 말했다. "선생님, 얼른 무슨 조치를 취해야 할 것 같아요. 이 암말도 저도 더는 버티기 힘들 것 같아요." 부인과 말은 무슨 기적이라도 일어나기를 바라는 듯한 간절한 눈으로 나를 바라보았다.

내 발 옆에 있는 말은 숨을 헐떡이며 오른쪽으로 누워 있었다. 나를 올려다보는 슈의 왼쪽 눈이 "제발 저를 위해 뭐라도 해 주세요"라고 말하는 듯했다. 나는 말안장 주머니에서 꺼내 온 청진기로 말의 상태를 살폈다. 암말의 심장 박동은 1분에 80회 정도로 너무 높았고, 복부에는 정상적인 장의 움직임 소리가 전혀 들리지 않았다. 내가 할 수 있는 최선의 방법은 고통을 줄여 장이 부드럽게 풀릴 수 있도록 하고는 말의 배에 설사약을 투입하는 것이었다.

슈의 목정맥에 염증을 치료하는 약물을 주사하고 암말을 진정시키기 위해 진정제를 조금 놓아 주었더니 고통이 빠른 속도로 완화되면서 슈는 제 발로 일어설 수 있게 되었다. 아직 완전히 나은 것은 아니지만 상황은 조금씩 좋아지고 있었다. 직장 검사를 해 보니 다행히도 장이 꼬이거나 뒤틀리는 일은 일어나지 않았다. 그러나 슈의 맹장 속에는 딱딱한 변이 가득 차 있었다. 장이 막힌 것이 바로 복통의 원인이었던 것이다. 어깨까지 오는 긴 라텍스 장갑을 끼고 말의 직장 속으로 팔꿈치까지 집어넣는 일은 유쾌하지 않지만 말의 복통을 진단하기 위해서는 가장 좋은 방법이었다.

레저 부부는 장이 꼬이지 않았다는 말을 듣고 무척이나 기뻐했다. 만약 그런 일이 일어났다면 말은 숲을 빠져나갈 수 없었을 것이다. 나는 튜브를 꺼내어 슈의 왼쪽 코를 통해 위장까지 집어넣었다. 그러고는 튜브를 위 세척기에 연결하여 3리터 정도의 미네랄 오일을 넣어 주었다. 그 어떤 것이 장을 막고 있더라도 풀어 줄 만한 양이었다. 나

는 이어서 할 일을 설명했다. "오일이 장이 막힌 지점까지 도달하려면 슈가 조금 걸어야 합니다." 레저 부부는 간절한 눈빛으로 고개를 끄덕이더니 말을 데리고 천천히 원을 그렸다.

약 5분쯤 걸었을까, 슈가 가스를 내뿜고 부풀어 올랐던 배는 가라앉았다. 냄새가 심한 것만 빼면 마치 바람이 천천히 빠지는 풍선 같았다. 가스가 나오면서 말은 한결 상태가 나아졌다. 30분쯤 지나자 말은 드러누우려고 하는 기색을 별로 보이지 않았고, 오늘 밤 안으로 숲을 빠져나갈 수 있을 듯했다.

이제 레저 부부는 점점 말이 많아졌다. "선생님, 해내셨군요! 슈가 움직이고 있어요. 정말 감사합니다." 레저 부인은 기쁨의 눈물을 글썽였다. "이곳까지 와서 슈를 치료해 줄 분이 없을 거라고 생각했어요." 내게 연락을 하기 전까지 얼마나 많은 수의사에게 전화를 했을지 묻지 않아도 알 수 있었다. 다른 수의사들에게 전화를 하면서 한 시간 정도는 말을 타고 들어가야 된다는 말은 했을까?

레저 부인이 완전히 회복된 말을 데려가려고 몸을 움직였을 때는 해가 이미 산봉우리로 넘어가고 있었다. 부인은 안장을 하지 않은 슈를 오솔길을 따라 데려갔고, 레저 씨와 내가 그 뒤를 따랐다. 이제는 낮게 드리운 가지와 잘 보이지 않는 바위들이 가는 길을 방해하고 있었다. 우리는 어둠이 내린 산길을 한 시간 정도 천천히 조심해서 걸어야 했지만 낮에 겪었던 시련에 비할 바는 아니었다. 이제 마지막 모퉁이만 돌면 주차 지역이 나올 것이 틀림없었다. 산길을 빠져나오자 시계는 8시쯤을 가리키고 있었는데 그 어느 때보다 훨씬 커 보이는 달이 길고 긴 낮을 지켰던 해를 대신하고 있었다. 물론 그 시간에 매리언과 함께 집에 있으면 좋았겠지만 그에 못지않게 말을 타기에도 참으로 아름다운 밤이라는 생각이 들었다.

트레일러에 말을 묶고 레저 부인이 건초 더미를 내밀자 슈를 포함해 말 세 마리가 우적우적 먹기 시작했다. 트럭으로 향하는 내게 레저 씨가 다가와 신용 카드를 내밀면서 말했다. "뭐라고 감사의 말을 드려야 할지 모르겠어요. 늦게까지 붙들어서 정말 죄송합니다." 나는 계산서를 쓰고 그의 이름과 주소를 적었다.

트럭에 올라 마지막 인사로 손을 흔들고는 딱딱한 가죽 안장 대신 나를 반겨주는 낡은 운전석 시트에 몸을 얹자 마음이 편해졌다. 주차 지역을 빠져나오며 손잡이를 돌려서 창문을 내리고 창틀에 팔을 걸쳤다. 레저 부부가 집으로 돌아가기 위해 트레일러에 말과 짐을 싣는 모습이 희미하게 보였다. 서부 영화의 한 장면처럼 달빛이 그 풍경을 부드럽게 비추고 있었다. 나는 라디오를 틀고는 옛 로큰롤 노래가 나올 때까지 채널을 획획 돌렸다. 산의 상쾌한 밤공기가 운전석을 채우면서 아까 슈를 치료하는 동안 옷에 배었던 말의 땀 냄새가 희미해져 갔다.

차가 포장도로에 들어서자 매리언과 그녀가 준비해 놓았을 따뜻한 저녁 식사가 생각났다. 이전에도 그랬고 앞으로도 이 시간에는 집에 있고 싶다는 마음을 참기 힘들 것이다. 밤에는 나를 호출하는 연락이 오지 않기를 진심으로 바란다. 그런 연락을 받는 것은 정말 싫은 일이다. 그러나 나를 필요로 하는 고객의 동물이 있다면 나는 또 가야

만 할 것이다. 다행히 내게는 들쭉날쭉한 근무 시간과 밤늦은 시간의
응급 상황도 기꺼이 참고 받아 주는 이해심 많은 멋진 아내가 있다.

맺는말

　수의사가 된다는 것은 하나의 직업을 갖는다는 것 이상의 의미를 지닌다. 그것은 삶의 방식을 바꿔야 하는 일이다. 더러 좌절하게 만들기도 하지만 아픈 동물과 그 주인을 도와줄 수 있다는, 결코 값을 매길 수 없는 보람을 보상으로 준다.

　수의학은 최근 20여 년 동안 급속도로 변해 왔다. 다양한 종류의 동물을 다루는 수의사들을 찾기란 점점 어렵게 되었다. 새로운 의학적 지식이 방대하게 축적되면서 갈수록 사회는 수의사들이 전문 분야로 세분화될 것을 요구하고 있다. 지금은 수의사들이 고양이나 강아지, 혹은 새만을 다루고 있는 것이다. 어떤 이는 뱀이나 도마뱀 같은 외래종에만 집중하고, 또 다른 사람들은 가축 치료에만 관심이 많다. 요즘 나는 말 치료에 거의 모든 시간을 보내고 있다. 나는 주인들과 함께 말들을 치료하는 일을 즐기고 있지만 다양한 동물들을 치료하며 경험했던 재미있는 상황들이 그리울 때가 많다.

　수의사들에게 일어난 또 하나의 극적인 변화는 여성 수의사들이 무척 많아졌다는 것이다. 내가 졸업할 때만 해도 여성과 남성의 비율이 거의 반반이었지만 요즘에는 남학생들을 찾아보기가 점점 어려워지고 있다. 지난 2년의 시간만 보더라도 여학생 수가 남학생 수보다 훨씬 많다. 지난 세기의 대부분은 수의학이 남성적인 직업으로 여겨

졌지만 지금은 그러한 생각이 확 바뀐 것이다.

때때로 잠자리에 들었다가 한밤중에 응급 전화를 받을 때, 그리고 진료 중에 거리에 엘크와 퓨마와 가끔 주 경찰관만 보이고 아무도 없을 때, 내가 과연 이 직업을 잘 선택했나 하는 생각이 드는 경우가 있다. 그러나 자신의 애완동물의 생명을 구해 주었다고 어린 소녀가 감사의 눈물을 흘리고, 힘든 치료를 마치고 지친 걸음으로 트럭으로 돌아오면서 내가 오기 전에 사경을 헤매던 말이 건초를 우적우적 먹는 것을 볼 때, 수의사가 단순한 직업 이상의 의미를 갖는다는 것을 깨닫는다. 그리고 참을성 없는 고객이 자신의 애완동물이야말로 가장 위급하다며 짜증을 내더라도 이를 견디게 해 준다.

수의사들은 자신이 생각하는 가장 최선의 치료법과는 다르지만 자기 나름의 방법으로 최선을 다하는 애완동물 주인들도 받아주어야 하며, 또한 사랑하는 애완동물이 죽었을 때는 함께 껴안아 줄 수도 있어야 한다. 그것 말고도 수의사에게는 정신이 나갈 것 같은 상황에서도 뛰어난 유머 감각을 발휘하는 것과 같은 여러 역할이 요구된다. 나는 수의사가 그런 상황뿐만 아니라 자신이 처한 상황에 대해서도 긍정적으로 받아들일 능력이 필요하다는 것을 배웠다.

수의사가 되기 위해서는 학교에서 길고 고된 훈련을 받아야 하고, 또한 수의사가 되더라도 엄청 많은 급료를 받는 것은 아니다. 하지만 나는 매일매일 더 다양하고 많은 만족을 주는 직업이 있다고는 생각하지 않는다. 수의학은 모든 사람을 위한 학문은 아니다. 나는 수의사로서의 삶에 관심을 가지고 있는 젊은이라면 이 직업에 도전해 볼 만하다고 생각한다.

지금까지 나의 신참 수의사 시절을 살짝 엿본 것에 불과하지만 함께한 이 여행이 여러분에게도 즐거운 여행이었기를 바란다.